Foto: privat

Sylvia Stuckmann, geboren 1959, studierte nach einer Ausbildung zur Bankkauffrau Sozialpädagogik in Köln. Seit 1992 leitet sie den Sozialdienst in einem Krankenhaus im Schwarzwald und unterrichtet an der dortigen Krankenpflegeschule. Sylvia Stuckmann lebt mit ihrem Mann und ihrer Tochter in Lauterbach.

Sylvia Stuckmann

PESTMARIE

Fischer Taschenbuch Verlag

Fischer Schatzinsel
www.fischerschatzinsel.de

MIX
Papier aus verantwortungsvollen Quellen
FSC® C083411

Originalausgabe
Veröffentlicht im Fischer Taschenbuch Verlag,
einem Unternehmen der S. Fischer Verlag GmbH,
Frankfurt am Main, Juni 2011

Satz: Dörlemann Satz, Lemförde
Druck und Bindung: CPI – Clausen & Bosse, Leck
Printed in Germany
ISBN 978-3-596-81005-5

Nach den Regeln der neuen Rechtschreibung

INHALT

PROLOG

Rottweil im Schwarzwald, Februar 1512

Mit der Dämmerung kam die Furcht zurück. Frost biss sich durch die zerlumpten Kleider und ließ Hände und Füße taub werden. Der Bursche betrachtete seinen Atem, der vor dem Mund zu weißen Wolken gerann.

Jakob stolperte. Er fand es schwierig, seinem so viel älteren Bruder durch den dichten Wald zu folgen, zumal er den Weg nicht kannte. Und wenn es nach ihm gegangen wäre, hätte er ihn auch nie kennengelernt, denn er folgte dem *Starken Hans*, wie man ihn nannte, nicht freiwillig. »Du bist alt genug, um etwas zum Unterhalt beizutragen«, hatte ihr Vater gesagt und ihm befohlen, den Bruder auf seinem Zug durch die Gemeinde zu begleiten. »In Zeiten wie diesen muss die Stadt wissen, welcher Hof noch bewirtschaftet wird und für welchen man neue Pächter braucht. Der Rat zahlt gutes Geld für ein paar Tage herumstrolchen, das wird dir schon nicht schaden. Oder hast du etwa Angst?«

Natürlich hatte er Angst, und wie! Warum sonst

nannte man ihn wohl den *Zaghaften Jakob*? Außerdem war er erst zehn und sein Bruder schon siebzehn! Doch kein Bitten und Betteln half, er musste mit hinaus in das von der Pest gebeutelte Land, schließlich wurde jeder Heller gebraucht. So stolperte Jakob ergeben und müde hinter dem Starken Hans her, obwohl die Furcht vor der Pest ihm schier den Atem rauben wollte

»Träum nicht, Jakob, wir sind gleich da!« Hans wies mit der Hand in Richtung Sonnenuntergang. »Das da ist der letzte Hof auf unserer Liste; wenn wir uns sputen, könnten wir es heute noch zurück nach Hause schaffen.«

Jakob folgte dem Finger in banger Erwartung: Was würden sie wohl dieses Mal vorfinden? Pächter vielleicht, die sie für Vagabunden hielten und mit Knüppeln um sich schlugen, so wie gestern? Oder Plünderer, die um ihre Beute bangten? Vielleicht gar die Pest selbst, den Schwarzen Tod, den Bruder des Teufels, wie der Pfarrer die todbringende Krankheit nannte?

Jakob zauderte, griff nach einer Strähne seines honiggelben Haares und steckte sie gedankenverloren in den Mund. Ob es wohl stimmte, dass der Teufel in den Ecken der von Pest befallenen Häuser wartete? Ihn schauderte, und so zog er die Arme näher an den Körper, hielt sich damit fest, als fürchtete er, auseinanderzufallen. Dann erst riskierte er einen Blick auf den Hof.

Die Hütte war alt und zerfallen, die Tür bereits mehrfach geflickt. Kein Brett glich dem anderen. Neben dem Haus häufte sich Unrat, und über allem lag ein übler Geruch von Moder, Fäulnis und Dreck. Jakob atmete durch den Mund, um seinem Bruder keinen Anlass zum Spotten zu geben.

Vergeblich suchte Jakob nach einem Zeichen, dass dieser Hof noch bewohnt wurde und sie unverrichteter Dinge wieder gehen durften. Doch im Stall brüllte das Vieh vor Hunger, und hinter den geschlossenen Läden brannte kein Licht. Selbst einen wütend bellenden Hund, der sein Anwesen verteidigte, hätte er jetzt erleichtert begrüßt, doch da war keiner.

»Ausgeflogen«, raunte Hans, der die Situation gelassen nahm. »Der Pächter hat es wohl mit der Angst zu tun bekommen und ist fortgelaufen – nicht schlecht, so können wir uns bedienen.«

Ängstlich schaute Jakob hinauf zum Dach – und erschrak: Dort baumelte ein Fetzen aus grobem Tuch mit einem aufgemalten schwarzen Kreuz.

»Hans, sieh doch!« Zitternd zog er den Bruder am Ärmel, bis dieser seinem Blick folgte. »Da, die Pestfahne – hast du sie nicht gesehen?«

Der aber zuckte nur kurz mit den Schultern.

»Stell dich nicht so an«, raunte er und öffnete die Tür.

Drinnen war alles dunkel. Es dauerte eine Weile, ehe Jakob mehr als nur Schemen erkennen konnten. Fauliger Gestank nahm ihm fast den Atem. Aus einem Winkel drang leises Wimmern.

»Eine Katze!« Jakobs Augen leuchteten. »Lass sie uns mitnehmen, Hans, bitte! Allein wird sie sterben!«

»Das wird sie so oder so«, antwortete Hans und begann, die Stube nach Brauchbarem zu durchwühlen »Besser wär's, du steckst sie in einen Sack und wirfst sie in den Brunnen. Der Winter steht vor der Tür, und füttern wird sie hier niemand mehr, der Hof ist zweifellos verlassen.«

Jakob aber hörte nicht zu, sondern bückte sich, um nach dem Kätzchen zu suchen. Vorsichtig tastete er im Halbdunkeln herum. »Nein, du sollst nicht sterben«, flüsterte er. »Ich nehm dich einfach mit zu uns, da kannst du bleiben, so lange du willst.«

Wieder das Wimmern, näher diesmal. Es schien aus dem dunklen Winkel neben der Kleidertruhe zu kommen. Wenn er doch nur etwas sehen könnte …

Jakob stellte sich vor, wie das Tierchen wohl aussehen mochte. Eine Glückskatze wünschte er sich, dreifarbig und verschmust, wie seine Mutter eine hatte, bevor sie bei der Geburt seiner einzigen Schwester im Kindbett starb.

Natürlich würde diese hier anders sein, überlegte er, mager und verdreckt vermutlich, denn so wie die Stube aussah, hatte schon lange niemand mehr nach der Katze gesehen.

Jakobs Herz flatterte wie ein junger Vogel, sein Atem ging schnell. »Wo bist du, Katze?«, flüsterte er möglichst leise, um den Bruder nicht zu verärgern. Dabei stießen seine suchenden Finger an etwas Feuchtes, Weiches, das sich bewegte und leise klagende Laute von sich gab. Was auch immer das sein mochte, eine Katze war es nicht.

Wieder wimmerte es, und der Laut erinnerte Jakob

an seine kleineren Geschwister. Er schrie auf. »Hans, hier ist etwas«, rief er. »Ich glaub, es ist ein Kind. Und – es lebt noch!«

»Aber die hier leben nicht mehr«, antwortete der sonst so unerschrockene Bruder aus der anderen Ecke. »Bleib in deinem Winkel und rühr dich nicht, bis ich dich rufe!«

Schweigend sah Jakob zu, wie Hans etwas Dunkles, Schweres unter Decken begrub. Erst später begriff er, dass das wohl die Leichname der toten Familie waren, deren Anblick Hans ihm ersparen wollte.

In Jakob kämpfte es. Der Geruch des Todes war überall, und niemand musste ihm sagen, welcher Krankheit die Toten zum Opfer gefallen waren. Dieses Kind zu seinen Füßen aber hatte überlebt, als einziges offenbar. War es richtig, sich so darüber zu freuen? Wer sollte ein Kind der Pest jetzt aufnehmen? Wo sollten sie mit ihm hin?

Jakob überlegte weiter. Bei ihnen im Steinmetzhaus konnte es nicht bleiben, gab es doch seit dem Tod seiner Mutter keine Frau mehr im Haus. Nicht einmal eine Magd hatte der Vater sich leisten können, schließlich war er nur ein einfacher Mann und konnte neben den eigenen Kindern keinen zusätzlichen Esser mehr durchfüttern, schon gar nicht einen, der so viel Fürsorge brauchen würde.

Und dennoch – verzückt starrte der Junge auf das strampelnde Etwas, das nun aus seinem Dämmerschlaf erwachte und lauthals schrie. Wie sehr hatte er sich immer eine kleine Schwester gewünscht!

Schließlich nahm er allen Mut zusammen und strich dem Kind mit dem Finger die verschwitzten Haare aus dem Gesicht. Sie waren rot. Rot wie das Feuer, das Hans nachher entfachen würde, um sie zu wärmen und ihnen etwas zum Essen zu bereiten. Die runden Kinderaugen glänzten grün wie der Fischweiher im Frühling, wenn die Entengrütze blüht und die Wasservögel ihre Küken ausführen. Sie folgten Jakob bei jeder Bewegung, und wo das alte Tuch verrutschte, blitzte helle Haut mit rötlichen Sprenkeln auf.

Jakob erschrak. Sommersprossen! Ein Zeichen des Teufels – ob sie doch besser umdrehen und davonlaufen sollten?

Doch das Wimmern des Kindes rührte ihn. »Na, Kleines, was hast du denn?«, fragte er daher und biss sich fast auf die Zunge, als Hans ihn unsanft zur Seite stieß.

»Was soll es schon haben«, brummte der. »Siehst du das nicht selbst, Schwachkopf? Das Tuch, in dem es liegt, ist nass und seine Lippen trocken, bestimmt hat es seit Ewigkeiten nichts mehr getrunken. Wir müssen Wasser und Milch besorgen und eine trockene Decke, dann wird es Ruhe geben, und wir können darüber nachdenken, was wir mit ihm machen.«

Jakob nickte und staunte. Was sein Bruder alles wusste: Was ein kleines Kind brauchte, wie man es halten, legen und drehen musste, um ihm nicht weh zu tun … So lag das Kind wenig später frisch gewaschen und in eine trockene Decke gehüllt neben ihnen und schlief.

»Es ist ein Mädchen«, sagte Hans in ihr Schweigen hinein, »höchstens ein Jahr alt. Wenn es das alles hier überleben will, braucht es noch eine gehörige Portion Glück. *Wenn* es überlebt.«

»Aber sie hat doch Glück«, strahlte Jakob, plötzlich von tiefer Zuversicht erfüllt. »Sie hat doch uns, oder etwa nicht? Schließlich hast du sie gewaschen und gewärmt und ihr zu essen gegeben, dir wird auch für alles andere etwas einfallen. Bestimmt!«

Hans sagte nichts dazu.

»Es ist zu spät, um heute noch nach Hause zu gehen«, erklärte er später. »Wir werden wohl hierbleiben und uns für die Nacht rüsten müssen. Am besten du machst ein Feuer, und ich kümmere mich um etwas zu Essen.«

»Und was machen wir jetzt mit ihr?« Schläfrig saß Jakob wenig später mit vollem Bauch und warmen Füßen im Stall, die Reste des Feuers und der geschlachteten Hühner immer im Blick. Das Kind lag still unter seiner Decke und rührte sich nicht. Von der körperwarmen Ziegenmilch, die Hans ihm in den Mund geträufelt hatte, war das meiste danebengelaufen.

»Was wird nun, Hans? Nehmen wir sie mit?«

Hans schwieg – kein gutes Zeichen, fand Jakob.

»Sag was!«, drängelte er daher, nicht gewillt, sich ohne eine Antwort schlafen zu legen.

»Hier lassen können wir sie nicht«, antwortete sein Bruder schließlich. »Nicht, solange sie noch lebt. Gott würde es nicht gefallen, und er könnte uns dafür bestrafen. Aber nach Hause bringen können wir sie auch nicht, schließlich wissen wir nicht, ob sie schon wieder gesund ist oder ob die Pest noch in ihr schlummert. Ich weiß mir, ehrlich gesagt, keinen Rat.«

Jakob schluckte – so unentschieden kannte er seinen großen Bruder gar nicht. Die Vorstellung, das Kind hier seinem Schicksal zu überlassen, schien Hans genauso mitzunehmen wie ihn selbst.

»Und wenn …«, Jakob schluckte und setzte erneut zum Sprechen an. »Was wäre, wenn wir sie zu ihrer Familie bringen?«

»Soweit ich mich erinnern kann, sind die alle tot, schon vergessen?«

Jakob schüttelte den Kopf – dass sein Bruder aber auch so gar nicht verstehen wollte! »Nein, nicht die hier. Aber ist das nicht der Hof vom Schindelmacher? Und ist … ich meine: War seine Frau nicht die Schwester von Lukas, dem Zimmermann?«

Erleichterung huschte nun auch über Hans' Gesicht. »Keine schlechte Idee, Kleiner. Als Mutterbruder ist Lukas verpflichtet, sich um die kleine Waise zu kümmern, ob sie nun krank ist oder nicht. Vielleicht springt dabei sogar eine großzügige Belohnung für uns heraus, weil wir sie zu ihm gebracht haben, statt sie hier sterben zu lassen. Der Versuch könnte sich lohnen.«

»Aber wenn die Pest nun mit ihr zieht?« Fast gegen seinen Willen schlüpften die Worte aus Jakobs Mund. »Wenn du mich fragst, ist sie noch immer heiß vom Fieber.«

Hans schwieg lange. »Dann muss sich der Zimmermann etwas einfallen lassen, nicht wir«, antwortete er schließlich. »Vielleicht ist das Mädchen schon wieder gesund, vielleicht werden sie aber auch allesamt krank und sterben, wer weiß das schon. Obwohl ...« – zweifelnd blickte er auf das noch immer reglos zwischen ihnen liegende Bündel Mensch, das mit kurzen, stoßweisen Atemzügen um sein Leben rang. »Wenn ich mir die so ansehe, macht sie es vielleicht nicht mehr lange genug, um das herauszufinden. Lass uns morgen noch vor dem Morgengrauen aufbrechen, ich möchte so schnell wie möglich nach Hause. Wenn sie dann noch lebt, nehmen wir sie mit und bringen sie zum Zimmermann. Und nun denk nicht länger darüber nach, sondern schlaf, Jakob. Es wird schon alles gut werden.«

Es war beinahe Mittag, als sie das westliche Stadttor von Rottweil erreichten. Die Wächter wollten sie mit ihrem Findling auf keinen Fall hineinlassen; erst als Hans lauthals nach dem Zimmermann Lukas brüllte, kam Bewegung in die Umstehenden und man schickte Boten aus, um ihn zu holen.

»Was gibt es Wichtiges, dass man mich von der Arbeit fortholt?«, rief schließlich ein bulliger junger Mann ungehalten und bahnte sich seinen Weg durch die Menge. »Wer wagt das? Wehe, wenn es keinen triftigen Grund dafür gibt!«

Jakob schauderte ein wenig beim Anblick des Zimmermanns: Zwanzig Jahre jung, breit wie ein Schrank und über und über mit fuchsrotem Haar bedeckt. Er sah wirklich zum Fürchten aus wie er da stand, beide

Hände in die Hüften gestemmt und die Augenbrauen ärgerlich zusammengezogen.

Hans wollte schon eine ebenso laute Antwort geben, da drängte Jakob sich nach vorn und hielt Lukas das Bündel aus Tüchern hin, in dem ihr Findelkind lag.

Der Zimmermann trat einen Schritt zurück und verschränkte die Atme vor der Brust.

»Was ist das?«, fragte er. »Was soll ich damit?«

»Das ist die Tochter deiner Schwester«, antwortete Jakob zaghaft und kreuzte die Beine, damit die Angst nicht daran hinunterlaufen konnte. »Wir haben sie als Einzige lebend auf dem Hof gefunden. Alle anderen sind tot, die Pest hat sie geholt. Wir wussten nicht, zu wem wir sie sonst bringen sollten.« Er schluckte. »Vielleicht schickst du auch gleich jemanden, der das Vieh versorgt. Wir haben es zwar gefüttert, aber allein wird es nicht mehr lange durchhalten.«

Jakob beobachtete bange den Ausdruck im Gesicht des Zimmermannes. Der wechselte von Zweifeln und Ärger über Verwirrung bis hin zu tiefer Traurigkeit.

»Was? Meine Schwester Gudrun? Tot?« Halb widerstrebend griff er nach dem Bündel in Jakobs Armen und zupfte daran, bis das kleine Gesicht zum Vorschein kam.

Jakob mochte es kaum loslassen, so sehr fürchtete er auf einmal um das gerade erst gerettete Leben. Die Kleine blinzelte, kniff die Augen zusammen und gab dann dasselbe klagende Wimmern von sich, das er am Abend zuvor für das Mauzen eines Kätzchens gehalten hatte.

»Rote Haare«, hörte Jakob den Zimmermann murmeln und ließ widerstrebend zu, dass ihm das Bündel aus den Armen genommen wurde. »Wer hier noch zweifelt, dass wir vom selben Blut sind, ist ein Hornochse.«

Jakob wankte, als sein großer Bruder ihn ungeduldig beiseitestieß und vortrat. »Was ist nun?«, knurrte der. »Wir waren fünf Tage lang unterwegs, um die Höfe abzusuchen, und haben kaum geschlafen oder gegessen.«

Der Zimmermann griff in seine Tasche und drückte beiden ein Geldstück in die Hand. Dann blinzelte er kurz und winkte den Wachen, sie hindurchzulassen.

»Ihr sollt es nicht bereuen, dass ihr mir meine Nichte gebracht habt«, sagte er leise.

Hans schlug sofort den Weg zu ihrem Elternhaus ein, doch Jakob mochte sich noch nicht von seinem Schützling trennen und folgte Lukas in die Zimmerei. Dort stürmte der bullige Zimmermann gleich in die Werkstatt zu seinem Altgesellen Curt. Jakob kannte den Altgesellen, der nach dem kürzlichen Tod von Lukas' Eltern überall half, wo es diesem noch an Erfahrung fehlte.

Auch Curt, mehr Freund als Geselle, wischte sich über die Augen, als er von dem Schicksal des Mädchens erfuhr. »Welches von Gudruns Kindern ist es denn?«, fragte er leise.

Jakob hielt den Atem an aus Angst, man könnte ihn bemerken und fortschicken, noch ehe er über das Schicksal seines Schützlings Bescheid wusste. Doch niemand schien sich an ihm zu stören.

»Marie«, antwortete Lukas. »Ja, es muss die Jüngste

sein, Marie, sie ist noch nicht einmal ein ganzes Jahr alt.« Nachdenklich wiegte er das Kind in seinen Armen. »Ehrlich gesagt, habe ich keine Ahnung, was ich jetzt mit ihr machen soll. Wenn meine Mutter noch lebte, aber so …« Dann erhellte sich seine Miene. »Geh, Curt, und hole mir Severina. Sie hat die ganzen Jahre über hier gearbeitet und war uns Kindern stets eine gute Amme, wenn die Mutter fort war. Severina wird wissen, was zu tun ist, und wir beide können uns weiter um das Geschäft kümmern.«

Severina war Lukas' Amme gewesen? Jakob riss verwundert die Augen auf, und auch Curt wiegte seinen wetterbraunen Kopf.

»Ich weiß nicht, Lukas. Der Tod deiner Eltern und Severinas Entlassung sind schon einige Wochen her, vermutlich hat sie längst andere Arbeit gefunden. Wenn du da mal nicht zu spät kommst …«

Der Zimmermann blickte auf das Mädchen, das nun friedlich und entspannt in seinen Armen lag, und schüttelte den rotlockigen Kopf. »Nein, Curt, diesmal irrst du dich. Severina wird kommen, sobald sie von dem Findling hier hört, und bleiben, solange man sie braucht. Ich schwöre dir: So lange ich keine Frau heimgeführt habe, wird sie ohne die kleine Marie hier keinen Fuß mehr aus dem Haus setzen. Nun geh und gib ihr Bescheid, bevor der kleine Wurm erwacht und Dinge von mir will, die ich ihm nicht geben kann.«

Jakob, der Marie noch immer nicht aus den Augen gelassen hatte, atmete auf. Er hatte sich geirrt: Niemand hier schien es für möglich zu halten, dass das

Kind die Pest noch an sich tragen könnte. Glücklich drehte er um und trollte sich nach Hause.

Marie also – ein schöner Name, dachte er. Das kleine Mädchen würde wohl ohne Mutter aufwachsen müssen – wie er selbst, dem die Mutter schon vor Jahren viel zu früh entrissen worden war. Aber dafür würde Marie eine Amme bekommen, die sich um sie kümmern konnte, und einen Onkel, der sie hüten würde wie einen Schatz. Und sofern Lukas sich irgendwann eine Frau nahm, würde es auch für sie eine neue Mutter geben und wer weiß, vielleicht eines Tages sogar Geschwister.

Ja, alles schien sich zum Guten zu wenden an diesem Tag, und so stolperte Jakob schlaftrunken durch die Gassen der Stadt Rottweil. Ein Wispern folgte ihm: *»Pestmarie«,* kam es aus den Ecken. *»Verhextes Kind!«* – *»Hexenkind!«*

1. DAS MÜNDEL DES ZIMMERMANNS

Rottweil im Schwarzwald, April 1525

Die Luft war feucht und lag schwer auf den Lungen.

Marie Armbruster konnte sich nicht daran erinnern, je einen so milden und feuchten Winter erlebt zu haben, und wünschte sich, dass diese ewige Nässe endlich aufhören würde. Nicht einmal richtigen Schnee hatte es gegeben, immer nur Regen, Regen und wieder Regen.

Wenn der Frühling nicht bald etwas Sonne brachte, würden ihre Setzlinge im Garten ersaufen. Marie nahm die Bitte um besseres Wetter in ihr Morgengebet auf und schwang sich anschließend geschickt aus dem Bettkasten. Sie nahm sich vor, nicht länger an die Sonne zu denken, und öffnete stattdessen die Fensterläden, um ein wenig frische Luft hereinzulassen. Tief hängende Wolken machten sie kurz neidisch auf die Reichen der Stadt, die sich Fenster aus Glas leisten konnten, doch das war bald vorbei. Mochte ihre Familie auch nicht zu den Reichen gehören, so hatten sie doch frische Luft zu jeder Tageszeit und konnten damit den alten Mief aus allen Zimmern treiben.

Aus der Stube drangen erste Geräusche – Onkel und Tante waren wach und würden sicher bald zu ihr in die Küche kommen, um den Tag zu besprechen. Marie sputete sich daher mit dem Anziehen, verschnürte flink die Strumpfbänder am Bein und das Leibchen über dem Hemd und stieg in ihren Rock aus dunklem Leinen. Anschließend machte sie sich daran, den Ofen zu säubern und das Feuer im Herd zu schüren, schließlich würde man den ganzen Tag über warmes Wasser brauchen. So loderten bereits nach wenigen Minuten kleine Flammen, wo kurz zuvor nur Asche war.

Marie seufzte. Nun, da alles fertig war, gab es keinen Grund mehr, sich vor dem Richten ihrer Haare zu drücken. Sie hasste das tägliche Kämmen, Flechten und Stecken, da ihre starken Locken sich selbst von einem grobzinkigen Kamm kaum bändigen ließen. So verzichtete sie bald darauf, flocht die feuerroten Locken zu einem Zopf und drehte diesen zu einem kleinen Knoten zusammen. Nun brauchte sie nur noch ein Band darumzuwickeln, und schon würde sie gesittet aussehen.

In diesem Moment schaute Johanna zur Tür herein.

»Oh, du bist schon auf? Wie schön!«

Die schlanke, hochgewachsene junge Frau mit dem vornehm blassen Gesicht huschte auf bloßen Füßen in die Küche, nickte anerkennend in Richtung Herdfeuer und setzte sich neben Marie auf die hölzerne Bank.

Marie schnupperte, als der Ärmel des rauchblauen Kleides an ihrem Gesicht vorbeistrich – sie liebte den Duft nach Heu und Frühlingsblumen, der Johannas Kleider umwehte und der aus den kleinen Kräutersäckchen stammte, das ihre Tante zu jedem Stapel Wäsche in die Truhe gab.

Unbekümmert machte Johanna sich daran, die nachlässig gerichteten Haare ihres Mündels wieder zu entflechten und zu kämmen. Ihr eigenes, glänzend schwarzes Haar war ordentlich unter einer Haube versorgt, wie es sich für eine ehrbare verheiratete Frau gehörte.

»Du musst lernen, deine Haare ordentlich zu stecken, Marie«, begann Johanna zu plaudern. »Du bist kein Kind mehr, und die Leute achten auf so etwas. Oder ist es dir egal, wenn die Burschen einen Bogen um dich machen, weil sie dich für nachlässig halten?«

Marie verzog das Gesicht und blickte weg, sie hasste solche Gespräche über ihre Zukunft. Früher oder später endeten sie meist in einem Vorschlag, wer vielleicht irgendwann einmal um ihre Hand anhalten könnte. Kein schöner Gedanke für eine Vierzehnjährige, auch wenn manche ihrer Altersgenossinnen bereits versprochen oder gar verlobt waren und die Tage zählten, bis sie ihr Zuhause verlassen würden. Sie selbst lebte gern hier bei Onkel und Tante, und wenn es nach ihr ging, würde sich daran so bald nichts ändern. Warum auch, schließlich hatte sie saubere Kleidung, warme Schuhe und jeden Tag genug zu essen. An die Anfeindungen der Rottweiler Bürger war sie inzwischen gewöhnt, immer wieder hörte sie ihr Flüstern und Schelten, und der Ruf des Hexenkindes haftete an ihr wie Pech an einer Fackel. Und dennoch, es störte sie kaum mehr, selten nur ging sie hinaus. Im Haus des Zimmermannes hatte sie eine Familie gefunden, und das allein zählte.

Um der leidigen Frage nach einem Freier zu entgehen, wechselte Marie das Thema. »Stimmt das, was die Leute reden?«, fragte sie.

Johanna ließ sich in ihrer Tätigkeit nicht unterbrechen. »Was hast du denn gehört?«

»Es heißt, dass eine Hungersnot droht, wenn der Regen nicht bald aufhört. Ich habe Lukas darüber reden hören, als ich ihm sein Vesper auf die Baustelle brachte. Er sagt, dass vielen Bauern das Getreide im Schober verschimmelt. Nun müssen sie ihr Vieh hergeben, damit sie etwas zu essen kaufen können. Wovon sollen sie dann leben, wenn sie weder Vieh zum Schlachten noch Saat für neues Korn haben?« Sie rieb sich mit der Hand über die juckende Nasenspitze. »Ist das wahr, Johanna? Werden wir bald alle hungern müssen?«

Die Tante fasste den Zopf fester und bog den Kopf ihres Mündels dabei ein wenig nach hinten.

»Ja und nein«, versuchte sie zu beruhigen. »Gleich zwei trockene Sommer, schlechte Ernten und nun auch noch der Regen … Die Bauern sind immer die ersten, die eine Veränderung zu spüren bekommen, und sie leiden unter der Nässe. Aber uns in der Stadt braucht das vorerst nicht zu kümmern: Die Vorratskammern sind gefüllt, und das Wasser in den Brunnen ist noch klar. Wenn nicht weiteres Unglück dazukommt, werden wir diese Zeit wohl heil überstehen.« Mahnend wies sie mit der Hand auf das Kreuz im Herrgottswinkel. »Wir sollten nicht vergessen, regelmäßig darum zu bitten.«

Marie nickte, das hatte sie bereits getan. Dann fühlte sie mit der Hand nach ihrem Zopf, der nun sauber geflochten und ordentlich gerollt auf dem Kopf lag, und band das leinene Kopftuch darum.

»Die Magd des Ratsherrn hat erzählt, dass bei Dunningen wieder ein Pesttoter gelegen haben soll, der dritte schon in diesem Jahr. Ist das ebenfalls wahr?«

Johanna seufzte und legte Brett, Messer und den halben Laib Brot vom Vortag auf den Tisch.

»Ich fürchte ja, Marie. Die Pest ist ein enger Gefährte der Not und folgt ihr oft, egal, ob bei Hunger, Dürre, Krieg oder sonstigen Katastrophen.« Sie hielt kurz inne und sah erneut auf das Kreuz. »Und wo das Elend sich niederlässt, da fühlt sich auch der Teufel wohl, sagt der Herr Pfarrer, und streckt seine Hände nach den armen Seelen aus. Die Pest ist sein Werkzeug, und wen er einmal in seinen Klauen hat, den lässt er nie wieder los.«

Mit seltsam traurigen Augen blickte Johanna dann ihre Nichte an und wischte sich über die Stirn, als müsse sie böse Geister vertreiben. »Denk daran, Marie, bevor du mit Fremden sprichst. Sie könnten des Teufels sein, und du weißt nie, ob sie sich und ihre Seele längst verkauft haben.«

»Wer hat seine Seele verkauft?«, donnerte da der fuchsrote Lukas und zwängte seinen schweren Körper durch die Tür. Groß und behäbig wirkte der Zimmermann, doch Marie kannte ihn anders: behutsam und sanft wie ein Kätzchen, besonders wenn es um sein geliebtes Mündel ging.

»Sag, Marie, von wem sprecht ihr?« Dann schlug Lukas sich in gespielter Erkenntnis vor die Stirn. »Jakob natürlich, wer auch sonst. Sag bloß, er hat endlich um deine Hand angehalten?«

»Jakob will Marie heiraten?« Thomas, der seinem Vater gefolgt war, griff nach einer Scheibe Brot. Für seine acht Jahre fand Marie ihn ganz schön vorlaut. »Gibt es dann eine richtige Hochzeit? Darf ich mit?«

Marie wurde rot, verschluckte sich an einem Krumen Brot, den sie aus Langeweile in den Mund geschoben hatte, und musste husten. Lukas hieb ihr freundlich mit seiner großen Hand auf den Rücken, was sie beinahe zu Boden geworfen hätte, wenn nicht in diesem Moment Curt, der Altgeselle, den Raum betreten hätte.

»Hoppla«, rief der und fing Marie auf. »Du hast es aber ganz schön eilig, Jungfer. Wo willst du denn hin?«

»Marie will Jakob heiraten!«, krähte Thomas und hatte offensichtlich großes Vergnügen daran, seine Cousine zu ärgern. Die holte weit aus und hätte ihm gern eine gelangt, doch der Bursche duckte sich und flitzte unter den Tisch und hinter Lukas' Beine.

»Gar nichts will ich«, fauchte Marie und drehte sich weg. »Jakob und ich sind Freunde, da denkt man doch nicht ans Heiraten!«

»Warum eigentlich nicht?« Curt grinste satt über das ganze Gesicht. »Du wärest schon eine gute Partie und eine hübsche dazu. Du magst ihn doch, oder?« Wären da nicht die beiden weit abstehenden Ohren gewesen, hätte man meinen können, sein Grinsen müsse einmal um den ganzen Kopf reichen. »Und neun Jahre Altersunterschied –, die sind schneller vergessen, als du glauben magst. Nicht mehr lange, dann hat er eine neue Anstellung gefunden und kommt dich holen, glaub mir nur!«

Verwirrt hob Marie den Kopf. »Wieso neue Anstellung? Warum sollte Jakob von hier fortgehen? Er gehört doch zu uns …« Sie verstand nicht und blickte zur Tür hinaus, ob der zweite Geselle ihres Onkels vielleicht die Treppe herunterkäme.

Thomas johlte schon wieder von seinem sicheren Platz unter dem Tisch: »Jakob will Marie heiraten!«, und gab erst Ruhe, als sein Vater hinuntergriff und ihm mit seiner riesigen Hand das vorlaute Mundwerk verschloss.

»Wo ist unser Herzbube eigentlich?«, fragte Lukas ungeduldig.

Curt grinste. »Hat heute seinen freien Tag, schon vergessen? Das heißt, dass er ausschlafen kann, bis seine Beine schwarz werden und er sich vor Hunger den Bauch halten muss. Danach geht er bestimmt auf den Markt; dort stehen heute die Werber des Schwäbischen Bundes und suchen Rekruten für den Feldzug gegen die aufständischen Bauern.«

»Das wird Jakob sich bestimmt nicht entgehen lassen«, grinste Lukas.

Curt grinste nicht, im Gegenteil. »Wer sich von diesen Kriegstreibern anwerben lässt, ist ein Verräter«, knurrte er. »Die Bauern da draußen kämpfen für ihr gutes Recht und haben es nicht verdient, dass man sie dafür verfolgt.«

»Lass gut sein«, antwortete Lukas, nun ebenfalls ernst geworden. »Vielleicht sollten wir die Werber nicht ganz so verdammen: Wenn dieser Aufstand nicht bald zu einem Ende kommt, werden wir alle ausbaden müssen, was die wütenden Bauern angezettelt haben.«

Johanna atmete scharf durch die Nase, sagte aber nichts. Marie hatte selten erlebt, dass ihre Tante vor anderen dem eigenen Mann widersprach, dafür würde es später noch genug Gelegenheiten geben.

Marie dachte an die Werber und blickte verträumt aus dem Fenster. »Ich mag die Soldaten«, murmelte sie vor sich hin. »Besonders die Landsknechte. Sie sind stark und mutig – in ihrer Nähe braucht bestimmt niemand Angst zu haben.« Sie hatte viel gehört von den verwegenen Kriegern und ihren Spießen, die jeden noch so weit entfernten Widersacher treffen konnten.

Aufgeregt drehte sie sich zu dem glatzköpfigen Altgesellen herum. »Ob wohl der eine oder andere von ihnen heute auf dem Markt sein wird, Curt? Vielleicht sogar im Harnisch?« Dann drehte sie sich zu ihrer Tante um und bettelte: »Johanna, lass mich heute die Besorgungen auf dem Markt machen, dann kann ich sie sehen. Bitte!«

Die schöne Frau erbleichte, doch noch ehe sie etwas dagegen sagen konnte, ergriff Lukas das Wort.

»Von mir aus«, sagte er gut gelaunt, erhob sich und rückte seinen schwarzen Zimmermannshut zurecht. »Aber sieh zu, dass du dir nicht allzu viel Geld abschwatzen lässt, das Feilschen auf dem Markt ist eine Kunst für sich.«

Johanna blickte kurz zwischen Marie und Lukas hin und her und trat ihrem Mann dann in den Weg. Erziehung und Kinder waren ihre Aufgabe, und so sprach sie diesmal aus, was sie dachte.

»Du willst sie allein in die Stadt schicken, Lukas?« Ihre sonst so vollen und weichen Lippen waren zu einem schmalen Strich zusammengepresst. »Du weißt doch, was dann passiert: Man wird über sie herziehen und sie verspotten. Und gerade in einer Lage wie jetzt – die Stadt sitzt auf einem Pulverfass, und der kleinste Funke könnte reichen, um es in die Luft gehen zu lassen!«

»Jetzt hab dich nicht so, Johanna!« Lukas schlug versöhnliche Töne an. »Du kannst Marie nicht ewig beschützen, irgendwann wird sie all das lernen müssen, was eine junge Frau können sollte. Warum nicht jetzt?«

Marie wollte nicht, dass die beiden stritten, schon gar nicht wegen ihr. So sprang sie auf, umarmte die Tante und setzte ihr schönstes Lächeln auf.

»Ach, Johanna, lass mich doch. Gaffer und Hetzer gibt es überall, mich treffen ihre dummen Sprüche nicht. Ich versprech dir auch, nur dort entlangzugehen, wo man mich nicht beachtet, um niemandem einen Grund für Vorwürfe zu liefern. Du kennst mich doch.«

»Das ist es ja!«, murmelte Johanna, nahm sich dann aber zusammen und schlug einen leiseren Ton an. »Wenn du meinst, Marie … Aber denk daran: Keine seltsamen Bewegungen mit den Händen, keine frechen

Sprüche und, wenn möglich, niemanden berühren, die Menschen hier mögen das nicht. Gib ihnen keinen Grund, auf dich aufmerksam zu werden.«

Marie verstand nur »Ja« und drehte sich wie ein Kreisel um die eigene Achse. »Danke, Johanna, danke! Vielen Dank!«

»Und nimm dich in Acht, wenn du deinen verehrten Landsknechten begegnest!«, lachte Lukas in ihre Freude. »So bunt sie sich auch geben mögen, so rau sind doch ihre Sitten, und sie gelten nicht eben als zimperlich, wenn ihnen etwas gefällt. So ein hübsches Fohlen wie du ist schneller verschwunden, als man nach ihm schauen kann.«

Er verabschiedete sich, zog seinen vorwitzigen Sohn mit einem Griff an den Hosen unter dem Tisch hervor und stieß ihn unsanft vor sich her. »Und du wirst mich heute auf die Baustelle begleiten, junger Mann. Es wird Zeit, dass du etwas Sinnvolles mit dir anzufangen lernst. Wenn du eines Tages die Zimmerei übernehmen willst, musst du noch viel lernen.«

»Aber doch nicht heute!«, jammerte der Junge und schaute klagend zu seiner Mutter. »Ich will mit Marie auf den Markt, die Soldaten sehen!«

Lukas aber lachte nur, und Marie atmete auf. Ein Morgen ohne die lästigen Pflichten als Kindsmagd – der Tag war gerettet!

Wieder allein, beratschlagten die beiden Frauen, was alles zu besorgen war und wo Marie es am besten bekommen könnte. Die war noch immer ganz aus dem

Häuschen vor Aufregung und freute sich über den unerwarteten kinderfreien Tag.

»… aber frisch sollte er sein«, hörte sie Johanna reden, während ihr Blick schon wieder verträumt aus dem Fenster schweifte. »Marie – hörst du mir überhaupt zu?«

Marie schaute ihre Tante an und beschloss, besser aufzupassen. »Ja, Johanna, natürlich. Wir brauchen Fisch, einen Hecht am besten, und frisch sollte er sein. – Warum kein Fleisch, Johanna? Seit Ostern ist die Fastenzeit vorbei, und wir dürfen wieder alles essen, was das Jahr hergibt, also lass uns Fleisch holen.«

Johanna lachte. »Erwischt! Du hast nicht aufgepasst, Marie, sonst wüsstest du es noch: Kutteln, gewaschen und gebrüht, Eingepökeltes und Käse liegen schon beim Metzger bereit, du musst es nur abholen. Jetzt du wieder – was hast du behalten?«

Marie riss sich zusammen und zählte auf: »Ein Weißbrot, ein Gewürzbrot und einen Scheffel Weizenmehl vom Bäcker. Dann rote Rüben, einen Kopf Kohl, sechs Eier, Lauch, Zwiebeln und … Ich dachte, Kraut und Zwiebeln seien noch in der Kammer?«

Johanna seufzte. »Das habe ich doch gerade erklärt, Wirrkopf: Unser Vorrat ist in der Feuchtigkeit stockig geworden, und ich möchte weder Kraut noch Zwiebeln weiter verwenden, sonst wird noch jemand krank. Sollen es die Schweine fressen, dann ist es wenigstens zu etwas nütze. Jetzt mach weiter: Was sollst du noch alles besorgen?«

»Ach«, klagte das Mädchen, »ich sollte schreiben

können wie Jakob, dann könnte ich mir all die vielen Dinge notieren und müsste sie nicht im Kopf zusammenhalten wie einen Sack Flöhe!«

Johanna lachte. »Wie ein Sack Flöhe kommst du mir gerade selber vor, Marie, und das mit dem Lesen und Schreiben wird schon noch. Eines Tages, wenn du verheiratet bist, kannst du dich darin üben, so lange du willst; vorerst aber sollte es reichen, wenn du zählen und dir die paar Dinge merken kannst. Nun pass gut auf, dann darfst du bald los. Vergiss nicht, der Bäckerin das Waffeleisen zurückzugeben, das ich mir ausgeliehen habe. Und Finger weg von der Waffel, die noch darin liegt, die ist unser Dank!«

Marie schüttelte missmutig den Kopf. Dass sie ausgerechnet der feisten Bäckerin einen Dank für deren Leihgabe schuldeten …

Johanna sprach weiter, und Marie musste achtgeben, mit ihren Gedanken nicht wieder abzuschweifen.

»Ich werde heute ausnahmsweise einmal selbst das Vesper auf die Baustelle bringen, so hast du mehr Zeit. Aber gewöhn dich nicht daran!«

Marie widerholte die nicht eben kurze Einkaufsliste noch einmal und legte zwei frische Leintücher für die Brote und das Getreide in den Korb. Im letzten Moment entschied sie sich doch noch für ein paar Gedächtnisstützen: Ein kleines Zweiglein, das an eine Gräte erinnerte, für den Fisch und mehrere bunte Steinchen für die verschiedenen Gemüsesorten, die sie auf keinen Fall vergessen durfte. Dann endlich ging es hinaus auf die Straßen der Stadt.

2. MIT DEM TEUFEL IM BUNDE

Marie mochte die engen Gassen mit all ihren Farben und Gerüchen. Natürlich nicht den Unrat, der achtlos aus den Fenstern gekippt wurde und durch den sie jetzt mit hohen Schritten watete, um sich nicht zu beschmutzen. Und auch nicht die Schweine, die sich grunzend und quiekend daran gütlich taten, oder gar die Ratten, die es zu Hunderten in die Städte zog. Zum Glück hatte Marie ihre hölzernen Überschuhe, die sicheren Halt im Morast boten und mit denen sie sich auch schon mal Platz verschaffen konnte.

Der Dauerregen der letzten Tage hatte die Gassen in ein Meer aus Schlamm verwandelt, und Marie schlitterte über das feuchte Pflaster. So sorgsam sie sich auch bewegte, konnte sie doch nicht vermeiden, dass das Wasser ihren Rock besudelte und sich langsam nach oben zog. Der Saum wurde schwer und kalt, und wieder einmal träumte sie davon, Hosen tragen zu dürfen wie die Burschen. So rümpfte sie nur angewidert die Nase und wünschte sich, die Straßen hätten anderes zu bieten als Abfall und Gestank.

Eine ausgewachsene Ratte mit mehreren Halbwüchsigen an der Seite huschte vorbei und riss Marie aus ihren Gedanken. Dieses Jahr schienen die Plagegeister überall zu sein, kürzlich erst hatten sich die Frauen beim Kirchgang darüber beschwert. Ob wohl doch mehr an dem Gerede der Leute war, als Johanna zugeben wollte?

Doch Marie wollte sich das Herz nicht schwermachen lassen, sondern den Ausflug genießen, und beschleunigte ihren Schritt. Sicher bewegte sie sich zwischen all den Menschen; getreu ihrem Versprechen wollte sie erst dann nach den Soldaten Ausschau halten, wenn alle Einkäufe sicher im Korb verstaut lagen. Ohne einen Blick auf die sonst so bewunderten Fachwerkhäuser mit ihren schönen Erkern und fein geschnitzten Schindeln zu werfen, eilte sie daher dem Gemurmel entgegen, das von der Stadtmitte her zu hören war.

Dort versperrte ein Pulk von Menschen ihr die Sicht. Es kostete Mühe, sich zwischen all den Leibern weiter nach vorne zu schlängeln, aber schließlich schaffte sie es doch und staunte nicht schlecht: Mitten auf dem Marktplatz, wo sonst Händler laut schreiend ihre Waren feilboten oder Frauen jeden Alters um Preise feilschten, standen nun Trommler und warben um Aufmerksamkeit. Etliche Soldaten, mit Spießen und Schwertern bewaffnet, standen daneben und hielten die Menge davon ab, dem Werber zu nahezukommen.

Dieser, ein großer Mann mit Kleidern aus feinstem grünem Tuch, hielt gerade eine flammende Rede: »Das

Heilige Römische Reich Deutscher Nation braucht euch, Männer«, tönte er. »Im Auftrag des Kaisers ist der Truchsess von Waldburg aufgebrochen, uns gegen die aufrührerischen Bauern zu verteidigen, damit wir uns wieder in Ruhe unseren Aufgaben widmen können.«

Zwischen den Worten reichte ein Bediensteter dem Redner immer wieder einen glänzenden Becher, aus dem der durstig trank – schweren Wein, vermutete Marie, denn seine Zunge wirkte seltsam unbeholfen. Offensichtlich bemühte sich der Offizier schon länger um die Männer der Stadt und versprach ihnen Ehre, Ruhm und mehr Sold, als sie an ihren freien Tagen würden ausgeben können – gegen nichts weiter als ihre Unterschrift.

Die Leute raunten und diskutierten und rückten dabei enger zusammen. Marie reckte den Hals, bekam aber nicht viel mehr als Rücken und Köpfe zu sehen. Ob wohl auch Landsknechte unter den Soldaten waren? Und ob sie wirklich so bunt gekleidet gingen wie die Leute sagten? Zu gern hätte sie einen Blick auf die verehrten Kämpfer geworfen.

Doch von den Umstehenden schien nicht jeder ihre Begeisterung zu teilen. »Die werden sich noch wundern«, murmelte jemand vor ihr. »Hier werden sie wohl kaum Rekruten für ihren feigen Kriegszug gegen die Bauern finden, im Gegenteil.«

»Recht hast du«, raunte ein anderer. »Wer sich dem Truchsess anschließt, gehört verprügelt!«

Marie zuckte zusammen. Waren die denn von allen guten Geistern verlassen? Hier in aller Öffentlichkeit

Kritik am Kriegszug der Fürsten zu üben? Das konnte böse ausgehen!

Und wirklich meldete sich eine weitere Stimme zu Wort: »Was soll's, frag ich euch. Wer wie ich als vierter Sohn einer kinderreichen Familie geboren ist, hat nicht mehr viel vom Leben zu erwarten. Als Landsknecht hätte ich wenigstens mein Auskommen, wer auch immer meinen Sold bezahlen mag!«

Die Umstehenden hielten mit ihrem Unmut über diese Meinung nicht hinter dem Berg. »Verräter!«, schimpfte einer, »Feigling!« ein anderer.

Marie fand es nun an der Zeit, den Platz zu wechseln, schließlich hatte sie Zurückhaltung versprochen. Sie ließ sich also von der Menge weitertreiben. Wohin sollte sie sich als Erstes wenden? Zum Bäcker vielleicht, um das Waffeleisen abzugeben? Mit einem »schönen Gruß von der Zimmermännin«? Oder sollte sie zuerst die Händler suchen, die heute wegen der Werber nicht auf ihren gewohnten Plätzen standen?

Sie entschied sich für die Händler und sah sich um. Wo mochten sie sich in all dem ungewohnten Gedränge aufgestellt haben?

Plötzlich wogten laute Rufe über den Platz, und wie aus dem Nichts tauchten zwei Söldner mit kurzem Schwert und Langspießen hinter Marie auf. Erschreckt trat sie zur Seite und wurde doch fast umgerannt. Der ältere von beiden drehte sich daraufhin um, senkte den mit dichtem Federschmuck versehenen Helm zu einem kurzen Gruß und zwinkerte ihr zu.

Marie schlug das Herz bis zum Hals. Es gab sie also

wirklich, diese mutigen und vernarbten Spießgesellen, denen nichts heilig war außer ihrem Fahneneid. Die für gutes Geld ehrliche Kämpfe fochten und vor denen sich jeder Mann, ob ehrbar oder nicht, in Acht nehmen musste, wenn er etwas Übles im Schilde führte. Wie unrecht hatte ihnen Lukas heute Morgen getan, als er ihnen Mutwillen und Unehrlichkeit vorwarf!

Wie betäubt blickte Marie den sich langsam entfernenden Gestalten nach. Zugegeben, ein wenig protzig wirkten sie ja schon in ihren bunten Hosen und Hemden – jeder Ärmel und jedes Hosenbein lugte in einer anderen Farbe unter dem blitzenden Brustharnisch hervor. Um die Hälse baumelten Ketten aus Gold und Perlen – Marie hatte zwar gehört, dass die Söldner ihr Hab und Gut am Körper tragen sollten, aber dass es so viel war …

Jemand stieß im Gedränge an ihren Korb und erinnerte schmerzhaft daran, warum sie heute eigentlich hierhergekommen war. Wie sollte sie in all dem Durcheinander nur den Fischverkäufer oder die Bauernstände finden? Marie staunte mit offenem Mund – und erschrak, als eine auffällig gekleidete Frau sie grob beiseitestieß.

Die Dame war Marie unbekannt und schien aus einer anderen Gegend zu kommen. Ihr Kleid war sicher einmal teuer gewesen, wirkte aber abgetragen; über den lindgrünen Rock und das gleichfarbige Mieder hatte sie einen orangegelben Überwurf geschlungen, ein Hut in gleicher Farbe schmückte ihr kunstvoll gestecktes Haar. Trotzdem wirkte sie einfach und niederen Standes.

Ob sie wohl zu den Werbern gehörte? Marie wusste, dass jedes Heer versorgt werden musste und dass in seinem Tross oft Frauen mitreisten, die sich um alle Belange außerhalb der Kämpfe kümmerten. Welchen davon die fremde Frau wohl angehören mochte? Die Kleidung deutete auf etwas Geringeres hin wie etwa Waschfrau, doch ihre Haltung sprach andere Worte. Vielleicht war sie ja Marketenderin und beschaffte vor dem Kriegszug Waren, um sie später gewinnbringend an die Soldaten weiterzuverkaufen? Dann wäre sie gewohnt, Recht und Respekt zu bekommen, und Marie sollte auf keinen Fall ihr Aufsehen erregen.

»Verzeihung …« Ehrfürchtig senkte sie den Kopf und trat einen Schritt zurück, obwohl sie angerempelt worden war und nichts getan hatte. Aber als Mündel des Zimmermanns wusste sie, was sich gehörte und was besonders Johanna von ihr erwartete.

Die Dame hielt kurz inne, maß das Mädchen von Kopf bis Fuß und schritt dann wortlos weiter, als sei nichts geschehen.

Nicht so die feiste Bäckerin, die hinter der Fremden herging und schweratmend einen Korb mit Backwaren trug.

»Scher dich fort von hier, Pestbalg!«, schimpfte sie und drängte zwischen Marie und die Dame. »Wag es ja nicht, uns etwas anzuhexen. Seit der Zimmermann dich in die Stadt geholt hat, haben auch Pest und Hunger Einzug gehalten, er hätte genauso gut den Teufel selbst einladen können!«

Die fremde Frau, sie mochte um einiges älter sein als

Johanna, drehte sich noch einmal um und schob die Bäckerin zur Seite, als sei sie eine Küchenmagd. »Wer ist das?«, bellte sie mit rauer Stimme, wie Menschen sie haben, die viel unterwegs sind.

»Das, verehrte Frau Wyss, ist Jungfer Marie, die Nichte des Zimmermanns«, antwortete die Bäckersfrau geflissentlich und verbeugte sich tief – die Fremde musste tatsächlich von hohem Stand sein oder viel Geld bei ihr gelassen haben!

»Aber sie ist nicht wirklich eine von uns«, fuhr die Bäckerin eifrig fort, »viel eher ein Findelkind vom Land, dessen Familie an der Pest zugrundegegangen ist. Die hier ist als Einzige entkommen – wenn ihr mich fragt, ein Zeichen, dass es nicht zum Besten mit ihr steht.« Zänkisch stieg ihre Stimme in die Höhe. »Aber das sieht man ja auch so: Haare wie Feuer, Augen wie eine Katze und eine Vergangenheit, die verdächtiger ist als ein Gaukler im Dunkeln – was braucht es mehr, um die Hexe zu erkennen?« Sie riss die Augen auf, dass Marie schon fürchtete, sie würden herausfallen wie Eicheln aus einem löchrigen Sack.

»Hexenkind!«, zischte es aus der Menge und eine zweite Stimme murmelte: »Geh zurück zu dem, der dich geschickt hat!« Gefährliche Worte in Zeiten wie diesen, in denen einen schon die bloße Anwesenheit bei einem ungewöhnlichen Ereignis in den Verdacht bringen konnte, mit dem Teufel im Bunde zu sein!

Hexenkind!, bohrte es in Maries Kopf. *Hast die Pest hierhergeschleppt! In deiner Nähe lauert der Tod!*

Unruhig suchte sie nach einer Lücke im Gedränge,

durch die sie verschwinden konnte, doch das Geschrei der Bäckerin folgte ihr erbarmungslos: »Teufelsbalg! Scher dich zurück zu deinem Schöpfer!«

Marie entschied, dass es einen besseren Zeitpunkt geben würde, um das Waffeleisen zurückzubringen, und schlüpfte hinter einen Stand. Morgen war auch noch ein Tag, und bis dahin würden die giftigen Worte hoffentlich vergessen sein.

Marie umrundete den Platz und stieß auf einen zweirädrigen Karren. Mehrere Fische lagen ausgebreitet auf einem dunklen Tuch – der Zufall hatte sie direkt zum Fischkrämer geführt. Betont ruhig beugte sie sich über die Auslage und tat, als wolle sie die Ware ausgiebig prüfen.

Puh, so wie die rochen waren sie schon lange nicht mehr frisch! Marie musste sich zwingen, das Gesicht nicht zu verziehen

Der Händler, den dicken Bauch von einer speckigen Lederschürze umspannt, lehnte mit verschränkten Armen an seinem Wagen und sah ihrem Treiben zu. Marie mochte ihn nicht sonderlich; er hatte es nicht so mit dem Lot und wog hier und da gern mal etwas zu seinen Gunsten ab.

»Was willst du?«, fragte er prompt und spuckte ihr vor die Füße. »Du verdirbst mir das Geschäft, Teufelsbalg! Scher dich weg von hier!«

Marie erschrak. Freundlich waren die Bürger der Stadt ja noch nie gewesen, aber als *Teufelsbalg* hatte sie bisher noch niemand bezeichnet, zumindest nicht in der Öffentlichkeit.

Sie beschloss, die Ungehörigkeit nicht weiter zu beachten, und griff wahllos nach dem erstbesten Fisch.

»Ist der auch frisch?«, fragte sie und bemühte sich, den strengen Ton nachzuahmen, mit dem Johanna ihre Einkäufe zu erledigen pflegte.

»Aber ja doch, gewiss!« Der grobschlächtige Mann musterte Marie mit abschätzendem Blick, blinzelte anzüglich und hielt ihr seine schmutzige Hand entgegen. »Das macht sieben Heller!«

Marie verzog das Gesicht. »Mehr als fünf ist der aber nicht wert.« Mit geübten Bewegungen packte sie den Hecht bei den Kiemen und hob ihn hoch. Ganz schön schwer für einen einzigen Fisch, ging es ihr durch den Kopf. Ob der Händler wohl doch recht hatte, so viel zu verlangen? Sie ließ den Fisch wieder auf seinen Platz zurückgleiten und roch an ihrer Hand: Schweineblut – hier hatte der Fischkrämer wohl nachgeholfen und die Kiemen eingepinselt, um den Eindruck zu erwecken, dass der Fisch gerade erst geschlachtet worden war.

Marie zögerte. Sie wollte ihre Einkäufe zügig erledigen, um nach den Soldaten sehen zu können, und hätte den Fisch daher gern gekauft, wie alt er auch sein mochte. Andererseits war es ihr ein Gräuel, so viel Geld für schlechte Ware auszugeben, und sie hätte gerne gefeilscht. Das wiederum würde nicht leise abgehen, und Marie hatte der Tante doch versprochen, kein Aufsehen zu erregen …

»Nein danke«, sagte sie daher und drehte sich um, als wollte sie den Stand des Fischkrämers unverrichteter Dinge wieder verlassen. »So viel Geld ist euer alter

Fisch nicht wert. Fünf Heller, wie gesagt, mehr gebe ich dafür nicht aus.« Sie wischte die blutige Hand an dem Leintuch ab, das eigentlich zur Abdeckung des frischen Weißbrotes gedacht war. Würde das Brot sich eben heute mit dem Mehl seinen Platz im Leinenbeutel teilen müssen.

Ach, wenn sie nur schon wieder zu Hause wäre – schwer wog das eiserne Waffeleisen in ihrem Korb und nicht minder schwer die Worte der Bäckerin.

Hexenkind!

»Nicht frisch, nicht frisch – woher willst du unerfahrenes Ding das überhaupt wissen?«, schimpfte der Händler. »Heute Morgen erst habe ich die Fische gefangen, mit eigener Hand, so wahr ich hier stehe. Wenn sie jetzt nicht mehr frisch sind, muss sie jemand verhext haben. Du hast sie beschnuppert wie eine Katze und dabei gemurmelt wie ein altes Weib. Und seltsame Zeichen mit den Händen hast du gemacht, das habe ich genau gesehen – dabei musst du es getan haben!« Seine Stimme wurde lauter und glich bald der eines alten Waschweibes. »Heute Morgen mit eigenen Händen geschlachtet, und nun das …« Er fluchte, spuckte vor Marie aus und drohte ihr mit erhobener Faust. »Mach dich fort von hier, du Hexe, oder ich lass dich in den Turm sperren! Und dann Gnade dir Gott!«

Nun war es vorbei mit Maries Mut. Als die ersten Schaulustigen kamen, um zu sehen, wer da wen der Hexerei bezichtigte, duckte sie sich und verschwand im Gewühl. Würde sie eben woanders ihren Fisch kaufen, solchen wie den da fand sie jederzeit wieder.

Hoffentlich!

Marie vermutete die Gemüsestände am anderen Ende des Marktplatzes und wollte sich außen herum auf den Weg zu ihnen machen. In den Seitengassen war es ruhiger, doch würde sie dort weniger von dem bunten Treiben sehen können. Obwohl das gar nicht mehr nötig war, denn die verwegenen Landsknechte hatten sich tief in ihr Gedächtnis eingebrannt. Genau wie das Bild der fremden Dame. Wie schön ihre Kleider gewesen waren und wie forsch ihr Ton … Marie kannte nur wenige Frauen, die sich mit der Fremden hätten messen können. Eine davon war Johanna.

Erschöpft schlurfte sie über das glitschige Pflaster und suchte nach einer Mauer, auf der sie den schweren Korb abstellen und einen Moment ausruhen konnte. Der Gang über den Marktplatz und die Beschimpfungen des Fischkrämers hatten ihr zugesetzt, sie brauchte eine Pause.

Marie fand einen Brunnen, setzte sich auf die Mauer und strich die feuchten Haare aus der Stirn. Durch ein Fenster drangen Lärm und schlechte Luft – in der Schänke hatten die Männer sich auf einen Trunk zusammengefunden, tranken und würfelten und feierten den Beitritt zur Söldnertruppe.

In einer Gasse spielten Kinder; Marie ließ die Hände sinken und schaute ihnen zu. Ein Mädchen bemerkte den stummen Gast, tuschelte kurz mit den anderen und winkte sie dann zu sich heran.

Marie war unschlüssig, ob sie dem Wink folgen sollte; Freundlichkeit war sie von den Menschen dieser

Stadt nicht gewöhnt, auch nicht von den Kindern. Für die war und blieb sie die Fremde, die die Pest überlebt hatte – die Pestmarie eben. Schließlich war es kein Geheimnis, woran ihre Familie und kurz darauf auch einer ihrer Retter, der Starke Hans, gestorben war. Einzig Jakob, ihr Freund Jakob, hatte alles glücklich überstanden und arbeitete seitdem in der Zimmerei ihres Onkels.

Jakob gehörte für Marie längst zur Familie, sie könnte sich ein Leben ohne ihn nicht mehr vorstellen, genauso wenig wie ohne Lukas oder Johanna. Und doch – ihre Gedanken schweiften zurück zu dem ärgerlichen Tischgespräch heute Morgen. Konnte es wahr sein, dass Jakob mehr als nur geschwisterliche Zuneigung für sie empfand? Er, den sie immer als großen Bruder betrachtet hatte, den sie verehrte und bewunderte, ausgerechnet er sollte sie heiraten wollen? Nein, Marie schüttelte den Kopf. An so etwas konnte und wollte sie nicht denken, dafür war sie einfach noch zu jung.

»Komm doch mal«, rief das fremde Mädchen in ihre Gedanken und winkte erneut. Es mochte etwas jünger sein als sie selbst, hatte langes braunes Haar und eine große Zahnlücke, die ihr etwas Verwegenes gab.

»Was ist?« Marie blieb vorsichtshalber auf ihrer Mauer sitzen. Die Füße taten weh, und der ganze Körper verlangte nach einer Rast.

»Willst du mit uns spielen?«

»Was spielt ihr denn?« Marie blieb vorsichtig. In früheren Jahren hatte sie oft genug schmerzhaft erfahren müssen, dass man in Rottweil keinen Wert auf sie legte, und nun auf einmal so etwas?

Die Kinder berieten sich kurz, dann sagte das Mädchen: »Wir spielen ›Fang den Ball‹ und können uns nicht einigen, wer in den Kreis gehen soll.«

Marie schluckte ihr Unbehagen herunter, nickte und stellte sich in den Kreis, um als Erste den hin und her fliegenden Ball zu fangen. Ihren Korb stellte sie vorsichtshalber sicher zwischen den Beinen ab, so dass ihn nicht einfach jemand greifen und davonlaufen konnte.

Doch kaum hatte Marie sich wieder erhoben, schwoll das merkwürdige Gefühl in ihrem Innern zu einem lauten Brausen an. Spöttisches Grinsen verwandelte die eben noch so unschuldigen Gesichter in Fratzen. Sie suchte nach einer Stelle, an der kleinere Kinder standen und sie vielleicht den Kreis durchbrechen konnte, doch da war nichts.

»He, du«, begann das Mädchen mit der Zahnlücke. »Was machst du eigentlich hier? Das ist unsere Gasse, da hat eine wie du nichts zu suchen.«

Hexenkind! Gehörst nicht hierher!

Marie verschränkte trotzig die Arme vor der Brust und reckte das Kinn. »Gern«, sagte sie möglichst unbewegt, »wenn ihr mich lasst. *Du* wolltest doch, dass ich mit euch spiele, nicht umgekehrt.«

Ein Junge, deutlich größer als Marie und von stämmiger Gestalt, lachte grölend und die anderen stimmten ein.

»Das musst du falsch verstanden haben, Pestmarie. Mit einer wie dir spielt man nicht, sonst steckt man sich nur an!« Sein sommersprossiges Gesicht war schweißnass und die Haare standen wie Stroh von seinem Kopf.

Ein Blick in seine glänzenden, leicht geröteten Augen ließ Marie erbleichen, er wirkte gefährlich und irgendwie fremd.

Sie spürte, wie ihr der Hals eng wurde. Wann würde man endlich aufhören, sie zu verspotten und wie eine Aussätzige zu behandeln, nur weil sie damals nicht an der Pest gestorben war, wie es sich gehörte?

»Was meinst du damit: ›Eine wie ich‹?«

»Was schon?«, antwortete der Strohkopf. »Kennst du sonst noch jemanden hier, der andere totwünschen kann?«

»Mörderin!«, zischte einer, »Hexe!« ein anderer. Hier und da gluckste jemand; anscheinend machte es großen Spaß, auf einem wehrlosen Opfer herumzuhacken.

Marie bekam nun doch Angst und war den Tränen nahe. »Ich habe niemanden verwünscht«, klagte sie, »und ich bin auch nicht schuld an jemandes Tod!«

»Ha!«, mischte sich ein Mädchen ein, so alt wie sie selbst vielleicht, aber deutlich kräftiger. »Und warum ist mein Onkel Hans dann damals gestorben, nachdem er dich in die Stadt gebracht hat? Viele Höfe hat er abgesucht im Auftrag des Rates, um zu sehen, ob alles beim Rechten ist, und nie ist ihm etwas passiert – bis er das Pech hatte, dich zu finden. Du hast ihm die Pest auf den Hals gehext!«

»Jawohl!«, schrie es irgendwo, und Marie duckte sich in Erwartung eines Schlages. »Warum sonst hast nur du die Seuche überlebt, als Einzige weit und breit?«

»Und was ist mit Jakob?«, wimmerte Marie, die Hände fest vor das Gesicht gepresst. »Der hat doch auch überlebt, oder etwa nicht? Er hat mich zu Lukas gebracht und ist bis heute gesund geblieben, obwohl er immer in meiner Nähe war.«

»Den hast du ja auch verhext«, rief der Strohkopf und schubste Marie mit seinem vorgewölbten Bauch, so dass sie ins Straucheln geriet. Sie kippte an ihren Hintermann, nur um von dort aus erneut weggestoßen zu werden wie zuvor der Ball.

»Jawohl, verhext, verhext!«, schrie ein weiteres Mädchen in schmutzig-braunem Kleid. »Einen Liebeszauber hat sie ihm gesprochen und damit für immer an sich gebunden. Seht euch doch den Jakob an, wie er ihr nachläuft wie ein Hund und keine Augen für andere mehr hat. Verhext ist der, sagt meine Schwester, und die weiß es von der Bäckerin.«

»Jawohl!«, schrien sie und stießen Marie immer schneller herum. Es war nur noch eine Frage der Zeit, bis sie straucheln und fallen würde und auch die letzten Hemmschwellen ihrer Peiniger brachen. Hier und da setzte es bereits Tritte und Stöße, und Marie zweifelte daran, jemals wieder heil nach Hause zu kommen.

»Hexe«, grölte jemand, Marie wusste nicht, wer. »Sieh dir doch nur diese Haare an: rot wie das Feuer, über dem sie ihre Tränke braut! Meine Mutter hat sie neulich nachts auf einem Besen über den Berg reiten sehen, bestimmt war sie unterwegs zu einem Treffen mit ihrem Liebsten, dem Teufel!«

»Teufelsbalg!«, schrie jemand, »Hexenkind!«, ein anderer.

Der Junge mit den glänzenden Augen griff nach einer

Locke, die sich aus Maries Zopf gestohlen hatte, und zog daran so fest er konnte. Sie schrie auf und warf den Kopf zur Seite; Tränen strömten über ihre Wangen, und sie fragte sich, wie sie bloß dieser Meute entkommen sollte.

Aufgeschreckt von dem Geschrei, huschte eine fette Ratte über die matschige Gasse. Sie sah die Gruppe, richtete sich auf, quiekte und trippelte dann wieder zurück zu der Ecke, aus der sie gekommen war.

Die Blicke folgten dem Tier gebannt, bis ein Mädchen spitz aufschrie und mit dem Finger auf den sich entfernenden Schatten zeigte. »Schaut nur«, kreischte sie, »sogar die Ratten fürchten sich vor ihr. Seht bloß zu, dass niemand sie berührt, sonst hext sie euch ihren Pestzauber auf den Hals und ihr müsst alle elend sterben!« Sie versteckte ihre bloßen Hände unter den Ärmeln des Überkleides und andere machten es ihr nach.

Marie hatte keine Wahl, sie musste Hohn und Spott über sich ergehen lassen und hoffen, dass die Kinder des Spieles irgendwann überdrüssig würden. Die Hände vor das Gesicht geschlagen, blieb ihr nichts weiter übrig, als dem Schmählied zu lauschen, das schon seit einiger Zeit die Runde machte:

Teufelsbalg, Hexenkind,
verwünscht den Mensch und auch das Rind,
krumme Beine, schiefer Mund,
schnaufig wie ein alter Hund,
Teufelsbalg, Hexenkind,
verwünscht den Mensch und auch das Rind!

Bei der nächsten Liedstrophe hielt Marie sich die Ohren zu, als könnte sie so verhindern zu hören, was die Worte sagten:

Feuerhaar, Pestmarie,
mit so einer spricht man nie!
Kann sich an den Toten laben,
ohne Fieberleid zu haben!
Feuerhaar, Pestmarie,
mit so einer spricht man nie!

Sie grölten und johlten begeistert, bis ein Krachen von der Schänke her die Köpfe herumfliegen ließ. Wütend und mit zorngeröteten Augen kam von dort ein Mann, das honiggelbe Haar stand wild um den Kopf, das kantige Kinn resolut nach vorne gestreckt. Sein schlanker, sehniger Körper war breit genug, dass sich ein Weibsbild bequem dahinter hätte verstecken können, und in den Augen der Kinder glänzte auf einmal Furcht.

Der Bursche brüllte auf und schlug sich mit beiden Händen eine Gasse durch die Meute. Die schrien auf, zwei fielen gar zu Boden, die anderen rannten davon und gaben ihr Opfer frei.

Marie wimmerte und presste die Hände auf das Gesicht. »Sie haben gefragt, ob ich mit ihnen spielen will …«

»Komm!«, sagte Jakob, wischte ihr ungelenk die Tränen aus dem Gesicht und griff nach ihrem Korb. »Komm mit, die Straße schickt sich nicht für ein anständiges junges Mädchen wie dich.«

»Wohin?«, flüsterte Marie. »Ich muss doch noch Einkäufe erledigen.«

»Du wirst heute gar nichts mehr erledigen. Wir können froh sein, wenn wir das Geschehene vor Lukas verbergen können.«

Marie sträubte sich, als sie merkte, dass Jakob sie in die Schänke führte, folgte ihm dann aber doch. Wo sollte sie auch sonst hin? Er hatte ja recht: Sie musste vergessen, was gewesen war, und gute Mine zum bösen Spiel machen. Wenn Lukas erfuhr, was hier gerade vorgefallen war, würde er die Kinder sicher zur Rede stellen, und das konnte böse Folgen haben. Dass sein Geschäft so schlecht lief in letzter Zeit hatte sicher auch damit zu tun, dass sich Übles über dem Land zusammenbraute und man einen Schuldigen suchte, den man dafür bestrafen konnte. Einen wie sie, Marie, die Fremde, die Haare wie Feuer hatte und der Pest entkommen war. Eine, deren Seele dem Teufel gehören musste, denn warum sonst hätte er sie überleben lassen?

Pestmarie! Hexenkind!

Und was, wenn sie recht haben?, ging es Marie durch den Kopf. Wenn der Teufel wirklich in ihr steckte? Wenn sie eine Hexe war und allem und jedem in ihrer Nähe Unglück brachte? Ihrer Familie hatte sie bereits Unglück gebracht, und Jakob sah auch nicht glücklich aus …

3. KOMM MIT MIR, MARIE

Dankbar nahm Marie den Becher mit Wasser und trank in tiefen Zügen. Das tat gut!

Jakob bediente sich ebenfalls, mischte sich aber etwas Wein hinein. Marie sah, wie seine Hand dabei zitterte – so aufgebracht hatte sie den Freund selten gesehen, obwohl die Hänseleien doch nicht neu waren.

»Gesindel!«, schimpfte er und streichelte ihr über die Hand, als könnte er so nachträglich wieder gutmachen, was die anderen getan hatten. »Zehn gegen einen, das gehört sich einfach nicht!«

Marie zog die Hand fort und verbarg sie unter dem Tisch. »Ich hätte nicht zu ihnen gehen sollen …«

»Nun lass gut sein, Jakob, ihr ist ja nichts passiert.« Die Wirtin, eine dralle Brünette in hellbraunem Rock und aufreizend rotem Mieder, brachte einen neuen Krug Wein, doch Jakob winkte ab.

»Es ist genug, Irmhild, ich bin nicht hier, um mich zu besaufen.«

Die Wirtin seufzte und drehte sich den anderen Gästen zu, die im hinteren Winkel nach ihr riefen.

»Geh nach Hause, Jakob«, rief sie ihm über die Schulter zu, »ich mein es gut mit dir. Und nimm das arme Ding da mit, bevor ihr noch etwas zustößt.«

»Aber meine Einkäufe …« Auf gar keinen Fall wollte Marie Johanna unverrichteter Dinge vor die Augen treten.

Irmhild machte auf dem Fuß kehrt und griff nach dem Korb.

»Die kann ich dir auch geschwind besorgen, wenn ihr zwei so lange auf meine Schänke achten wollt. Was fehlt dir denn noch?«

Marie zögerte, schließlich war die Frau ihr fremd. Aber sie machte einen netten Eindruck, und Jakob schien gut mit ihr bekannt zu sein. Schließlich überwand sie ihr Misstrauen und zählte auf, was sie von der Einkaufsliste noch wusste. Staunend sah sie zu, wie Jakob mit einem halb verkohltem Stück Feuerholz Notizen auf den Tisch malte.

»Hör auf mit dem unnützen Geschmiere, du ruinierst mir noch den Tisch«, nörgelte die Wirtin, griff nach dem Korb und wickelte sich ein Tuch um die bis dahin offen getragenen Haare.

»Warum soll das unnütz sein, was Jakob macht?« Marie schaute noch immer auf die Tischplatte, die sich nach und nach immer mehr mit seinen Strichen und Kurven füllte. »Ich würde so vieles darum geben, schreiben zu können …« Fasziniert starrte sie auf die dunklen Zeichen, die wie von Geisterhand gemalt erschienen.

Gut, dass die Kinder das nicht sehen konnten, ging

es ihr durch den Kopf, sonst wäre ihr Freund wohl auch der Zauberei verdächtig.

Jakob aber lachte nur. »Ein Zehnt von ihrer Neugier, Irmhild, und deine Schänke wär eine Goldgrube.« Er strahlte Marie dabei mit so viel offener Freude an, dass sie nicht anders konnte als zurückzulächeln.

»Bring mir das Schreiben bei!«, bat sie inständig. »Jetzt, Jakob. Ich muss es wissen. Frag nicht warum, aber ich habe keinen anderen Wunsch als diesen, seit du mir die ersten Zeichen beigebracht hast.« Sie nahm ihm den Splint aus der Hand und zeigte damit auf die Buchstaben, die sie erkannte: »Das ist ein ›O‹, richtig? Und hier: ein ›E‹ – siehst du, Jakob, ich weiß es noch. Zeig mir auch die anderen, ich bitte dich!«

Jakob aber saß nur da und betrachtete ihre zarte weiße Hand neben seiner schwieligen Pranke. Gedankenverloren tippte er auf ihre vielen Sommersprossen als wären sie Tupfer auf einem geheimen Gemälde, bis Marie ihm die Hand erneut entzog.

»Du bist so schön, Marie ...«, flüsterte er. »Ich zeige es dir, natürlich, alles was du willst. Nur lass mich niemals allein!«

Das Mädchen erschrak. *Hat Jakob endlich um deine Hand angehalten?*, dröhnten Lukas' Worte vom Morgen in ihren Ohren.

Schnell verbarg sie die Hände hinter ihrem Rücken. »Sag nicht solch dummes Zeug, Jakob, das will ich nicht hören. Du bist mein Freund, und Freunde reden nicht so miteinander!«

Die Wirtin lachte heiser, gab Jakob einen Handstreich auf den Hinterkopf, zwinkerte ihnen zu und verließ dann mit Maries Korb die Schänke.

Nun waren sie allein, abgesehen von den Fremden an den anderen Tischen. Marie traute sich nicht, etwas zu sagen, und nestelte an ihrem Leibchen herum; bei dem Gerangel vorhin hatten sich die Bänder gelöst, und sie wollte so nicht vor Johanna treten.

Jakob band etwas von seinem Gürtel ab und schob es zu ihr hinüber. Es fühlte sich warm und weich an – Marie schaute nach und erbleichte.

»Eine Hasenpfote? Jakob, was soll ich damit?«

Jakob räusperte sich. »Das ist ein Glücksbringer, Marie. Du kannst ihn behalten, wenn du willst, ich schenk ihn dir.«

Als sie sich anschickte zu widersprechen, schüttelte er energisch den Kopf und drückte ihre Hand sanft um das Geschenk. »Sie gehörte einmal meinem Bruder, dem Starken Hans. Er hat sie mir gegeben, damit sie mich beschützt, kurz bevor er … Du weißt schon.«

Marie biss sich auf die Lippe und öffnete die Hand, um das unerwartete Geschenk näher zu betrachten. Die Pfote war weiß mit braunen Sprenkeln, so als wäre der Hase eben noch im Matsch der Gassen herumgelaufen und hätte sich damit bespritzt.

»Sie soll dir gehören, wenn du sie magst.«

»Aber das ist ein Geschenk deines Bruders, das Letzte, was du von ihm hast. So etwas gibt man nicht einfach fort.« Sie wollte nicht länger zur Seite sehen und blickte hoch.

Augen so blau wie der Himmel an einem Sommertag – warum war ihr das bisher nie aufgefallen?

»Ich will, dass sie von nun an dir Glück bringt«, sagte Jakob leise. »Hans gab sie mir zu Beginn unserer Pestreise, weil ich so große Angst hatte. Noch auf dem Sterbebett war er davon überzeugt, dass sie Glück bringt, schließlich hatte ja ich überlebt und er, der sie fortgegeben hatte, nicht.« Er räusperte sich. »Ich möchte, dass du sie bei dir hast, Marie. Nie wieder soll ein Mensch dir weh tun. Wenn ich mir vorstelle, was alles hätte geschehen können, wenn ich nicht gekommen wäre …«

Marie aber schüttelte den Kopf und schob das Geschenk zu ihm zurück. »Das kann ich nicht annehmen, Jakob. Dein Bruder wollte, dass du die Pfote trägst, so etwas ist heilig. – Was ist überhaupt mit dir los?« Ihr Ton wurde forscher. »Dass du deine freien Tage im Schankhaus verbringst, kenne ich gar nicht von dir. Und auch sonst: Das Haar wirr wie ein Straßenköter und die Kleider alt und staubig – hast du Kummer?«

»Pah!« Jakob strich sich die Haare aus dem Gesicht und blickte finster an Marie vorbei. »Wie würde es dir wohl gehen, wenn du an einem Tag gleich Familie und Anstellung verlierst?«

Marie schüttelte wirr den Kopf. »Aber warum …? Ich versteh dich nicht!«

»Wenn nicht in den nächsten Tagen ein Auftrag kommt, und ich meine damit einen richtig großen Auftrag, Marie, dann wird Lukas sich keinen zweiten Gesellen mehr leisten können. Und was meinst du wohl, wer dann gehen muss?«

Marie erbleichte. »Nein, Jakob, das glaub ich nicht. Nicht du, bestimmt nicht du. Und selbst wenn – Lukas findet eine Lösung, das schafft er immer. Er kennt alle wichtigen Leute in der Zunft, und bestimmt ist einer dabei, der einen tüchtigen Burschen wie dich brauchen kann!«

Jakob sah sie wild an und presste die nächsten Worte zwischen den Zähnen hinaus. »Einen Burschen wie mich – wer bin ich denn schon? Ein Steinmetz, der sich seines Standes nicht besinnt und so tut, als könnte er Zimmermann sein. In Lohn und Brot bei einem, der nicht wahrhaben will, dass die Leute ihn meiden wegen dem, was ich ihm ins Nest gelegt habe. Sie haben Angst vor dir, Marie, wusstest du das?«

Hexenkind! Pestmarie!

Das Mädchen erschrak und hielt sich die Ohren zu. »Hör auf, Jakob, hör auf! Ich will so etwas nicht hören. Sag, dass das alles nicht wahr ist!«

Maries Tränen wirkten wie ein Schlag ins Gesicht; Jakob besann sich und strich ihr entschuldigend über die bebenden Schultern. »Es tut mir leid, Marie, das wollte ich nicht. Auch wenn es stimmt, die Menschen haben wirklich Angst vor dir, die ganze Zeit schon. Und wer Angst hat, wird ungerecht und gefährlich. Erst haben sie über dich geflüstert, dann über Lukas und jetzt über mich.« Mit gehetztem Blick sah er aus der Fensteröffnung hinunter auf die Gasse. »Wir müssen hier weg, Marie, du und ich. Wenn wir gehen, hat Lukas vielleicht eine Chance, wieder auf die Beine zu kommen. Wenn wir bleiben, ist er verloren; es gibt genug andere Zimmersleute hier, denen man nicht misstraut.«

Bringst Unheil über die, die du liebst …

In Maries Hals schwoll ein Kloß, und in ihrer Brust schien kein Platz mehr zu sein. Ängstlich rang sie nach Atem.

»Wohin denn, Jakob? Wohin soll ich gehen? Ich kenn doch sonst niemanden.« Es klang verzweifelt.

Die Tür ging auf, und beide zuckten zusammen. Irmhild stellte den gefüllten Korb neben Marie, band sich das Tuch vom Kopf und schüttelte ihre kastanienbraune Mähne in Form. »Dann geh mit Jakob, Mädchen. Dieser Kindskopf da hat tagaus, tagein nichts anderes im Sinn als dich und wird keine Ruhe finden, ehe er dich nicht an seiner Seite und in Sicherheit weiß. Jakob hat recht: Ihr solltet von hier fortgehen, und zwar bald.«

Marie sah Jakob mit großen Augen an. Das konnte doch alles nicht wahr sein …

»Ja, komm mit mir, Marie«, flüsterte Jakob. »Ich kann auf Wanderschaft gehen und sehen, wo tüchtige Zimmerleute gebraucht werden. Nach dem Krieg werden bestimmt Leute gesucht, die alles wieder aufbauen. Und wenn nicht, dann arbeite ich halt als Steinmetz wie mein Vater, ein Auskommen werden wir also allemal haben. Mein Vater hat es auch geschafft und dabei noch sieben Kinder groß gezogen …« Er schluckte.

Marie konnte sich denken, wo Jakobs Gedanken waren: Bei der Mutter, die im Kindbett gestorben war und die einzige Schwester mit sich genommen hatte, die nur wenige Tage leben durfte. An den einen Bruder, der von einem durchgegangenen Bullen niedergetrampelt worden war, und den anderen, dem Wegelagerer die Kehle durchgeschnitten hatten. Und an Hans, den Starken Hans, den Ältesten von allen, der wenige Tage nach ihrer Begegnung mit dem Findelkind an der Pest erkrankt und gestorben war, während Marie ein so glückliches Leben im Haus des Zimmermanns leben durfte.

»Was willst du mit mir, dem verhexten Kind?«, schlichen sich die Gedanken aus ihrem Mund, schneller noch als ihre Hände ihn verschließen konnten.

Jakob sah sie an, und für einen Augenblick konnte sie in ihm wieder den Freund sehen, dem das Lächeln Funken in die Augen zauberte. »Was wohl, Marie? Kannst du dir denn so gar nicht vorstellen, bei mir zu sein? Für immer? Nicht als Schwester, sondern als … mein Weib?«

Hast ihm einen Zauber angehext, dass er außer dir niemanden mehr ansehen kann!

Also doch! Sie schluckte.

»Ich würde dich immer gut behandeln, Marie, und würde alles für dich tun, wirklich alles. Ich bringe dir Lesen und Schreiben bei, und wenn du willst, baue ich dir auch ein Haus, du musst es nur sagen.« Seine Augen wurden dunkel und die Stimme hell, so als sähe er sie beide bereits als glückliches Paar.

Marie erschrak bis ins Mark und fühlte ihr Herz schlagen, als wollte es davonfliegen. »Hör auf damit, Jakob!«, rief sie rau und sprang auf, dass ihr Schemel polternd zur Seite fiel. »Ich bin doch erst vierzehn, und du … Außerdem bist du mein Freund! Jetzt hör auf mit diesem Gerede und komm mit nach Hause, dort werden sie schon auf mich warten.« Sie schob die Hasenpfote, die sie bis dahin unschlüssig in den Händen gehalten hatte, entschlossen zurück und drehte sich in Richtung Tür.

Jakob verlor alle Farbe, als hätte sie ihn geschlagen. Er saß noch einen Augenblick starr auf seinem Platz, stand dann ebenfalls auf, verstaute den Glücksbringer wieder an seinem Gurt und griff nach dem Korb. Mit der anderen Hand nahm er Marie und führte sie aus der Schänke.

»Ja, du bist vierzehn Jahre alt, Marie, und damit eigentlich alt genug, um zu begreifen, was hier geschieht. Aber ich werde nicht warten und zusehen, nicht tatenlos herumsitzen, wenn sie dich zum Sündenbock machen für alles, was schiefläuft. Eher gehe ich fort; gleich heute noch packe ich meine Sachen und mach mich auf die Wanderschaft. Oder besser noch: Ich gehe mit den Werbern und ziehe in den Krieg, am Leben hält mich ohne dich sowieso nichts mehr.« Mit einem Ausdruck, den Marie nicht deuten konnte, ruhten seine Augen einen Moment auf ihr, eher er sich wieder der Gasse zuwendete. »Wenn du mich willst und mit mir kommen magst, Marie, wäre ich der glücklichste Mann auf Erden. Und wenn nicht – nun, dann gehe ich eben allein. Aber zusehen bei dem, was kommt, was kommen muss, das kannst du nicht von mir verlangen.«

4. Ein schwerer Abschied

Zwei Tage lang bemühte Marie sich redlich, einfach nur weiterzuleben und so zu tun, als wäre nichts geschehen: keine Schmähreden und -lieder, keine Verwünschungen, keine Rempler und Anfeindungen. Und kein Heiratsantrag.

Jakob hatte noch am selben Abend seine sieben Sachen gepackt und war ohne ein weiteres Wort gegangen. Marie vermutete, dass er bei Irmhild in der Schänke wohnte, wollte sich aber nicht von ihm verabschieden. Sosehr Lukas und Johanna sie auch drängten, was um aller Welt denn nur geschehen sei, sie sagte nichts. Nichts von den Beschimpfungen der Kinder, nichts von Jakobs Liebesgeständnis und dem Heiratsantrag. Und erst recht nichts von den Tränen, die sie ihrem besten und einzigen Freund hinterherweinte.

Bis Severina, ihre alte und geliebte Amme, laut jammernd das Haus stürmte und Marie unter Tränen in die Arme schloss.

Sie hatte Mühe, Luft zu bekommen, und versuchte, sich aus der Umklammerung zu befreien.

»Severina, du erdrückst mich ja!«, klagte sie und schob die beleibte Frau auf Armeslänge fort. »Was ist denn nur in dich gefahren, dass du ohne zu klopfen einfach hier hereinstürzt?«

Das Geschrei hatte auch Johanna aufmerksam gemacht, die nun eilig die Treppe herunterkam, um den unerwarteten Besuch zu begrüßen. »Severina, schön, dich zu sehen.«

Ein Blick auf deren aufgelöstes Haar und die verweinten Augen ließen die Herrin des Hauses stutzen, doch genauso schnell hatte sie sich wieder in der Gewalt. Sie umarmte Maries frühere Amme und führte sie besorgt zum Tisch.

»Was ist geschehen, dass du so beunruhigt bist?«

Severina setzte sich, ließ Marie aber nicht aus ihren zerfurchten Händen. »Oh Marie«, jammerte sie und begann erneut lauthals zu weinen. »Es tut mir ja so leid!«

Marie gab es auf, sich befreien zu wollen, und setzte sich stattdessen auf den freien Platz daneben. »Was ist denn mit mir, Severina? Nun sag schon, was habe ich diesmal verbrochen?«

Die Amme wischte sich mit ihrem schon nicht mehr ganz sauberen Schürzenzipfel über die Augen und riss das Mädchen erneut an sich. »Du musst fort von hier, Marie. Jetzt gleich! Warte nicht länger, denn morgen könnte es bereits zu spät sein.«

»Marie soll fort von hier? Aber was ist nur in dich gefahren?« Selbst Johanna schien sich keinen Reim aus dem Gestammel der Alten machen zu können. »Ist mal wieder irgendwo ein Kalb gestorben, oder warum machst du solch ein Aufheben?«

»Schlimmer!« Die Alte rollte mit den Augen, dass einem angst und bange werden konnte. »Geh mit Jakob, Marie«, flüsterte sie. »Warte nicht, sondern nimm seinen Antrag an und geh, jetzt gleich. Hier erwartet dich nichts mehr außer …« Wieder verhinderten Tränen, dass man die weiteren Worte verstehen konnte.

Marie errötete und blickte zu Johanna, die das mit dem Antrag aber nicht gehört zu haben schien. Um etwas Abstand zu gewinnen stand sie auf, schöpfte einen Becher Wasser und drängte die Amme, davon zu trinken. Dann streichelte sie der aufgeregten Frau die Schultern, wie sie es von klein auf getan hatte.

»Ich versteh kein Wort von dem, was du da sagst, Severina. Jetzt fang noch einmal von vorne an: Warum soll ich in Gefahr sein?«

Die Alte schniefte, nahm Maries Gesicht in ihre Hände und erzählte: »Du warst doch vor zwei Tagen in der Stadt, Marie, und hast dich mit den Kindern dort gerauft …«

Marie schluckte, blickte zu ihrer Tante hinüber und hob abwehrend die Hände. »Oh nein, Johanna, so war das nicht. Sie haben mich beschimpft und gestoßen und wenn Jakob nicht gekommen wäre …«

Johanna zog scharf die Luft durch die Nase. »Du hattest versprochen, jedes Aufsehen zu vermeiden!«

Marie wollte erklären, was wirklich geschehen war, doch Severina fuhr ihr dazwischen.

»Das ist jetzt nicht mehr wichtig, Marie. Eines dieser

Kinder, der Sohn des Dorfbüttels, ist schwer erkrankt; man befürchtet, er hat die Pest.«

Johanna stieß einen Schrei aus und schlug die Hände vor das Gesicht.

Auch Marie erbleichte. »Aber wieso …« Dann erinnerte sie sich: Der Strohkopf, der ihr so übel mitgespielt hatte – es musste das Fieber gewesen sein, das seine Augen so gefährlich glänzen ließ.

»Er hat die Pest?«, stammelte Johanna. »Marie, wie konntest du nur!«

»Aber damit habe ich doch nichts zu tun«, beteuerte sie. »Er hatte schon Fieber, als er zusammen mit den anderen über mich hergefallen ist, bestimmt!«

»Das meine ich doch gar nicht.« Johanna schien aus einer Art Trance zu erwachen und betrachtete ihr Mündel nachdenklich. »Du hattest versprochen alles zu tun, damit man dich nicht bemerkt. Um keinen Preis auffallen, so war die Abmachung. Stattdessen lässt du es zu, dass der Pöbel dich schikaniert, und sagst uns nicht einmal etwas davon. Wie sollen wir dir da helfen?«

Da Marie nicht antwortete, wandte Johanna sich wieder der Amme zu. »Du hast recht, Severina, Marie sollte umgehend von hier fort. Was sagtest du da über Jakob? Hat er sich endlich erklärt?«

»Du weißt davon?« Marie schüttelte den Kopf. »Ich meine, dass er mich … mitnehmen will?«

Johanna lächelte milde. »Jakob will dich nicht *mitnehmen*, Marie; so wie ich das sehe, will er dich *heiraten*.« Sie wischte Maries unausgesprochene Einwände mit einer

Geste fort. »Was ich übrigens für eine ausgezeichnete Idee halte. Auch wenn ich mir wünschen würde, dass ihr damit noch ein paar Jahre wartet, ich könnte dich hier nämlich noch ganz gut brauchen.«

Sie ging auf die fassungslose Marie zu und hob deren Kinn hoch, so dass sie ihrem eindringlichen Blick nicht länger ausweichen konnte. »Was wäre denn so schlimm daran, deinen Jakob zu heiraten? Er liebt dich, seit er denken kann, und jeder außer dir scheint das zu wissen.«

»Warum ich?«

Johanna lächelte. »Seit Jakob dich auf dem Hof gefunden hat, allein neben all den toten Menschen, fühlt er sich für dich verantwortlich. Er hat dich nie wieder aus den Augen gelassen, auch nicht als Lukas versprach, sich um dich zu kümmern. Anfangs magst du ja für ihn so etwas wie die kleine Schwester gewesen sein, die er so früh verloren hat, aber heute ist es mehr. Sieh dich doch an, Marie: klug, geschickt und ausgesprochen hübsch, wie kann man es dem Burschen da verdenken, dass er sich ein Leben an deiner Seite ausmalt?«

»Aber Jakob ist doch mein Freund …«

»Daran muss sich ja auch nichts ändern, wenn man heiratet, oder? Nicht viele Frauen haben das Glück, einen Mann zu bekommen, der sie anhimmelt und alles für sie tun würde. Nimm dir nicht das Gejammer der anderen zu Herzen; denk lieber an Lukas und mich, dann wird es leichter.«

Marie sank schweratmend auf ihren Platz zurück. *Sie* sollte heiraten? Sollte Jakobs Frau werden und mit ihm zusammenleben? Für immer und ewig? Mit ihm fortgehen und hoffen, dass er, der Sohn eines Steinmetzes, irgendwo eine neue Arbeit finden würde? Vielleicht?

»Wo steckt Jakob eigentlich?«, wandte Johanna sich nun, da Maries Widerspruch versiegte, an Severina.

»Er ist unterwegs zu Lukas, um seinen ausstehenden Lohn zu fordern. Er wollte eigentlich schon früher fort, aber das Gerede um die Pest hat ihn bislang abgehalten.«

Zu Marie gewandt fuhr sie um Atem ringend fort: »Ich weiß nicht, wie viel Zeit euch noch bleibt, ehe die Eltern des Jungen ihre Anschuldigungen vorbringen, aber sicher wird man bald jemanden schicken, um dich zu holen.«

Marie zuckte zusammen. Sie wusste wohl, was denen blühte, die in den Verdacht gerieten, mit bösen Mächten im Bunde zu sein. Es gab genug Menschen hier, die sich dankbar darauf stürzen und ihren Unmut auf alles, was derzeit geschah, an ihr auslassen würden.

Ein Klopfen ließ alle zusammenfahren.

Johanna fasste sich als Erste und ging, die Tür zu öffnen.

Marie sah zu, wie Severina hastig die Truhe mit den Leintüchern ausräumte, und ließ sich darin verstecken. Sie fühlte sich müde und seltsam leer, so als hätte man alles Wasser aus einer Schweinsblase geleert und nur noch die leere Hülle zurückbehalten.

Komm mit mir, Marie, klang es ihr in den Ohren, *als meine Frau. Mir ist es egal, was du bist, solange ich dich nur an meiner Seite weiß …*

Sie konnte hören, wie die nicht eben zierliche Severina sich auf die Kiste setzte, und ihr Hals wurde eng. Was, wenn die Amme mit ihrem Gewicht die schmale Truhe zum Einstürzen bringen und sie unter sich begraben würde?

Die Luft schien auf einmal dick und stickig, und Marie rang nach Atem. Sie versuchte sich abzulenken und lauschte den Geräuschen draußen: Johanna schloss die Haustür und näherte sich mit einem Gast. Es war eine weibliche Stimme, mit der sie sich da unterhielt, und der Ton des Gespräches war weder aufgeregt noch laut. Wer das wohl sein mochte?

»Geh, Severina, und hol mir den Lukas. Wir haben etwas zu besprechen.«

Marie hörte, wie die Amme unruhig auf ihrem Sitz herumrutschte. »Aber ich …«

»Und schick Marie hoch in ihr Zimmer. Sie soll ihre Sachen packen, heute Abend noch.«

Severina stand also auf und verließ zögernd die Küche; der Deckel über Maries Versteck hob sich daraufhin ein wenig, so dass sie durch einen kleinen Spalt hinaussehen konnte.

Was sie sah, verschlug ihr erneut den Atem, und sie biss sich in den Finger, um nicht laut aufzuschreien: Gegenüber auf dem Platz, auf dem sonst Lukas saß, hatte sich die fremde Dame vom Marktplatz niedergelassen. Sie trug dasselbe lindgrüne Kleid wie an jenem Tag und wirkte genauso dreist und stolz. Marie schätzte sie etwas älter als Johanna, dennoch trug sie ihr dunkles Haar offen nach Art der jungen, unverheirateten

Mädchen. Ihre Gesichtszüge waren ebenmäßig, aber hart und hatten etwas Männliches, im Gegensatz zu den noch immer vollen Lippen und dem prächtigen Haar. Ihr Lachen klang rau und tief, und Marie war sich sicher, dass sie die fremde Frau nicht mochte, egal, wie viele schöne Kleider sie auch trug. Zwischen ihrem Benehmen und dem Johannas lagen Welten.

»Was ist nun?«, fragte die Dame Johanna, die sich ebenfalls niedergelassen hatte. »Ich reise heute Abend ab. Wenn ihr mögt, kann ich das Mädchen mit mir nehmen, dann wäre es – nun, sagen wir: außer Gefahr.«

Johanna musste mehrmals ansetzen, ehe sie sprechen konnte. »Und dann, werte Frau? Was wollt ihr dann mit ihr anfangen? Händlerin in einem Heer voller Soldaten, das ist nicht gerade das, was uns für unser Mündel vorschwebt.«

Die Frau lachte heiser und blitzte Johanna spöttisch an. »Nun, ein so großes Heer wie dieses hat allerhand Verwendung für eine flinke Hand. Als Marketenderin sorge ich dafür, dass die Soldaten vor, während und nach einer Schlacht alles vorfinden, was sie brauchen und wollen – nicht immer leicht, aber durchaus schaffbar, wenn man nur fleißig und geschickt ist. Marie soll mir zunächst nur zur Hand gehen; wenn sie gelehrig ist und sich geschickt anstellt, kann ich ihr nach und nach auch alles Weitere beibringen, was zum Geschäft gehört. Eines Tages hat sie vielleicht genug gelernt, um meine Teilhaberin zu werden.«

Marie wurde es auf einmal heiß in ihrem Versteck. Hatte sie richtig gehört? Wollte die fremde Frau sie wirklich mit sich nehmen? Hatte sie eben das Angebot gehört, als Magd einer Marketenderin eine Zukunft zu bekommen? Eine, in der sie nicht gezwungen wäre, ihren besten Freund zu heiraten und ihn damit vielleicht für immer zu verlieren?

»Darüber muss ihr Vormund entscheiden«, antwortete Johanna zurückhaltend.

»Ich dachte, das wäret ihr?«

»Genauer gesagt mein Mann, ja. Er ist der Bruder von Maries verstorbener Mutter. Er arbeitet in der Nähe und müsste bald hier sein, Severina ist schon unterwegs, um ihn zu holen. Eure Idee kommt für uns sehr überraschend, und wir werden natürlich darüber beraten müssen.«

Die Händlerin stand auf, Marie konnte es hören und spürte in ihrem Versteck den kurzen Ruck, der durch die Bank ging.

»Ihr solltet euch rasch entscheiden, wie gesagt. Ich werde nicht warten; wenn Marie mit mir kommen will, verspreche ich, sie angemessen zu behandeln. Falls nicht, werden Sie selber zusehen müssen, wie Sie ihr Mündel aus dieser Stadt herausbekommen, bevor ihr etwas zustößt.«

Sie verabschiedete sich von Johanna und sagte nicht unfreundlich: »Ich habe das Mädchen gesehen, Frau Zimmermann, neulich, auf dem Marktplatz. Sie scheint nicht nur einen hübschen Kopf zu haben, sondern auch zu wissen, wie sie ihn gebrauchen kann. Solche Menschen gefallen mir.«

Johanna zögerte, dann öffnete sie die Haustür, um

den Besuch hinauszugeleiten. »Wie können wir Sie von unserer Entscheidung wissen lassen?«

Noch bevor die Dame antworten konnte, hörte man Severina von weitem rufen: »Sie kommen, Frau Johanna, sie kommen.«

»Wer kommt?«, rief Johanna zurück.

»Herr Lukas kommt. Und Jakob; der war bei ihm und will nur noch schnell seine Sachen packen, dann kommt er Marie holen.«

Jakob?

Nun hielt Marie es nicht mehr in ihrem engen Versteck aus. Obwohl sie wusste, dass es vor der Fremden ein seltsames Bild abgeben musste, wenn sie aus einer Holzbank kletterte, öffnete sie den Deckel ihres Gefängnisses und stieg hinaus.

»Wir brauchen nicht zu warten«, rief sie, strich sich die zerzausten Strähnen aus der Stirn und schritt auf die Frau zu. »Ich bin alt genug, um für mich selbst sprechen zu können.« Sie musterte das fremde Gesicht vor sich und blickte dann entmutigt auf den Boden. »Ich bin Marie. Und wenn Sie wollen, kann ich jetzt gleich mit Ihnen gehen, die paar Sachen sind schnell gerafft.«

Johanna wollte sie bei den Schultern nehmen und schütteln, doch Marie wich zurück.

»Lieb von dir, dass du mit Lukas und Jakob über mich verhandeln willst, Johanna, aber ich habe meine Entscheidung bereits getroffen. Wenn es wahr ist und ich wirklich fort muss, dann lieber gleich. Und dorthin, wo den Menschen meine Vergangenheit gleichgültig ist und wo man mich beschützen kann gegen das alles.«

Sie zeigte mit der Hand auf die Gasse in Richtung Marktplatz. »Ich werde das großzügige Angebot annehmen und mit Frau … Wie war noch gleich Ihr Name?«

Die Dame lächelte und neigte ihr Haupt leicht zur Seite. »Ich bin Gertrud, Marie. Gertrud Wyss, Marketenderin und deine Herrin, wenn du willst. Interessiert es dich gar nicht zu erfahren, was genau ich mache und wobei du mir zur Hand gehen sollst?«

Marie schüttelte kaum merklich den Kopf. »Ich habe Sie auf dem Marktplatz bei den Werbern gesehen und denke, dass Sie und das Heer mir ausreichend Schutz gewähren können.« Sie dachte an die Landsknechte mit ihren blinkenden Harnischen und Schwertern, eines schärfer als das andere, und fühlte sich schon jetzt beschützt. In deren Nähe würde wohl kaum jemand Jagd auf ein Mädchen machen, selbst wenn man es der Hexerei bezichtigte.

»Nicht schlecht gedacht, Mädchen!« Die Dame beugte sich zu ihr vor; Marie roch den Duft der Straße an den feinen Kleidern und zögerte. Ihre Augen suchten Johanna: Tat sie recht daran, dieser Frau zu vertrauen?

Johanna zögerte nicht, sondern trat einen Schritt vor, so dass sie zwischen Marie und Gertrud Wyss zu stehen kam.

»Nein! Ich denke nicht, dass du voreilig handeln solltest, Marie. Und überhaupt: Wer sagt uns, dass das wirklich eine Marketenderin ist und keine Kupplerin, die es nur auf frisches Fleisch für die Soldaten abgesehen hat?«

Wütend blitzte sie die Dame an, doch die lächelte weiter auf Marie hinab. »Was ist nun, Mädchen? Gilt dein Wort auch etwas oder nur das deiner Tante? Willst du vielleicht doch lieber auf deinen Oheim warten und ihn entscheiden lassen? Ach nein, warte, da ist ja noch dieser Tollkopf, der dich heiraten will …«

»Genug«, brach es aus Marie hervor, und Tränen liefen über ihr Gesicht. »Hört auf zu spotten, ich weiß auch so, was gut für mich ist und was nicht.«

Verzeihung heischend sah sie zu Johanna auf. »Sie ist wirklich eine Händlerin, Johanna, und keine arme dazu. Ich hab es selbst gesehen, vorgestern auf dem Markt: Ausgerechnet die Bäckerin folgte ihr wie ein geldgieriger Lastesel, nichts war mehr übrig von ihrem sonst so lauten Stolz. Welchen Beweis brauchst du noch?«

»Aber Lukas – er ist dein Vormund, und noch brauchst du seine Zustimmung, um von hier fortzugehen.« Johannas Stimme brach, was sollte sie auch sagen?

»Dann sorge du dafür, dass er mich nicht zurückholt, dass er versteht.« Unglücklich sah Marie auf ihre Schuhe hinab. »Ich kann nicht in die Zukunft sehen, Johanna, kannst du es? Oder er? Könnt ihr mir versprechen, dass nicht die Hexenjäger mich holen, vor denen Severina sich so fürchtet? Könnt ihr mich vor ihnen beschützen?«

Und vor Jakob, der etwas von mir will, zu dem ich noch nicht bereit bin?

Johanna schüttelte den Kopf. »Nein, Marie«, flüsterte sie. »Niemand kann das.«

»Doch, Johanna. Die Soldaten können es. Und sie«, damit wies sie mit dem Kinn auf Gertrud Wyss, »sie kann mich zu ihnen bringen. Zwischen ihnen werde ich mich wieder sicher fühlen, und wenn diese haltlosen Anschuldigungen erst aus der Welt sind, kann ich zu euch zurück.«

Kraftlos ließ Johanna die Schultern sinken. »Und was wird, wenn ich recht behalte? Was tust du dann, Marie? Ich traue ihr nicht; warte auf Lukas, er weiß besser als ich, mit so etwas umzugehen.«

»Reicht dir eine Stunde?« Gertrud Wyss schien nicht gewillt, ihnen noch länger Zeit zu geben.

Marie nickte und schwieg, es war alles gesagt.

»Dann lasse ich also nach dir schicken, alles andere regeln wir später bei mir.« Die Händlerin streifte Johanna mit einem Blick, der sich schwer deuten ließ, und wandte sich zum Gehen.

Marie schluckte. »Ich denke schon. Ich werde fertig sein, wenn Ihr kommt.«

»Dass du mir das nicht vergisst, Mädchen!« Gertud Wyss blickte ernst, aber nicht unfreundlich zwischen Marie und Johanna hin und her. »Wir haben jetzt einen Handel geschlossen, du und ich: Ich bringe dich aus der Stadt heraus, bevor man dich in den Hexenturm steckt; dafür wirst du mir zur Hand gehen, so lange das Heer zusammen ist und wann immer ich dich brauche. Es soll dein Schaden nicht sein.«

»Und ich darf wieder hierher zurückkommen und meine Familie sehen?«

Gertrud Wyss lachte rau, reichte Marie zur Bestätigung ihres Handels die Hand und schritt hinaus. Sie ließ keinen Zweifel daran, dass sie genau wusste, wie sehr man sie brauchte und dass die Menschen alles tun würden, was sie von ihnen verlangte.

Marie schauderte. Ihr wurde auf einmal bewusst, dass die Händlerin nicht eine Sekunde lang daran gezweifelt hatte, dass sie nicht ohne Marie gehen würde, es war nur eine Frage der Zeit gewesen. Hatte sie wirklich eine kluge Wahl getroffen als sie entschied, mit ihr zu gehen statt mit Jakob?

Doch als Severina sie erneut umarmte und mit ihrer mütterlichen Art fast erstickte, als sie erzählte, dass Lukas bereits unterwegs war und jeden Moment kommen musste, war der Anflug von Zweifel verflogen. Das Heer war Maries einzige Chance, alles zu ändern. Niemand würde es wagen, weiter über sie zu hetzen, wenn sie erst zu den Truppen des Schwäbischen Bundes gehörte und damit unter dem Schutz nicht nur all der Söldner, sondern auch des Kaisers stand. Und ihre neue Herrin, die Marketenderin Gertrud Wyss, wusste das ebenfalls. Marie dachte daran, wie unterwürfig selbst die Bäckerin sich ihr gegenüber benommen hatte – oh nein, Marie und ihre Herkunft würden schon bald kein Thema mehr sein in Rottweil. Stattdessen würden Lukas und Johanna endlich wieder hoffähig werden, genauso wie Severina und Jakob. Ihr Jakob. Ihr Freund Jakob, der jeden Moment um die Ecke biegen musste in der Hoffnung, sie mit sich führen zu dürfen auf der Suche nach einem neuen Leben.

Marie blickte sich um. Verschwommen sah sie das

Haus, in dem sie glücklich gewesen war, seit sie denken konnte. Sie sah Severina und Johanna, die sie Zeit ihres Lebens behütet und beschützt hatten, dachte an Lukas, Thomas, Curt und Jakob – und daran, dass sie besser tat, sich keinem von ihnen zu erklären. Weil sie sonst doch bleiben und ihrer aller Leben zerstören würde. Sie wusste es, so sicher wie sie wusste, dass Jakob sie liebte.

»Lass mich gehen, Johanna«, flehte sie mit Tränen in den Augen. »Um Himmels willen, halte Lukas zurück und lass mich ziehen. Ich würde es nie verwinden, wenn einem von euch meinetwegen etwas zustoßen würde!«

Johanna hob die Hand, wie um nach ihr zu greifen, besann sich dann aber anders. »Ich lass dir dein Bündel bringen«, flüsterte sie zum Abschied und ging dann in Richtung Zimmerei, Lukas und Curt entgegen.

In einem Anfall von Heimweh stolperte Marie zur Tür hinaus und hinter der Dame her, deren schöne Kleider so gar nicht zu allem anderen passen wollten. Nicht zu ihrer Stimme, nicht zu ihren Worten und auch nicht zu dem Duft, der sie umgab.

»Frau Wyss«, rief sie mit erstickter Stimme, »warten Sie. Ich brauche nicht zu packen; mehr als das, was ich auf dem Leib trage, besitze ich nicht. Wenn Ihr also wollt, komme ich jetzt gleich mit Euch.«

Die Frau drehte sich nicht einmal um. »Du meinst, bevor dein Freund kommt und du es dir wieder anders überlegst?«

Marie strauchelte, musste kurz innehalten und sich sammeln, bevor sie weitergehen konnte.

»Glaub nicht, ich kenne deine Geschichte nicht, nur weil ich noch nicht lange hier bin«, fuhr die Händlerin fort. »Ich habe mich gründlich nach dir erkundigt und alles erfahren, was ich wissen muss. Dass du es gleich weißt, Mädchen: Zuckerschlecken wird es nicht in meinen Diensten, aber wenn du tust, was man dir sagt, kannst du ein gutes Leben haben. Nun beeil dich, ich möchte so rasch wie möglich aus der Stadt sein.«

Marie widerstand dem Drang, sich noch ein allerletztes Mal umzusehen. Sie konzentrierte sich lieber darauf, die Füße ordentlich aufzusetzen und nicht zu stolpern, und versuchte, sich durch die Tränen hindurch das Bild ihrer Lieben einzuprägen. Einzubrennen wie das Brandzeichen auf dem Vieh, wenn es zur Weide kam, so dass sich das Bild nie wieder von ihrem inneren Auge lösen würde.

5. IM DIENST DER MARKETENDERIN

Es war eine seltsame Welt, die Marie da betreten hatte!

Gertrud Wyss begrüßte ihre Entscheidung, sich nicht zu verabschieden, und führte sie auf direktem Weg zu ihrem Wagen. Marie staunte: So schwere Fuhrwerke, die gleich zwei Pferde benötigten, um überhaupt ins Rollen zu kommen, hatte sie noch nicht oft gesehen. Ängstlich machte sie einen Bogen um die Rösser und näherte sich dem Gefährt lieber von der Seite.

Marie staunte. Über den hölzernen Rumpf des Wagens hatte man eine Plane gespannt. All den Dellen und Kanten nach war er zum Bersten vollgeladen – die Händlerin war gerüstet für einen langen Kriegszug.

Und was man alles in einem einzigen Gefährt unterbringen konnte! Töpfe, Krüge, Seile, Ketten und Zeug jeder Art waren daran befestigt, aus einem Sack von grobem Leinen schaute Stroh heraus, und ein Paar alte Stiefel baumelten vom Kutschbock. Wem die wohl gehörten?

Die Marketenderin befahl Marie einzusteigen und

betrachtete sie von allen Seiten. Dabei ließ sie die bunten, sauberen Stoffe ihres Kleides mehrfach durch die Finger gleiten.

»Schön, aber leider zu wenig«, lautete schließlich ihr Urteil. »Da werde ich dich wohl zusätzlich aus meinem eigenen Bestand versorgen müssen.«

Marie hätte lieber keine fremden Sachen getragen und sagte das auch, doch die neue Herrin reagierte unwirsch.

»Was willst du, Mädchen?«, zischte sie. »Bist du wirklich entschlossen, mit mir zu kommen und mir als Magd zu dienen? Dann tu gefälligst, was ich dir auftrage, jetzt und in Zukunft. Fang sofort damit an, sonst wird das nichts mit uns. Oder sag offen, dass es dir zuwider ist, dich anderen zu beugen – aber dann pack dein Bündel und geh. Ich meine das ernst: Entscheide dich, hier und jetzt.«

Marie nickte und ließ die Hände sinken, *Magd sein* hatte sie sich anders vorgestellt. Unglücklich senkte sie die Augen und schwieg.

Gertrud prüfte die Belastbarkeit des Gürtels und rupfte daran herum. Marie, die ihren wehmütigen Gedanken nachhing und nicht darauf vorbereitet war, verschlug der Ruck vorübergehend den Atem.

»Zu schmal«, murmelte die Händlerin und befahl ihrer neuen Magd, den Gurt abzunehmen. Aus einer Truhe, die ganz hinten unter einer Ladung Pferdedecken und Stoffe versteckt war, kramte sie schließlich einen breiten, vom vielen Tragen schon ganz ausgeleierten Lederstreifen hervor, der seine besten Tage längst hinter sich hatte.

Marie betrachtete den speckigen dunklen Riemen und rümpfte die Nase. So etwas sollte sie gegen ihren schönen hellen Gürtel mit der Schnalle aus Messing eintauschen? Warum nur?

»Deiner ist zwar hübscher, aber unpraktisch«, versicherte die Händlerin, als stünden Maries Gedanken ihr ins Gesicht geschrieben. »Von nun an wird sich für dich vieles ändern, Mädchen. Du wirst ein Leben führen, bei dem man jederzeit und überall auf alles gefasst sein muss – was auch bedeutet, dass du die Hilfsmittel des Alltags immer und überall griffbereit zur Hand haben solltest, am besten am Gürtel. Und dort brauchen sie einen starken Halt, keinen schönen.«

Da Maries Bemühungen ihr zu lange dauerten, legte Gertrud schließlich selbst Hand an, schnallte ihr den schönen Gürtel vom Leib und drückte ihn grob in Maries Hand.

»Der hier bleibt natürlich dein Eigentum«, brummte sie, »schließlich ist er von einigem Wert. Aber du solltest ihn nicht allzu offen zur Schau stellen, sonst werden nur unnötige Neider aufmerksam.« Dabei funkelten ihre dunklen Händleraugen gierig. »Falls du einmal in Geldnot geraten solltest – den einen oder anderen Heller kannst du bei mir für das gute Stück schon eintauschen.«

Marie, die noch immer keinen Finger rühren konnte, sah der neuen Herrin sprachlos zu. Die aber kramte schon wieder in ihrer schier unerschöpflichen Truhe und zog einen Gegenstand nach dem anderen hervor.

»Hier, dein Trinkbecher. Er hat zwar einen Sprung,

ist aber noch brauchbar. Nimm ihn, bis du dir einen eigenen leisten kannst, und binde ihn am Gürtel fest.«

Marie betrachtete den Becher aus Zinn. Er wog schwerer in der Hand als das Trinkgeschirr zu Hause, war in eine Lederhülle eingeschlagen und mit einem Bändel versehen. Als die Händlerin ungeduldig schnaubte, flocht sie die Schnur geschickt um den neuen Gurt, bis der Becher sicher von der Hüfte baumelte.

Auch die anderen Werkzeuge des täglichen Lebens fanden dort ihren Platz, eines neben dem anderen: ein kleines scharfes Messer in lederner Scheide, ein hölzernes Schüsselchen zum Essen und zwei Beutel zum Verstauen verschiedener Kleinigkeiten.

Marie dachte an die Schere in ihrer Kiste und die Geldkatze unter ihrem Bett. Ob Johanna sie wohl finden würde? Und ob sie wirklich jemanden mit dem Bündel schickte? Oder würden sie gar selber kommen, Johanna und Lukas, um sie zurückzuholen?

Doch was dann?

So oft Marie sich auch in diesem Traum verlor, endete er doch jedes Mal damit, dass sie in den Turm gesteckt und verurteilt wurde wegen etwas, für das sie nichts konnte. Wieder schossen ihr Tränen in die Augen und sie kniff sich zur Ablenkung in den Arm. Nur ja der Herrin keinen neuen Grund zum Spotten geben!

»Warum tragt Ihr das ganze Geschirr am Leib?«

Noch klang die Stimme zittrig und wollte nicht recht gehorchen, doch ihr Plan schien aufzugehen: Frau Wyss lächelte. Verstohlen wischte Marie ihre Tränen ab und hoffte, dass sie unbemerkt geblieben waren.

»Du warst noch nie beim fahrenden Volk und kannst es daher nicht wissen, ich will dir deine Frage deshalb nachsehen.« Gertrud hielt kurz in ihrer Suche inne und betrachtete ihre neue Magd. »Was für ein Häufchen Elend«, murmelte sie und verzog den Mund zu einem spöttischen Grinsen. »Jetzt sag nur nicht, dass ich mit dir eine schlechte Wahl getroffen habe.«

Marie schüttelte den Kopf und hob das Kinn. Sie würde lernen, das hier auszuhalten, das und noch viel mehr. Nur nicht heute, nicht gerade jetzt, wo das Heimweh ihr das Herz abdrückte und sie wünschte, der Boden möge sich barmherzig zeigen und sie verschlingen. Ach, hätte sie doch daheim bleiben können und Zeit für ein richtiges Leben bekommen. Für eine Zukunft. Eine Zukunft vielleicht wie die, welche Johanna sich für sie vorgestellt hatte, irgendwann, wenn sie älter wäre. Und wer weiß, vielleicht hätte sie Jakob ja doch eines Tages erhört …

»Da, wo du herkommst, gab es sicher regelmäßig zu essen, ist es nicht so?«

Marie nickte stumm und bemühte sich, aus dem Strudel trüber Gedanken hinauszufinden. »Oh ja, Essen gibt es immer reichlich, bisher sind noch alle satt geworden.« Selbst die beiden Gesellen, die mit im Haus wohnten und deren größter Teil des Lohnes aus freier Kost und Logis bestand, hatten sich nie beklagt.

»Wo du jetzt hinkommst, wird das anders sein. Dein Essen musst du dir verdienen, und wenn du nicht schnell genug bist oder wenn die Dinge einfach schlecht laufen, kann es auch schon mal ganz ausfallen. Solche Tage gibt es.«

Wieder spürte Marie den Blick der Herrin scharf und prüfend auf ihrem Gesicht und fühlte heiße Röte vom Hals her aufsteigen.

»Wenn du hungrig arbeiten musst, wirst du froh sein, deine sieben Sachen griffbereit zur Hand zu haben für den Fall, dass sich unerwartet eine Möglichkeit zum Essen auftut.« Die Händlerin grinste breit, als sei sie mit der Wirkung, die ihre düstere Schilderung erzielte, zufrieden. »Wer erst zum Wagen laufen muss, um nach Teller und Becher zu suchen, der hat schon verloren. Und du willst doch sicher nicht zu den Verlierern zählen, oder?«

Marie sagte nichts mehr, zu offensichtlich waren die Versuche der Herrin, sie einzuschüchtern. Im Moment konnte sie nicht gewinnen, was auch immer sie sagen mochte. Aber sie nahm sich fest vor, schnell zu lernen und Gertrud möglichst selten die Gelegenheit zu geben, sie zu rügen oder zu bestrafen.

Irgendwann, tröstete Marie sich insgeheim, würde auch dieses Söldnerheer seine letzte Schlacht schlagen, und dann mochte ihre Stunde kommen. Drei, höchstens vier Monate hatte Johanna gesagt, länger wurde ein Heer nicht gebraucht. Dann konnte sie zurück nach Rottweil und nachsehen, ob die Wogen sich geglättet hatten.

Und wenn nicht?

Nun, bis dahin würde Lukas eine Lösung finden. Marie glaubte fest daran und klammerte sich an diese

Hoffnung wie ein Ertrinkender an ein Seil. Es musste einfach so kommen, sonst hätte sie schon den heutigen Tag nicht überstanden.

Ihr graute vor den kommenden.

Wenig später erschien Curt und brachte Maries Bündel. Johanna hatte es eilig gerichtet und noch manch wertvolles Kleinod dazugelegt: Die Geldkatze war schwerer, als Marie sie in Erinnerung hatte, und enthielt manch zusätzliche Münze. Auch die Schere lag dabei, und Marie verstaute sie schnell in dem Ledersack an ihrem Gurt. Dazu fand sich noch eine Garnitur Sommerkleider sowie der schwere Umhang aus gekochter dunkelgrüner Wolle, den die Tante ihr erst im vergangenen Herbst geschenkt hatte. Dankbar hielt sie die Stoffe an ihre Wangen – sie rochen nach Seife und nach den Heusäckchen, die Johanna jedes Jahr neu füllte und in die Truhen gab, damit die Wäsche frisch blieb.

»Du sollst dich gut benehmen, damit die Dame keine Klagen vorbringt, wenn ihr wieder zurück seid«, brummte der Altgeselle beim Abschied. Dabei drückte er ihr ein Päckchen in die Hand. Als sie es öffnen wollte, schüttelte er den Kopf – Marie verstand und steckte es zu den anderen Schätzen in den Sack. Sie unterdrückte den Drang, Curt zu umarmen, und reichte ihm stattdessen artig die Hand.

»Wirst du Johanna und Lukas meinen Dank ausrichten?«, fragte sie heiser. »Und Thomas mein Springseil geben, das er so mag? Sag ihm, es liegt unter meinem

Bett, und er kann es nehmen, bis ich wieder zurück bin.«

Der Altgeselle versprach, alles auszurichten; doch die Frage, die Marie wirklich beschäftigte, beantwortete er nicht. Als sie endlich den Mund aufbekam, um nach Jakob zu fragen, legte Curt seinen schwieligen Finger darauf und brachte sie zum Schweigen.

»Jakob ist fort«, sagte er leise. »Du hättest ihn heiraten sollen, Marie. Ohne den anderen wird keiner von euch beiden glücklich, glaub mir.«

Marie blickte auf den Boden und malte mit dem Fuß Zeichen in den Schlamm, wie sie sie bei Jakob gesehen hatte.

»Es ist zu spät«, antwortete sie leise. »Und nun leb wohl, Curt, wir ziehen heute noch weiter.«

Tatsächlich fuhren sie noch am selben Abend zum Stadttor hinaus. Der schwere Wagen brauchte lange, um die morastige Wegstrecke zu bewältigen, und so war es bereits dunkel, als sie endlich die Stadttore von Zimmern erreichten. Marie war es recht so; wenn sie nur müde genug war, um diesen Tag mit all seinen Schrecken zu vergessen und möglichst rasch in den Schlaf zu gleiten. Vergessen, mehr wollte sie nicht.

Als ihr schon die Augen zufallen wollten, ließ der Rossknecht auf Gertruds Anweisung hin die Pferde bei einem kleinen Gehöft halten. Die Marketenderin rief Marie zu sich, verzichtete aber angesichts deren Müdigkeit darauf, ihr einen weiteren Auftrag zu geben. Stattdessen winkte sie den Bauern herbei, der misstrauisch aus seinem Haus getreten war, die Mistgabel griffbereit in der Hand. Er schien nichts Gutes von dem unverhofften Besuch zu erwarten.

Es dauerte nicht lange, und die Herrin hatte, was sie wollte: Ein Nachtlager für sich im einzigen Wohnraum des Hauses sowie eine Koppel mit Unterstand für ihre Pferde. Es interessierte Marie nicht, welche Überredungskünste sie dafür eingesetzt oder womit sie dem Bauern gedroht haben mochte. Ihr war längst alles egal, sie wollte nur noch schlafen.

Mechanisch trug sie die von Gertrud Wyss benannten Truhen und Säcke mit deren persönlichen Habseligkeiten ins Haus und leckte sich über die Lippen, als sie auf dem Tisch einen dampfenden Kessel sah. Was hätte sie nicht alles gegeben für einen einzigen Teller davon, selbst wenn es nur Sauerkraut und Brot war. Doch sie riss sich zusammen, unterdrückte den Hunger und half dem Rossknecht noch beim Ausschirren und Füttern der Pferde.

Auch dieser Tag hatte irgendwann ein Einsehen und ging zu Ende. Als Marie mit Hilfe einer Decke und ihrem grünen Umhang ihr Nachtlager unter dem Wagen gerichtet hatte, fand sie endlich Zeit, nach Curts Päckchen zu sehen. Vorsichtig, als hielte sie ein nestwarmes Küken in der Hand, kramte sie es unter ihren wenigen Habseligkeiten hervor und wickelte es aus. Gerührt erfühlte sie schließlich Jakobs Hasenpfote – sie musste schlucken.

»O Jakob«, flüsterte sie und rieb ihre Wange an seinem Geschenk. »Und wer passt nun auf dich auf?«

Zwei Tage und Nächte Galgenfrist blieben Marie, bevor sie das raue Leben im Söldnerlager kennenlernen sollte. In dieser Zeit kaufte Gertrud weitere Waren ein: Korn und Hafer, Wein und Bier, Geschirr, Schmuck und allerhand Tand. Offensichtlich kannten die Wünsche ihrer Käufer keine Grenzen, und Marie hörte auf, danach zu fragen. Ihr blieb nicht viel zu tun und so bemühte sie sich, möglichst unauffällig hinter der Herrin herzulaufen und sich alles zu merken.

Zwischendurch schleppte Marie die erstandenen Waren zum Wagen oder begleitete Stefan, den Rossknecht. Dazu gab es aber nicht allzu oft Gelegenheit, denn der bärenstarke grauhaarige Kerl kümmerte sich die meiste Zeit des Tages um die beiden schweren Kaltblutpferde und den Wagen, reparierte etwas oder suchte einen Platz für die neu erstandenen Waren.

Stefan war noch nicht alt, trotz seiner grauen Haare und den tiefen Falten im Gesicht und an den Händen schätzte Marie ihn jünger als Curt. Und doch lagen Welten zwischen beiden: Während der Geselle ihres Onkels, mehr Freund als Arbeiter, jedem gern zur Hand ging und sich auch in der freien Zeit nützlich machte, wo immer er konnte, schien Stefan jeder Handgriff zu viel zu sein.

Nicht, dass er nicht gekonnt hätte, aber Stefan unterteilte Arbeit gern in solche, für die *er* zuständig war, und die der anderen. Und um eben diese *andere* Arbeit hatte sich ab sofort Marie zu kümmern: Gemüse putzen, kochen, abwaschen, den Wagen schrubben, Kupfer, Zinn und Silber polieren, ja sogar Wasser tragen wurde für sie so selbstverständlich wie das tägliche Brot.

Dennoch war sie verwirrt, als der Rossknecht ihr nun grinsend ein Joch in die Hand drückte, und drehte sich unsicher zu dem Schwarzwälder Kaltblut um. Wie sollte sie das winzige Teil nur um den riesigen Pferdenacken bekommen?

»Nee, Mädchen, nicht die Pferde. *Du* gehst Wasser holen.« Der Knecht grinste frech und wackelte mit dem Kopf, dass der dünne Zopf in seinem Nacken zitterte.

»Damit?« Marie zeigte auf den leicht gebogenen Holzbalken von etwas über zwei Ellen Länge.

Stefan verdrehte die Augen. »Warum nicht? Einfach über deinen Nacken legen und die Eimer an die beiden Ketten hängen, wie bei einem Gaul.« Er grinste frech. »Achte auf dem Rückweg darauf, dass beide etwa gleich voll sind, sonst kommst du aus dem Gleichgewicht und verschüttest die Hälfte. Und *ich* darf mir dann wieder das Gezeter der Alten anhören.«

Marie dachte an all die Mägde, die sie schon über die Gassen Rottweils hatte huschen sehen, in der Hand ein Huhn oder ein Bund Möhren und auf den Schultern ein Joch für die schwereren Lasten. Nie hätte sie gedacht, dass sie selbst einmal darunter laufen würde wie ein alter Ochse.

Prüfend strich sie mit den Händen über das Holz. Es wog erstaunlich leicht in der Hand und war vom vielen Gebrauch schon ganz speckig. Auf den Schultern fühlte es sich seltsam vertraut an, so, als habe es schon immer dort gelegen, und störte kaum. Sie wusste nur zu genau, wie schwer schon ein einziger Eimer Wasser wog, und war neugierig, wie das wohl bei zweien sein mochte. Ob es damit wirklich leichter ging? Irgendeinem Zweck mussten die Dinger ja wohl dienen!

Sie hängte die leeren Eimer an die dafür vorgesehenen Ketten und zog munter los, war es doch ihr erster Ausflug ohne Begleitung.

Am Brunnen angekommen band sie erst den einen Eimer, dann den anderen an das Seil und ließ ihn hinab, bis sie auf dem Wasser aufschlugen. Sie wartete nicht, bis die Eimer ganz voll gelaufen waren, sondern holte sie wieder ein, solange sie noch nicht zu schwer für ihre müden Arme waren.

Zu Hause hatte Marie nur selten Wasser holen müssen, das hatte meist Johanna erledigt. Ach Johanna – was sie wohl gerade machte? Ob sie den Männern an ihrer statt das Essen auf die Baustelle brachte?

Marie strich sich die schweißfeuchten Haare aus der Stirn und behielt ihre Eimer im Blick. Beide waren nun etwa zu zwei Dritteln voll. Marie hob sie probehalber an – und fand sie recht schwer. Zu schwer, um sie den ganzen Weg bis zu den durstigen Pferden zu schleppen, und so wurde es Zeit für Stefans Joch. Sie hängte die Eimer an die Stricke, bückte sich weit genug herunter, um den Holzbalken auf die Schultern zu nehmen, und richtete sich in banger Erwartung auf.

Es ging. Gut sogar, dachte Marie und stieß einen kleinen Seufzer aus. Vielleicht hatte sie sich ja zu viele Gedanken gemacht, und das Leben als Kriegsmagd würde gar nicht so übel werden. Sie nahm sich vor, Stefan bei Laune zu halten, damit er ihr noch mehr von diesen Tricks verriet, und machte sich auf den Weg zurück zum Wagen.

Die Sonne, die seit Tagen zum ersten Mal durch die dichte Wolkendecke gefunden hatte, verwandelte den schlammigen Boden in ein dampfendes Meer, unter dem Schlick und Matsch kaum noch zu erkennen waren. Marie strauchelte, fiel – und vergoss das ganze Wasser nur wenige Meter vom Fuhrwerk entfernt. Lediglich ein kleiner Rest war geblieben, der aber nicht einmal dafür reichte, ihr vom Sturz nasses Kleid notdürftig zu säubern.

Stefan lachte grob und scheuchte sie erneut hoch. »Auf, auf, die Pferde wollen saufen. Und schlaf nicht ein, wir müssen heute noch weiter.«

Tatsächlich fuhren sie noch am selben Abend zum Sammelplatz der frisch geworbenen Rekruten. Von überall her waren Männer gekommen, um ihren Eid auf die Fahne des Schwäbischen Bundes und dessen Obristen, den Truchsess von Waldburg, abzulegen. Laut Getrud Wyss sollten es in den nächsten Tagen sogar noch mehr werden – Marie blieb vor Staunen der Mund offen stehen. So viele Menschen, es mussten Hunderte sein.

Stefan erzählte, dass selbst diese Massen nur einen kleinen Teil des Heeres stellten, das ausgezogen war, um die aufständischen Bauern niederzuschlagen.

»Und wer versorgt die alle?«, rutschte es Marie heraus.

Der alte Knecht, der gerade den schweren Wagen an seinen Platz kutschierte, grinste. »Na, wer schon – wir natürlich.«

»Aber doch nicht die alle, oder?« Maries Herz flatterte schon wieder.

Stefan spuckte im hohen Bogen vom Kutschbock in den Matsch. »Nee, Mädchen. Aber so viele wie möglich davon. Je mehr, umso besser fürs Geschäft. Und gutes Geschäft für sie«, dabei wies er mit dem Kopf in den hinteren Teil des Planwagens, »ist auch gut für uns, das wirst du schon noch merken.«

Sein rundes Gesicht erinnerte Marie an den Mond, wenn er voll am Himmel stand, und sie dankte im Stillen dafür, dass es Stefan gab. So rau und kauzig der Rossknecht auch sein mochte, so wichtig war er doch für sie, der hier alles fremd war. Weder seine dicke Knollennase noch die vielen Pockennarben im Gesicht konnten darüber hinwegtäuschen, dass Stefan ein im Grunde gutmütiger, wenn auch eigennütziger Kamerad war.

Wie recht der Rossknecht mit seiner Voraussage über gute Geschäfte hatte, sollte Marie umgehend erfahren: Gertrud ließ ihr keine Zeit, das Lagerleben zu bestaunen oder sich in dem bunten Gewirr von Menschen, Tieren, Zelten und Hütten zurechtzufinden. Sie winkte Marie zu sich und verlangte, sie zum Zelt des Quartiermeisters zu begleiten.

»Er ist für uns die wichtigste Person im Lager«, erklärte sie gut gelaunt. »Er entscheidet über die Lagerplätze – und je näher wir dabei den Offizieren und hohen Herrschaften kommen, umso besser läuft später unser Geschäft.« Anzüglich ließ sie ihren Blick an Marie hinuntergleiten. »Du solltest dein Mieder ein wenig mehr öffnen, das würde ihm gefallen.«

Marie zappelte unruhig und beschloss, von diesem Thema abzulenken. »Stefan sagt, die Obristen haben alle ihren eigenen Stab an Bediensteten dabei, einschließlich Köchen, Knechten, Ausrüstung und Verpflegung. Da dürften sie unsere Dienste doch eigentlich gar nicht benötigen, oder?«

Gertrud Wyss lachte laut – ihr heiseres, kehliges Lachen, das an das Gejohle in einer Weinschänke erinnerte.

»Gut gedacht, Mädchen, vielleicht wird ja doch noch etwas aus dir. Jetzt haben die hohen Herren noch alles, was sie brauchen – denken sie. Aber ihre Köche und Geschirrmeister wissen es besser und decken sich bei mir noch schnell mit allem ein, was fehlt. Am liebsten heimlich, so dass der gestrenge Herr es gar nicht erst erfährt. Zeit, um noch einmal in die Stadt zu gehen, haben sie nicht, und so kommen sie zu mir. Und zahlen, was immer ich von ihnen fordere.«

»Und die Soldaten?« Marie bewunderte die vielen Helme und Harnische, die trotz des trüben Wetters blinkten und blitzten.

»Wer hier vorne lagert, hat Geld; das siehst du schon an den vornehmen Zelten und Wagen. Weiter hinten wirst du nur noch Hütten aus Stroh und Planen oder Handkarren finden, wenn überhaupt; die einfachen Rekruten schlafen oft nur unter ihrem Mantel, das ist keine Seltenheit.«

Marie schauderte. Nachts allein unter einem Mantel? Sonst nichts? Ob die neuen Rekruten, die vor ihrer Vereidigung gerade so stolz wie junge Gockel herumliefen, das wohl ahnten?

Gertrud grunzte. »Ja, ja, das Leben ist hart. Und nun hör auf zu fragen, ich habe Wichtigeres zu tun.« Mit diesen Worten gab sie Marie einen Streich in den Nacken, der ihr den Mund verschloss und den Blick demütig zu Boden zwang. Sie riss dem Mädchen das mitgebrachte Bündel aus der Hand, setzte ihr strahlendstes Lächeln auf und wies dann den Wachposten an, sie dem Quartiermeister zu melden.

Was nun?

Marie sah sich um. Was erwartete die gestrenge Herrin von ihr? Sollte sie einfach hier stehen bleiben, solange Gertud im Zelt war? Oder die Zeit anderweitig sinnvoll vertreiben?

Sie beschloss, beides zu tun: Sie wollte das bunte Treiben beobachten und später alles, was sie nicht verstand, erfragen. Aber lieber bei Stefan, dem knurrigen Rossknecht, denn wenn er auch rau und unwirsch war, blieb er doch letztlich selten eine Antwort schuldig.

Immer wieder hingen ihre Augen an den stolzen Gestalten der Landsknechte. Ihre Hellebarden, gut einen Mann hohe Lanzen mit Beil und Reißhaken am oberen Ende, sowie die Schwerter flößten dem Mädchen Mut ein. Söldner hin oder her: Inmitten eines ganzen Heeres fühlte sie sich sicher und beschützt.

Gegen Abend schließlich sollte Marie ihnen unerwartet nahekommen: Die eigentliche Musterung war beendet und jeder Rekrut auf seine Einheit verteilt. Auf dem Sammelplatz wurden die frischgebackenen Soldaten vereidigt und erhielten anschließend ihren ersten Sold.

Nun wünschte Marie, sie hätte mindestens vier Arme und Beine: Hatten sie schon vorher reichlich Ausrüstung verkauft, so schienen die vereidigten Söldner jetzt gar keine Grenzen mehr zu kennen. Würfel und wertvolle Schnallen, Schwerter und Messer, Zaumzeug, Töpfe und was sonst noch gebraucht wurde, um an diesem Abend glücklich zu sein, trug sie aus dem Wagen. Ein junger Rekrut kam gar wegen eines einfachen Baretts und probierte gleich mehrere davon aus, ehe er stolz eine der ledernen Kappen quer auf seinen kantigen Schädel setzte.

Wein und Bier wechselten gleich fässerweise den Besitzer – umsichtig hatte Gertrud schon früh jeden noch so kleinen Raum im Wagen damit gefüllt, bis wirklich nichts mehr hineinpasste, sie selbst eingeschlossen. Lieber zahlte sie vergleichsweise wenig für ein Nachtlager auf irgendeinem abgelegenen Hof, als hier auch nur einen zahlenden Käufer unverrichteter Dinge wieder fortzuschicken.

Als Marie mit Beginn der Dunkelheit müde und ausgelaugt am Wagen lehnte, war ihr plötzlich, als würde sie beobachtet. Zwei Rekruten, die Barette tief im Gesicht und daher kaum zu erkennen, gafften sie schamlos an. Sie trugen weder eine Rüstung noch die bunten Kleider der Landsknechte – was die wohl von ihr wollten?

So plötzlich erwischt, drehte einer von beiden wieder um, verbarg sein Gesicht hinter der vorgehaltenen Hand und zog seinen Kumpanen hinter sich her. Der stolperte und begann zu schimpfen, folgte aber doch so schnell es ging.

Seltsam, dachte Marie und durchforschte ihre Erinnerung nach den Burschen. Die beiden erinnerten sie an jemanden, die Bewegungen besonders des ersten kamen ihr sogar bekannt vor. Wenn sie nur wüsste, wo sie diese Art zu laufen und die Haare aus dem Gesicht zu werfen schon einmal gesehen hatte …

»Marie! Wo bist du Faulpelz schon wieder? Ich bezahle dich nicht fürs Herumstromern; wenn du also heute Abend etwas zu essen haben willst, dann komm augenblicklich her!« – Gertruds Geschrei, für die späte Stunde viel zu laut, riss Marie aus ihren Grübeleien und brachte sie auf dem schnellsten Weg zurück an ihre Arbeit.

Müde schob sie die dummen Gedanken fort. Bestimmt waren die beiden Burschen ihr früher schon einmal begegnet, schließlich hatte sie lange in Rottweil gelebt.

Hexenkind!, fuhr es ihr durch den Kopf, und unwillkürlich zuckte sie zusammen. Würde sie denn nie aufhören dürfen, sich zu fürchten? Nicht einmal hier?

6. SCHUTZLOS UND ALLEIN

Bereits zwei Tage nach der Vereidigung der neuen Rekruten brachen sie auf mit der vagen Aussicht, sich irgendwo auf dem Weg nach Stuttgart mit weiteren Zügen zu vereinigen.

So bunt Marie das Leben im Tross auch anfangs erschienen war, so schnell gewöhnte sie sich doch daran und fand es bald nur noch öde und grau. Kein Tag hatte genug Stunden für die viele Arbeit, und bald schon war sie so damit beschäftigt, all ihr Tagwerk zu erledigen, dass ihr nicht einmal mehr Zeit für Heimweh blieb.

Noch mehr als dies aber machte ihr die Tatsache zu schaffen, dass es nirgendwo ein Eckchen gab, in das sie sich hätte zurückziehen können. Nicht einmal bei der täglichen Wäsche oder beim Gang zum Abort konnte sie sicher sein, unbeobachtet zu bleiben. Sie hasste all diese Blicke, die ihr von überall zu folgen schienen, und fühlte sich ständig beobachtet: von den Soldaten, denen mehr als nur Abenteuerlust in den Augen stand. Von den Tross-Frauen, die um ihre Pfründe fürchteten und nur darauf warteten, sie bei einem Fehler zu erwischen. Und von einem geheimnisvollen Augenpaar, das immer wieder in ihrem Rücken brannte und dessen Besitzer sie nicht finden konnte. Und doch war er da, wer auch immer das sein mochte. Warum verbarg er sich, gab sich nicht zu erkennen, ließ sie mit wachsender Furcht zurück? Hin und wieder eine Bewegung, ein Schatten, der sich geschwind aus dem Halbdunkel eines Versteckes stahl, mehr nicht. Und doch: Sie wusste darum und blieb auf der Hut.

An noch eine weitere Angst musste Marie sich gewöhnen: Weder ihre persönlichen Sachen, die sie bis auf ein kleines Bündel im Wagen immer bei sich trug, noch die vielen Geräte und Hilfsmittel am Wagen waren des Nachts vor Dieben sicher. Früher war es Stefans Aufgabe gewesen, Wagen und Pferde zu bewachen, nun hatte er die Verantwortung dafür einfach an Marie abgetreten. Er selbst bereitete sich Nacht für Nacht ein Lager aus Stroh zwischen den beiden Rössern und schnarchte zufrieden.

Das Nachtlager unter Gertruds Wagen, der meist zusammen mit anderen in einer Art Wagenburg stand, war kalt und unbequem, und so schlief sie in all ihren Kleidern, geschützt und gewärmt nur von ihrem Umhang und einer alten Pferdedecke, die Stefan ihr brummend überlassen hatte. Die war längst verschlissen und stank, wie alles auf dem Wagen, dennoch war Marie ihm dankbar für sein Geschenk und wickelte sich eng hinein. Sie vermisste den Duft von in der Sonne getrockneten Stoffen und Johannas Duftsäckchen, doch da ihr die Erinnerung daran jedes Mal fast das Herz brach, verbot sie sich den Gedanken daran. Irgendwann würde sich schon eine Gelegenheit ergeben, ihre Wäsche zu waschen, und dann würde sie für kurze Zeit den Duft des Frühlings und ihres alten Zuhauses wieder darin spüren.

Verglichen mit ihrer Zeit in Rottweil war Marie nun morgens früh auf. Meist erwachte sie noch weit vor Sonnenaufgang, wenn die ersten Vögel ihre Stimmen prüften und sich für die nahe Zeit der Blüte übten. Sie lauschte den Rossknechten, die ihre Pferde versorgten und zum Grasen führten – die schweren Rösser zogen die ganze Last und konnten jede Pause brauchen.

Nach diesen wenigen Minuten des Friedens begann ihr Tag mit einer kurzen Wäsche. Auf das Richten der Haare verzichtete sie inzwischen. Zum einen fand sie kaum noch Zeit dafür, zum anderen quälte sie die Sorge, den Zopf nicht mehr zusammenzubringen, wenn er einmal geöffnet war – etwas, das sonst Johanna übernommen hatte, die ihr immer wieder schmerzlich fehlte.

Mit Hilfe von Feuerstein und Zunder entfachte Marie dann ein kleines Feuer und bereitete das Frühstück – Dinkelbrei mit Wasser für Stefan und sie, mit Honig oder Sahne für Gertrud. »Mehl der Armen« hatten sie das Dinkelmehl in Rottweil genannt und es verschmäht – hier war sie froh, es zu haben, und musste zugeben, dass es nicht schlecht schmeckte.

Nach dem Frühstück packte Marie alles wieder zusammen und verstaute es am Wagen. Sie half trotz ihrer Angst beim Füttern und Anschirren der Pferde, wobei sie stets darauf achtete, ihren großen Hufen nicht zu nahe zu kommen.

Die halbe Stunde vor dem Aufbruch nutzte sie gern, um ihre Umgebung noch nach verwertbaren Resten abzusuchen. Jetzt, da alle noch Geld hatten, gingen Soldaten und Hauptleute wenig achtsam mit ihren Vorräten um, und Marie freute sich über jeden Bissen, den sie zusätzlich ergattern konnte. Manches Mal schon hatte sie Stefan etwas davon abgegeben und sich damit eine Stunde erholsamer Reise auf dem Bock erkauft.

Der Wagen war voll beladen, und die Pferde hatten schwer zu ziehen; der Knecht und Marie liefen daher die meiste Zeit nebenher, um sie zu schonen. Gertrud fuhr oft genug in einem der anderen Wagen mit, und so fand Marie ein wenig Zeit, auch den Wegesrand nach Brauchbarem abzusuchen oder hier und da ein Blatt des jungen Sauerampfers zu pflücken, das gut gekaut gegen den Durst half. Wenn sie in Gertruds Diensten bisher eines gelernt hatte, so war es dies: dass man irgendwann im Leben alles brauchen konnte.

Marie rechnete nach: Knapp zwei Wochen waren seit ihrer Flucht aus Rottweil vergangen; nur noch wenig mehr, dann würde die Löwenzahnblüte die Hänge und Wiesen am Weg mit einem gelben Tuch bedecken und Maries Korb mit jungen Blättern und Kräutern füllen. Sie freute sich auf Bärlauch und Sauerampfer, Brennnesseln und junge Triebe vom Farn, die sie von Johannas Küche her kannte; später im Jahr würden sich auch Früchte von Baum und Feld dazu gesellen. Derzeit begnügte sie sich mit den ersten Schnecken und pflückte sie von den noch farblos und trocken wirkenden Gräsern des vergangenen Jahres ab. Sie stellten eine willkommene Bereicherung des Speisezettels dar und waren oft das einzige Fleisch, das sie bekam.

Nur die Sonntage begannen anders; dann durfte Marie zusammen mit Gertrud die Feldmesse besuchen, die im Freien abgehalten wurde. Stefan blieb zurück, um Wagen und Rösser zu bewachen, doch machte er nicht den Eindruck, dass ihn das sonderlich grämte.

Marie hingegen zog es förmlich auf den Kirchplatz, sie konnte gar nicht schnell genug dorthinkommen. Hier, versteckt inmitten all der anderen Menschen, schickte sie ihre stummen Bitten in den Himmel. Immer wieder flehte sie dort um Schutz und Sicherheit, für sich und die ihren in Rottweil, die kein Heer aus Männern und Waffen zwischen sich und der Angst vor Teufel, Pest und Hexen hatten. Dankbar betete sie die Worte, die sie zu Hause mühsam auswendig gelernt hatte, und hoffte auf Gnade.

Aber diese Tage boten nicht nur Angst. Marie liebte die Gelegenheit, dem engen Tagesplan zu entkommen und für eine kurze Zeit unbeobachtet dem bunten Treiben zusehen zu können. Oft war es schon spät, wenn sie zurück zum Wagen kam, doch Gertrud wurde erst gegen Mittag zurückerwartet, und Stefan war es egal, solange er nur pünktlich sein Essen bekam.

Auch an ihrem dritten Sonntag im Lager hatte Marie sich verspätet und hielt ängstlich nach ihrer strengen Herrin Ausschau. Statt ihrer aber entdeckte sie eine flinke Gestalt, die sich hinten bei den Rössern zu schaffen machte.

Irritiert sah sie sich nach Stefan um. Hatte der denn gar nichts bemerkt? Aber nein, mit dem Rücken zu der kleinen Wiese, auf der er die Rösser mit kurzen Stricken angebunden hatte, saß er auf seinem Schemel und flickte einen Strick.

»Ich denke, du sollst auf Wagen und Rösser achten«, schalt sie.

»Tu ich doch«, gab der Rossknecht zurück. »Ist alles im Lot.«

»Nein, ist es nicht!« Stefans Gleichgültigkeit ärgerte Marie, denn wenn durch seine Unachtsamkeit etwas verschwand, würde die Herrin ihre schlechte Laune darüber sicher auch an ihr auslassen. »Hast du denn keine Augen im Kopf? Da hinten treibt sich jemand bei den Rössern herum, wer weiß, was er dort will.«

Der Knecht ließ sich nicht aus der Ruhe bringen. »Der klaut schon nichts«, knurrte er, »das ist bloß Max. War selbst schon Rossknecht und kann von keinem Pferd die Finger lassen, das ihm über den Weg läuft.«

Marie verlangsamte ihren Schritt und steuerte wie zufällig auf die schlaksige Gestalt hinter dem Wagen zu. Der Junge war größer, als sie zunächst angenommen hatte, schmutzig und ausgemergelt. Seine Haare strotzten vor Dreck, so dass man ihre eigentliche Farbe nur schwer erahnen konnte, und standen wie ein Büschel Stroh nach allen Seiten störrisch ab. Kinn und Wangenpartie wirkten weich und trugen noch unreifen Flaum – er konnte nicht viel älter sein als sie selbst. Unter seinem Hemd, das an manchen Stellen so dünn war, dass man die Haut hindurchsehen konnte, zeichneten sich die Rippen ab, als er sich streckte und beruhigend über die Pferdeköpfe streichelte.

»Hoooh!«, brummte er und murmelte etwas in einer Sprache, die Marie nicht verstand. Ihr kam es vor wie eine Welle unzusammenhängender Laute, die so langgezogen fast schon einer Melodie glichen.

Den Pferden schien es zu gefallen: Sie spielten mit den Ohren, stellten ihr Stampfen ein und senkten den schweren Kopf, um ihren Gast zu beschnuppern.

»Was hast du zu ihnen gesagt?«, fragte Marie und zuckte beim Klang ihrer Stimme zusammen. Es gehörte sich nicht, einen fremden Burschen anzusprechen, die Worte waren fast ohne ihr Zutun entwischt.

»Ach, nichts weiter.« Max schien nichts Unschickliches daran zu finden und grinste nicht einmal. »Das ist keine richtige Sprache, weißt du. Es sind nur Laute, die sie mögen und denen sie vertrauen.« Unbeirrt fuhr er fort, die Rösser zu streicheln und hob dabei ohne Sorge vor Tritten oder unerwarteten Bewegungen ein Bein nach dem anderen hoch.

»Was gehen dich die Füße unserer Pferde an?«, fragte Marie. »Ein Tritt von ihnen könnte dich schwer verletzen.« Die Selbstverständlichkeit, mit der dieser freche Junge hier herumstrich, ärgerte sie. Wie sollten sie Wagen und Besitz schützen, wenn jeder dahergelaufene Bursche sich daran zu schaffen machte? Sie ging ja auch nicht einfach in sein Zelt und wühlte in seinen Sachen herum. Wenn er überhaupt ein Zelt hatte.

»Hufe«, sagte er in ihren wachsenden Zorn.

»Wie bitte?« Marie stockte. Was hatte dieser unverschämte Kerl …

»Nicht Füße. Beim Ross heißen sie Hufe.« Unbeirrt hob der Junge das linke Vorderbein des Schwarzbraunen an und legte es so auf seinen Schenkel, dass er bequem die empfindliche Innenseite untersuchen konnte. »Komm her und sieh selbst.«

Marie zögerte, denn wenn es dem Jungen auch an Respekt vor den mächtigen Tieren mangeln mochte, sie hatte genug davon für beide.

Doch schließlich siegte die Neugier über ihre Angst. Vorsichtig, damit die Rösser sich nicht erschreckten und womöglich ausschlugen, näherte sie sich gerade so weit, dass sie dem Burschen über die Schulter blicken konnte. Ein Grummeln aus seiner Bauchgegend verriet, dass er Hunger litt – etwas, das Marie inzwischen nur zu gut kannte. Unter seinem verschlissenen Hemd konnte sie die Muskeln spielen sehen – woher ein so dünner und ausgemergelter Körper wohl so viel Kraft nahm?

»Ha, das ist der Übeltäter.« Max zeigte mit einem etwa fingerdicken und klauenförmig zurechtgebogenen Stock auf eine Stelle in der Mitte des riesigen Tellers, den er Huf nannte. »Hier hat sich ein Stein eingegraben, siehst du? Da, zwischen Eisen und Strahl, so nennt man diesen dreieckigen Batzen in der Mitte.«

Marie machte einen langen Hals: Tatsächlich, da klebte etwas. Dunkelbraun und fleckig wie es war, hätte sie es für einen Erdklumpen gehalten und sagte das auch.

Max brummte weiter sein seltsames Lied, bis das Pferd ihm wieder seine volle Aufmerksamkeit schenkte. Wie er das nur machte? Marie war ehrlich beeindruckt. Sie selbst fürchtete sich vor den massigen Leibern dieser Muskelberge und hätte niemals freiwillig und ohne Schutz ihre Nähe gesucht.

Der Junge kratzte mit Hilfe seines Stöckchens den Klumpen heraus. »Es ist egal, ob sich da ein Stein, ein Splitter oder ein Erdklumpen verfängt; wenn ihn niemand herausbringt, drückt er, und die Pferde gehen schließlich lahm. Ich habe den Gaul heute Morgen beim Grasen beobachtet und dabei gesehen, dass er das Vorderbein nicht richtig belastet. Das führt schnell dazu, dass er lahmt, und ich wollte nicht warten, bis er Schmerzen hat.«

»Aber für so etwas ist Stefan doch da, warum überlässt du ihm das nicht?«

Max, der nach getaner Arbeit den schweren Huf wieder zu Boden gleiten ließ, grinste frech. »Bis Stefan in die Stiefel kommt, ist es längst schon wieder Ostern. Außerdem muss so ein Gaul ja nicht unnötig lange auf diese kleine Hilfe warten, oder?«

Er blickte zum Rossknecht hinüber; der winkte ihn näher und warf ein handgroßes Stück Speck herüber. Geschickt fing der Bursche es auf und stopfte einen Teil der Gabe gleich in den Mund.

»Ich heiße übrigens Max«, sagte er im Kauen. »Und du bist Marie, richtig?«

Marie nickte, zu verwirrt, um sich Gedanken über schickliches und unschickliches Benehmen zu machen. Die Regeln dazu, die sie von Johanna und den anderen Rottweilern ein Leben lang gelernt hatte, waren hier im Lager sowieso nicht viel wert. Sie hätte gern mehr über Max erfahren, doch der machte sich nach Erhalt seines Lohnes gleich wieder aus dem Staub, als fürchtete er, sie könnte ihm den Speck neiden und wieder abnehmen. Was für ein absurder Gedanke!

Den ganzen Tag lang musste sie über ihre Begegnung noch nachdenken. Ob der Junge mit den struppigen Haaren wohl wiederkommen würde?

Er kam. Wie ein ewig hungriger junger Hund streunte er in der Nähe ihres Lagerplatzes herum. Marie begann, sich an seine Gegenwart zu gewöhnen und freute sich schließlich auf die gelegentlichen Schwätzchen, waren sie doch eine willkommene Unterbrechung des sonst so mühseligen Tagwerkes.

Nach und nach erfuhr sie mehr über sein Schicksal: Als Sohn einer Dirne hatte Max die meiste Zeit seines Lebens in irgendeinem Tross verbracht und sich mit Gelegenheitsarbeiten durchgeschlagen. Seit dem Tod seiner Mutter vor zwei Jahren war er ganz auf sich gestellt.

»Als man merkte, dass ich gut mit Pferden umgehen kann, gab man mir ein paar Kriegsrösser zur Aufsicht«, erzählte er eines Abends, als er zusammen mit Marie hinter dem Wagen die tiefstehende Sonne betrachtete. »Der Rossknecht dort war ein kluger Mann und brachte mir alles bei, was er über Pferde wusste.«

»Aber jetzt bist du kein Rossknecht mehr, oder?«

Maries Zunge war schwer vor Kälte, und sie zog das wollene Tuch enger um die mager gewordenen Schultern.

Max warf sich stolz in die Brust. »Nein, jetzt nicht mehr. Als es hieß, sie suchten dringend Verstärkung für den Zug gegen die Bauern, habe ich mir einen Spieß organisiert und mich gemeldet.«

»Und wie *organisiert* man so etwas?«

»Nun, ich habe ihn … sagen wir: eingetauscht. Gegen einen Krug Wein. Den hatte ich kurz zuvor von einem betrunkenen Landsknecht als Bezahlung für einen Dienst erhalten und konnte ihn nun gewinnbringend wieder an den Mann bringen.«

»Und woher hatte der Soldat diesen Spieß? Stefan sagt, jeder Landsknecht hat seine eigenen Waffen, Schwert oder Kriegsaxt oder Hellebarde. Wofür braucht der dann noch einen Spieß von nur einem Mann Höhe?«

Max zuckte mit den Schultern über so viel Unwissenheit. »Der Soldat hatte ihn von seinem letzten Beutezug mitgebracht, um ihn zu tauschen, was sonst?« Seine Augen begannen zu glänzen. »Willst du ihn sehen?«

Marie schüttelte den Kopf. »Wie nennt man das, was du jetzt bist?« Sie betrachtete seine Kleider, die nicht anders aussahen als die eines heimischen Bauernjungen, und zupfte daran herum. »Landsknecht wohl nicht, denn die tragen Harnische und bunte Hosen und einen Wams. Was also bist du?«

»Ich bin jetzt Pikenier«, antwortete der Junge, und in seinen Augen funkelte pure Abenteuerlust. »Bisher gab es ja leider nur einige kleinere Scharmützel mit ein paar dummen Bauern oder Plünderungen, da hat man mich noch nicht gebraucht. Aber in der nächsten richtigen Schlacht werde ich zusammen mit den anderen in der Mitte der Truppe kämpfen!«

Marie zuckte zusammen. »Pikeniere sterben schnell«, wiederholte sie bleich, was sie von Stefan gehört hatte. »Hast du denn gar keine Angst?«

»Angst? Ich? Wo denkst du hin, Marie! Glaub mir: Wer in einem Tross groß geworden ist und gelernt hat, sich allein durchzuschlagen, der hat vor überhaupt nichts Angst. Außer vielleicht, dass das Loch in seinem Bauch eines Tages so groß werden könnte, dass kein Mahl der Welt es mehr stopfen könnte!«

»Und? Kannst du denn überhaupt kämpfen, wenn es soweit kommt?«

Max wand sich unter ihrer Frage. »Ich denke schon, schließlich bekommen wir jeden Tag Kampfunterricht.«

Den Jungen hielt es nicht mehr an seinem Platz; eifrig lief er davon und erschien wenige Minuten später mit seiner Pike, einem etwa mannshohen Stab mit eiserner Spitze. Eigens für Marie baute er sich vor ihr auf und führte vor, was er während der Waffenübungen gelernt hatte.

»Stell dir vor, du wärst ein feindlicher Bauer auf seinem Pferd«, flüsterte er und stellte Marie in die richtige Position. »Jetzt heb deinen rechten Arm und tu so, als hättest du darin ein Schwert. Meine Aufgabe in der Schlacht ist es, dich mit der Lanze daran zu hindern, unsere Reihen weiter zu durchbrechen. Ich würde jetzt einfach so machen und so und dann – eh, du passt ja gar nicht auf, das ist ungerecht. Du musst dich wehren, sonst …«

Marie zog einen Schmollmund und ging zurück an ihren Platz. »Waffen und Harnisch sind gut und schön, Max, die braucht man, um im Krieg zu überleben. Und dass du dich darin üben musst – auch gut. Aber mit deinem Gerede vom Kämpfen und Töten bleib mir vom Leib, ich will das nicht hören.« Ihre Stimme war dunkel vor Angst.

Max schnaubte und sein Blick wurde hart. »Es ist auch dein Krieg, Marie«, knurrte er sie an. »Du kannst ihm nicht den Rücken kehren wie mir eben.«

»Ich koche, putze und wasche nur«, verteidigte sie sich, »aber ich töte keine Menschen.«

»Pah!« Max spuckte neben ihr auf den Boden. »Du hilfst dabei, ihn zu führen, indem du all die Krieger hier ernährst und bei Laune hältst. Du und deine Herrin, ihr verdient nicht schlecht daran. Pass auf, dass *mein* Krieg dich nicht eines Tages ins Bein beißt, Marie. Es blutet schrecklich und tut weh, mehr als du jetzt vielleicht glauben magst.« Damit drehte er um und stampfte in Richtung Lager davon.

Gertrud sah die Treffen der beiden jungen Leute gar nicht gern und machte keinen Hehl daraus. Auch jetzt rief sie laut nach Marie, gab ihr einen Schlag ins Gesicht, der sie auf die Knie zwang, und befahl ihr, das auf einem Tuch ausgebreitete Silbergeschirr gründlich zu polieren.

»Gleich kommt jemand, um es sich anzusehen, da sollte es glitzern und blinken«, rief sie eine Spur zu laut für diese Tageszeit.

Die steile Falte auf der Stirn ihrer Herrin ließ nichts Gutes ahnen, und so beeilte sich Marie mit der nicht eingeplanten Zusatzarbeit. Sie schöpfte Wasser aus dem Eimer in eine Schüssel und zog das Geschirr kurz hindurch. Anschließend polierte sie es mit einem halbwegs sauberen Tuch und etwas Sand so lange, bis tatsächlich alle Flecken und trüben Stellen verschwanden. In Anbetracht der Laune ihrer Herrin gönnte sie sich auch dann keine Pause, wenn der Schweiß ihr in den Augen brannte.

»Deine Faulenzerei mit diesem Burschen muss aufhören«, zankte Gertrud, »schließlich bezahle ich dich nicht fürs Herumlungern.« Sie gab Marie im Vorbeigehen einen Tritt in den Rücken, dass diese vornüberkippte und beinahe mit dem Kopf im Putzwasser gelandet wäre. »Glaube nicht, ich würde das nicht sehen, nur weil ihr euch hinter dem Wagen versteckt. Die Zeit wirst du heute noch nacharbeiten, sonst gibt es nichts zu essen.«

Marie wusste, dass Widerspruch alles nur noch schlimmer machte, und seufzte ergeben. Als hätte sie nicht schon genug getan den ganzen Tag, bemühte sie sich, auch diese Aufgabe flink und geschickt zu erledigen. Vorsichtig, damit niemand es merkte, fuhren ihre Finger dabei die schön geschwungenen Muster der beiden Teller nach, die sie gerade poliert hatte.

»Wo habt ihr das her?«, fragte sie.

Gertrud antwortete mit einem gehässigen Lachen. »Das gefällt dir, nicht wahr? Silberne Teller und Tassen, dazu Schüssel und Krug im gleichen Muster ... Oh ja, das weckt Erinnerungen an dein früheres Leben als Mündel des Zimmermanns. Hab ich nicht recht?«

Marie erbleichte, doch Gertrud stichelte unbarmherzig weiter: »Vielleicht hat es ja einmal einem Mann wie ihm gehört? Mit Frau und Kindern, einem Laden vielleicht oder einer Werkstatt? Oder auch nur mit einem eigenen Gut? Warum auch nicht, manch braver Mann hat es weit gebracht.«

Maries Augen füllten sich mit Tränen. War die Herrin heute absichtlich so grausam, um sie zu bestrafen, oder merkte sie davon schon gar nichts mehr?

»Wer auch immer es war«, fuhr Gertrud fort, »er verlor dieses Kleinod vor einigen Wochen bei einer Plünderung. Dies und vermutlich sein Leben dazu.« Maries Schweigen ergötzte sie. »Der Beutemeister sprach mir als Anteil einen ganzen Sack voll Plündergut zu und glaub mir: Ich habe ein Auge dafür, was wirklich wertvoll ist und was nur so scheint.«

Marie schwieg. Bemüht, die Szenen in ihrem Kopf nicht länger zu sehen, die Gertruds Geschichten zum Leben erweckt hatten, konzentrierte sie sich ganz auf das Polieren und achtete daher kaum auf den Soldaten, der sich irgendwann neben Gertud rittlings auf den freien Hocker setzte.

Die beiden redeten und lachten, bis der Landsknecht irgendwann unwirsch wurde. »Das ist zu teuer!«, knurrte er, und Marie zuckte bei dem barschen

Tonfall zusammen. »Viermal teurer als üblich!« – Offenbar handelten sie über den Preis für das Silber.

»Na und?« Die Marketenderin zuckte ungerührt mit den Schultern. »Du verdienst ja auch viermal mehr als ein üblicher Geselle, oder etwa nicht? Wie ich sehe, trägst du sogar zwei Waffen, bist also Doppelsöldner und verdienst noch einmal so viel wie ein einfacher Söldner. Das macht doppelten Sold, also achtfach höheren Lohn als ein einfacher Geselle. Da sollte ich eigentlich auch den achtfachen Preis von dir verlangen und nicht nur den vierfachen, findest du nicht?«

Der Landsknecht schnaufte, und Gertruds Blick glitt von ihm zu dem Silber neben ihrem Fuß. Sie schlug das Tuch darüber zusammen, hob das Bündel auf und wog es prüfend in der Hand.

»Aber ich werde mal nicht so sein, schließlich musst du auch haushalten mit deinem Sold. Es bleibt dabei: Zwanzig Gulden und keinen Heller weniger. Der Preis steht fest, zahle ihn oder verschwinde.«

Der Landsknecht grunzte ärgerlich, machte aber keine Anstalten zu gehen. Einlenkend lud Gertud ihn zu einer Schüssel Fleischsuppe ein, die Marie zuvor gekocht hatte – der Söldner zappelte bereits wie ein Fisch an ihrer Angel und es ging nur noch darum, ihn nicht mehr vom Haken zu lassen.

Während er Suppe und Fleisch in sich hineinstopfte – Reste eines tags zuvor notgeschlachteten Ochsen, den Gertrud für wenig Geld erworben und dann portionsweise verkauft hatte – wanderte sein Blick zu Marie, die noch immer an der silbernen Schüssel schrubbte.

»Na gut«, grunzte er schließlich. »Aber dann muss noch etwas Frisches dazu.« Er leckte sich begehrlich über die Lippen und ließ keinen Zweifel, wonach ihm der Sinn stand.

Marie wurde immer unheimlicher zumute, und sie wusste sich nicht anders zu helfen, als den beiden den Rücken zuzukehren. So konnte sie zwar nicht mehr verstehen, was hinter ihr getuschelt wurde, brauchte aber auch die anzüglichen Blicke nicht länger zu ertragen. Mit vor Scham und Zorn geröteten Wangen stand sie schließlich auf, schüttete das Wasser hinter dem Wagen in die Wiese und machte sich auf den Weg zu den Abortgruben am Rand des Lagers.

Was soll's, dachte sie, dann brauche ich später nicht mehr zu gehen, wenn man vor Dunkelheit keinen Stein mehr erkennen kann.

Marie erleichterte sich in einer der hinteren Gruben und nestelte gerade an ihren Rockbändern herum, als das Knacken von Zweigen sie erschreckte. Sie verharrte und lauschte, doch das Geräusch wiederholte sich nicht.

Die Angst, erst einmal geweckt, ließ sie nun nicht mehr los. Was, wenn hier und jetzt geschehen würde, was so manche Magd erleiden musste? Wenn ein betrunkener Soldat, schutzlos und allein wie sie war, sie greifen und sich ihrer bedienen würde? Sie hatte den Blick des Landsknechtes vorhin sehr wohl verstanden und wusste auch, dass ihr ein solches Schicksal früher oder später blühte.

Die rasch zunehmende Dunkelheit versprach aber

auch Deckung und gab Marie so ein wenig von ihrem Mut zurück. Vorsichtig hob sie den Kopf, um ihre Umgebung näher in Augenschein zu nehmen.

Da geschah es: Eine Hand, fremd und hart, presste sich von hinten auf ihren Mund und erstickte ihren Schrei zu einem harmlosen Gurgeln. Mit der anderen Hand umfasste man ihren Leib und hob sie hoch, so dass ihre Füße vorübergehend in der Luft strampelten. Sie versuchte, in die Hand zu beißen, strampelte und schlug um sich, konnte ihren Angreifer aber nicht treffen. Daraufhin ließ er sie wieder sinken, die Finger noch immer fest um ihren Mund gepresst, versetzte ihr einen Tritt in die Kniekehlen, dass ihr die Beine nachgaben, und zwang sie so zu Boden.

Ihre verletzten Knie brannten, und die Hand vor ihrem Gesicht nahm ihr fast den Atem. Sie ließ sich niederfallen wie ein Stück Stoff und hoffte auf eine Gelegenheit, zu entkommen oder wenigstens zu schreien.

Doch ihr Angreifer ließ sich nicht täuschen. Erst verband er ihr Augen und Mund mit einem Tuch, dann zog er den Rock über ihren Kopf und hielt ihn oben zusammen – sie war gefangen. Allerdings griff er in der Eile nur den wärmenden Überrock, das vor Schreck benetzte Unterteil blieb, wo es war, und bedeckte ihre Blöße.

Marie bettelte und schrie, doch mehr als ein Wimmern fand nicht aus ihrem geknebelten Mund. Als dann eine Hand ihren Kopf zur Seite bog und eine kratzige Wange über die ihre rieb, hielt sie die Luft an und betete darum, ohnmächtig zu werden oder zu sterben, bevor sie erleben musste, was anderen bereits geschehen war.

Doch statt sie zu befingern strich die kalte Hand ihres Peinigers nur sanft über ihre Wangen. Marie konnte Wein und Zwiebeldüfte in seinem Atem riechen und hielt die Luft an. Schließlich spürte sie weiche Lippen an ihrem Ohr und hörte ein Flüstern: »Du wirst die Nächste sein!« Dann stieß er sie, gefesselt wie sie war, kopfüber in die Grube und machte sich davon.

Marie zappelte und schnappte nach Luft. Die Grube war eine der hinteren und daher wenig benutzt, so kam sie ohne Probleme heraus. Von den lockeren Fesseln hatte sie sich schnell befreit, und auch Knebel und Augenbinde waren nur lose geschlungen, und es kostete sie nicht mehr als eine Handbewegung, um sie zu öffnen.

Marie erstickte den ersten Impuls, laut zu schreien, und presste stattdessen ihre geballte Faust auf den Mund. Woher sollte sie wissen, ob nicht noch weitere Kerle in der Nähe waren und sich an ihr schadlos halten würden, sobald sie von ihrer Lage erfuhren? Ein weiteres Mal würde sie nicht so glimpflich davonkommen, das wusste sie selbst.

Ob ihr Angreifer wohl genauso überrascht war wie sie von ihrem Zusammentreffen? Warum sonst hatte er nicht vollendet, weswegen er gekommen war?

Aber auch so saß der Schreck tief. Wie sollte sie wagen, jemandem von dem Erlebten zu berichten? Schließlich war sie nichts weiter als eine Magd, der Gnade ihrer Herrin hilflos ausgeliefert – und Gertrud würde keinen Atemzug darauf verschwenden, sie zu rächen. Eher würde sie Marie fortjagen wie eine lahme Ziege und sich ein neues Werkzeug suchen.

Marie schluchzte. Nein, soweit durfte sie es nicht kommen lassen. Sie wischte die Tränen aus dem Gesicht, raffte ihren Rock zusammen und machte sich auf zum Wagen. Nichts würde sie erzählen, niemandem. Schließlich war Unauffälligkeit der einzige Schutz, den ein Niemand wie sie in Anspruch nehmen konnte.

Gebückt und mit gesenktem Blick erschien Marie wenig später beim Wagen und zog sich ohne ein Wort auf ihren Schlafplatz zurück. Stefan warf einen kurzen Blick auf ihre verschmutzten Kleider, goss Wasser in die Waschschüssel und verzog sich dann zu seinen Pferden. Selbst Gertrud ließ sie ausnahmsweise in Ruhe und schwankte früher als sonst in den Wagen. Marie wurde den Eindruck nicht los, dass die versuchte Schändung an ihr klebte wie flüssiges Pech und alle hier glaubten, sie sei zum Opfer geworden.

Irgendwann war der Dreck der Abortgrube von Haut und Haaren entfernt, und der Rocksaum flatterte nass und halbwegs sauber zwischen den Radspeichen. Marie hatte sich in ihren dunkelgrünen Umhang gewickelt; statt zu schlafen hockte sie schweigend in der Dunkelheit und grübelte. Was sie erlebt hatte, ließ sich nicht fortwaschen, weder mit Seife noch mit Sand oder Tränen, sondern forderte eine Entscheidung.

7. DER WORTBRUCH

Am nächsten Tag nahm Gertrud sie früh beiseite und verlangte zu wissen, was geschehen war.

»Nichts«, entgegnete Marie kühl und wand sich aus ihrem Griff. »Ich habe meine Blutung bekommen, das ist alles.«

»So? Sonst nichts? Dafür sahst du aber reichlich blass aus. Lüg mich nicht an, Mädchen: Bist du noch intakt? Sonst wäre die Investition in dich nämlich ein schlechtes Geschäft gewesen.«

»Intakt? Ist das alles, was Euch dazu einfällt?« Marie schnaubte und ballte die Hand zur Faust. Das war zu viel! Sie riss sich los und lief, so schnell die Füße sie nur tragen wollten, den Hügel hinab in Richtung Offiziersquartier. Hier, so hoffte sie, würde sie auf gebildete und anständige Leute treffen, die sie achten und in Ruhe lassen würden.

Doch weit gefehlt: Als wäre das Erlebte mit glühendem Eisen auf ihre Stirn geschrieben, hagelte es anzügliche Bemerkungen, und mehr als einmal griff einer der hohen Herren oder ihrer Knechte nach ihrem Rock.

Aus Maries anfänglicher Wut wurde Angst und dann

Panik – weg hier, nur weg, am besten gleich aus dem Lager. Egal, wohin, überall würde es besser sein als hier!

Als unerwartet und wie aus dem Nichts heraus eine weitere Hand auftauchte und nach ihrer Schulter griff, explodierte die angestaute Angst. Marie drehte sich auf dem Absatz um und schlug mit voller Kraft zu. »Nein!«, schrie sie und holte schon zu einem weiteren Schlag aus, da fing die Hand sie ab und schloss sich eisern um beide Handgelenke.

Marie schrie und schrie. Es dauerte eine ganze Weile, ehe sie durch Angst und Scham hindurch die Stimme hörte. Sie klang weder wütend noch schrill, vielmehr ruhig und sanft, so als würde jemand einen ängstlichen Hund beruhigen wollen. Oder ein Pferd – sie lauschte den Tönen und versuchte, sich zu erinnern. Wo hatte sie diese langgezogenen, singenden Laute nur schon gehört? Bei den Pferden, richtig, die Nebel der Panik lichteten sich langsam. Max war da gewesen und hatte auf die Rösser eingeredet …

Max …

»Max …!«

»Schsch!« Warm strich sein Atem an ihrem Gesicht vorbei, als er sie nun mit beiden Armen umfing. »Keine Angst, Marie, beruhige dich. Ich bin ja da.«

»Max, sie haben …«

»Ich weiß, ich weiß. Aber jetzt bist du in Sicherheit. Du musst dich beruhigen, Marie, es drehen schon zu viele ihre Köpfe nach uns um.«

Marie wusste, dass er recht hatte, und riss sich zusammen. Es würde niemandem nützen, ihr am allerwenigsten, wenn die falschen Leute auf sie aufmerksam wurden.

»Wohin wolltest du gehen, Marie?« Max Frage klang freundlich, hatte aber etwas Drängendes, auch er wollte rasch fort.

»Ich weiß nicht …«

»Ich habe leider kein Zelt, zu dem ich dich mitnehmen könnte, nicht einmal eine eigene Plane, die teilen wir uns zu fünft.« Max schien das zu bedauern. »Soll ich dich zurück zu Gertruds Wagen bringen?«

»Ich geh nicht zurück!« Trotzig wischte Marie sich das Gesicht sauber und suchte nach einem Weg durch die Zelte.

»Und warum nicht? Du gehörst Gertrud, wo solltest du sonst hin?«

Wütend blieb sie stehen und blitzte ihn an. »Ich gehöre ihr nicht! Ihr nicht und auch niemand anderem! Und darum kann mich auch niemand daran hindern, zu gehen. Niemand!«

Um Max Mundwinkel zuckte es, doch er hatte sich schnell wieder im Griff.

»So, so, du willst also von hier fort. Lassen wir mal die Tatsache außer Acht, dass Gertrud dich als ihr Eigentum betrachtet und das Lager von Soldaten wimmelt, die dich am Fortlaufen hindern würden. Aber wo willst du hin? Was kannst du, das dir das Überleben draußen ermöglicht?«

Marie schluckte. »Ich kann putzen. Und kochen. Und …«

Max, der seinen Arm noch immer tröstend um ihre Schultern gelegt hatte, zog sie näher an sich heran. »Das wird nicht reichen, Marie. Nicht, wenn du auf dich allein gestellt bist. Nicht als junges Mädchen ohne Familie oder Schutz.«

Maries Körper zitterte und bebte, als sie an den Schrecken der vergangenen Nacht dachte. So sehr, dass sie stehen bleiben musste.

»Komm, Marie, lass uns zu eurem Wagen gehen. Gertrud ist um diese Zeit meist schon fort, und Stefan ist mit den Pferden beschäftigt – niemand wird sich für uns interessieren.«

Marie nickte und folgte ihm durch Zelte hindurch zu Gertruds schwerem Wagen. Max holte ihre Decke, wickelte sie darin ein und setzte sich schweigend neben sie, den Arm noch immer kameradschaftlich um ihre Schultern gelegt.

Und endlich konnte Marie alles erzählen: Von dem unsittlichen Ansinnen des Landsknechtes und Gertruds gierigem Blick. Von dem Überfall bei den Abortgruben und ihrer schrecklichen Angst. Selbst von ihrem Heimweh erzählte sie, das Gertrud durch ihr Gerede von der silbernen Kriegsbeute entfacht hatte, und von der Angst, ihre Familie niemals wiederzusehen.

Irgendwann war es genug, und sie fiel in Max' Armen in einen unruhigen Schlaf, den sie die Nacht zuvor nicht hatte finden können. Der Freund wagte kaum, sich zu bewegen, rührte sich über Stunden hinweg nicht vom Fleck, um sie nicht zu stören.

Gertrud ließ die beiden in Ruhe, wohl ahnend, dass

heute nichts mehr mit ihrer Magd anzufangen sein würde. Stattdessen warf sie dem unerwünschten Besuch giftige Blicke zu, die Max aber standhaft ignorierte. Nicht einmal ihre drohend erhobene Faust schien ihn zu schrecken.

»Na warte«, brummte die Alte schließlich, setzte ein sonniges Lächeln auf und begann vergnügt zu pfeifen. »Gehst du nicht willig, so brauch ich Gewalt …«

»Solche Stimmungsschwankungen verheißen bei Gertrud nichts Gutes«, flüsterte Marie und hob zum ersten Mal seit Stunden ihren Kopf, um Max ins Gesicht zu sehen.

Der aber lächelte nur überlegen. »Mach dir keine Sorgen, Marie. Was solle die alte Frau mir schon anhaben können?«

Am Abend schließlich war Maries Schonfrist vorbei; es musste Gemüse geputzt, Essen gekocht und anschließend abgespült werden. Als Stefan sich zu seinem letzten Koppelgang verabschiedete, nahm Gertrud Wyss ihre Magd beiseite, um klare Worte zu sprechen.

»Was denkst du eigentlich, wozu ich dich mitgenommen habe?«, giftete sie.

Marie blieb auf der Hut. »Weil ihr eine Magd brauchtet, die Euch zur Hand geht«, antwortete sie. An diesen Worten würde selbst die jähzornige Gertrud nichts Übles finden können.

»Und du denkst, das wäre Grund genug, um ein freches und faules Gör wie dich aus der Stadt zu schmuggeln, in der es wegen Hexerei und Pestzauber gesucht wird? Glaubst du das?« Sie griff Marie am Arm und schüttelte sie grob. »Du müsstest doch eigentlich alt genug sein, um zu wissen, wie das läuft. Oder hast du keine Augen im Kopf?«

Gertrud wies mit der Hand auf die Zelte und Strohhütten um sie herum. »In jeder dieser Hundehütten, seien sie nun groß oder klein, armselig oder prunkvoll, bunt, weiß oder nur aus altem Stroh: In jeder davon wohnt wenigstens ein Mann. Und die wollen alle nur eins: Frischfleisch! Wenn sie es bekommen können, sind sie sogar bereit, dafür zu zahlen. Und wenn nicht – nun, dann nehmen sie es sich mit Gewalt, wie du gesehen hast. Du hast die Wahl.«

Marie schauderte. »Aber ihr habt Johanna in die Hand hinein versprochen …«

Gertruds Gelächter war rau wie ein ungehobeltes Brett. »Und du glaubst immer noch alles, was man dir sagt, ja? Na, dann wirst du noch einen langen Leidensweg hinter dich bringen müssen, ehe du dieses Lager verlässt. Putzen, kochen, flicken, all das kann Stefan erledigen, wenn es sein muss, oder jedes dahergelaufene Mädchen aus dem Tross. Und zwar weit besser und schneller als du.«

Nun änderte die Marketenderin ihren Tonfall und redete beschwörend auf Marie ein: »Du bist ein hübscher Vogel, Marie, und jeder hier sieht das. Betrachte es doch mal von dieser Seite aus: Jeder Mensch braucht einen Beruf, der ihm das Auskommen sichert. Der, den ich dir bieten kann, bringt dir neben einem Batzen Geld auch noch eine Menge Macht.« Sie schnalzte mit der

Zunge, als hätte sie ihr eben einen besonders köstlichen Bissen zu schmecken gegeben. »Wenn du wüsstest, was die Mannsbilder so alles tun für ein wenig Vergnügen …«

Marie bedeckte ihr Gesicht mit den Händen und drehte sich weg. »Nein, nein, hört auf. Dem werde ich nie und nimmer zustimmen, gewiss nicht. Ihr habt mich aufgenommen, um eine Gehilfin zu haben und mich in allem auszubilden, was eine Marketenderin können muss, und nicht als … Dirne.«

So, nun war das Wort heraus, an dem Marie fast erstickt wäre – wütend blitzte sie die Herrin an. »Wenn Ihr das nicht haltet, seid Ihr wortbrüchig und ich zeige Euch an.«

Gertrud lachte erneut, offensichtlich bereitete ihr der ungleiche Kampf großes Vergnügen. »Sieh an, sieh an, unser Fröschlein beginnt zu quaken. Und du meinst, du findest hier irgendwo einen Richter, der mich wegen Kuppelei verurteilt?« Erneut gluckste sie und zwinkerte dem entsetzten Mädchen zu. »Wer denn, hm? Der Quartiermeister vielleicht? Was denkst du denn, weshalb ich bei jeder neuen Stellplatzverhandlung so lange in seinem Zelt verweile? Er ist einer der Gründe, weshalb ich dich ausgesucht habe, Marie. Jung, hübsch und rothaarig – der Quartiermeister mag Rothaarige …«

Marie wurde übel, und sie musste sich übergeben. Den Lappen mit kaltem Wasser, den Gertrud ihr reichte, stieß sie wütend beiseite.

»Nun hab dich nicht so, Mädchen«, redete die Händlerin weiter auf sie ein. »Was du gestern erlebt hast, hat hier jede schon hinter sich, es bringt dich nicht um. Im Gegenteil: Oft schafft es erst ein Erlebnis wie dieses, uns Frauen stark zu machen und damit den Mannsbildern überlegen. Leg deinen Starrsinn ab, öffne dein Haar und deine Schenkel, und ich sage dir eine große Zukunft voraus.«

Marie schüttelte trotzig den Kopf, Worte hatte sie keine mehr.

»Du willst nicht? Auch gut. Aber dann werde ich irgendwann meine schützende Hand von dir nehmen müssen und mich einer anderen zuwenden, mit der ich mein Geld machen kann.«

»Geld? Das ist alles, um was es Euch geht?« Marie war jetzt alles egal. Nichts von dem, was heute gesagt worden war, konnte rückgängig gemacht werden, und so etwas wie Vertrauen würde sie der Marketenderin nie wieder entgegenbringen können.

Gertrud lachte wieder, laut und gefräßig. »Hast du vergessen, welchen Beruf ich habe, wir haben? Du bist schon so weit mit mir gegangen, Marie, nun knüpf den Sack zu und mach den letzten Schritt. Bring einmal in deinem Leben etwas zu Ende. Noch hast du die Wahl, ihn freiwillig zu gehen; wenn du zu lange zögerst, werden dir andere die Entscheidung abnehmen.«

Zwei Tage verbrachte Marie in einer Art Kapsel, ließ nichts hinein und nichts heraus. Mechanisch versah sie ihre Arbeit, gab niemandem Grund zur Klage und suchte unablässig nach einer Gelegenheit, sich aus dem

Staub zu machen. Es gab bereits Gerüchte, dass man bald Böblingen erreichen und die Bauern in einer großen Schlacht vernichten würde. So lange wollte sie aber nicht warten, denn wenn dies wirklich eine Entscheidungsschlacht wurde, gab es anschließend unendlich viele Arbeitslose. Ebenso viele wie Heer und Tross an Köpfen zählte, wie sollte sie da ein Auskommen finden? Nein, sie musste vorher einen Weg für sich finden.

Der Ton im Tross wurde rauer. Schon bald fühlte Marie sich bei Nacht unter ihrem Wagen nicht mehr sicher und kroch zu Stefan neben die Pferde. Der ließ sie gewähren, schnarchte weiter und tat, als habe er sie nicht bemerkt.

Die brennenden Augen hatte sie seit dem Überfall nicht mehr in ihrem Rücken gespürt, was aber nicht hieß, dass ihr heimlicher Beobachter tatsächlich fort war. Vielleicht hatte sie mit ihrem Vertrauen auch die Fähigkeit verloren, sie zu spüren.

Marie hatte sich entschieden: Sie konnte, durfte nicht länger warten. In der kommenden Nacht würde sie fliehen.

Nun suchte sie nach einem besonderen Geschenk für Stefan. Sie wusste wohl, wie sehr der brummige Knecht sie ins Herz geschlossen hatte, auch wenn er immer so tat, als hege er nur Verachtung für den rothaarigen Zuwachs. So packte sie ihren wertvollsten Schatz, Johannas kleine Schere, in ein Tuch und schmuggelte es heimlich in seinen Sack, wohl wissend, was sie damit hergab. Aber sie wusste auch, dass Gertrud ihre Wut über Maries Flucht an dem Knecht auslassen und ihm zusätzlich zu Pferd und Wagen auch noch all die Arbeit aufhalsen würde, die Marie sonst erledigt hatte.

»Was soll's«, murmelte sie, »ich kann es nicht ändern. Das könnte nur er allein.«

Kurz bevor Marie ihren gewagten Plan in die Tat umsetzen konnte, geschah das Unerhörte: Großes Geschrei und Gezeter von der Mitte der Wagenburg her zog die Neugierigen an wie der Misthaufen die Fliegen. Auch Marie wollte sich keine Neuigkeit entgehen lassen, schon um ihre Flucht nicht zu gefährden, und erschrak: Der Quartiermeister, ein fetter, schwitzender alter Mann mit Halbglatze und Doppelkinn, hielt Max gepackt und drehte ihm unbarmherzig den Arm auf den Rücken, bis dieser laut aufschrie. Er zeigte auf einen prallgefüllten Sack zu ihren Füßen, zeterte etwas von Diebstahl und Hochverrat und verlangte nach dem Profoss.

Marie reckte den Hals, konnte aber bei bestem Willen nicht erkennen, womit der Sack gefüllt war.

Die Umstehenden forderten lautstark die übliche Strafe für ein todeswürdiges Verbrechen wie Diebstahl: Dem Jungen seien alle Knochen zu brechen, und er sei anschließend aufs Rad zu binden, wo er qualvoll verenden würde.

Marie schauderte. Was um alles in der Welt könnte ihr Freund nur verbrochen haben, das nach einer so schrecklichen Strafe verlangte? Sie sah sein schmerzverzerrtes Gesicht und wollte zu ihm laufen, doch Stefan hielt sie zurück.

»Lass ihn, Mädchen, mach dich nicht unglücklich.«

»Aber jemand muss ihm helfen …«

»Dem kann keiner mehr helfen, und du tust besser daran, ihn zu vergessen.«

»Und warum? Ich meine …« Mit geweiteten Augen drehte sie sich um und hängte sich an Stefans Arm: »Du kennst ihn, Stefan. Du weißt doch genauso gut wie ich, dass Max keiner Fliege etwas zuleide tun kann. Was auch immer sie ihm zur Last legen: Er war es nicht.« Flehend suchte sie den Blick des Rossknechtes. »Sag ihnen, dass er es nicht gewesen sein kann.«

»Der Quartiermeister schwört, dass er Max beim Klauen erwischt hat«, druckste Stefan schließlich hervor. »Er soll sich an den Notvorräten des Hauptmanns bedient haben – das ist neben Fahnenflucht so ziemlich das Schlimmste, was ein Soldat tun kann, und wird dementsprechend hart bestraft.«

In Marie keimte neben all der Angst nun auch ein Funken Hoffnung. »Aber dann steht ja ein Wort gegen das andere. Hat man denn diesen Sack wirklich bei Max gefunden? Bestimmt nicht! Komm, wir gehen fragen.« Sie zitterte und bebte am ganzen Körper.

»Das wird nicht reichen, Marie.«

»Und warum nicht?« Sie wollte einfach nicht verstehen. »Dann sagen wir eben, dass er zu der fraglichen Zeit gar nicht dort gewesen sein kann, weil er bei mir unter dem Wagen lag. Es ist mir egal, was die anderen dann über mich reden, Hauptsache, es hilft ihm da raus.«

Traurig schüttelte Stefan seinen Kopf, der aus welchen Gründen auch immer, noch lichter schien als sonst. »Gertrud schwört ebenfalls, ihn am Lager gesehen zu haben, und zwar mit einem vollen Sack auf den Schultern. Und genau den, bis oben hin gefüllt mit kostbaren Lebensmitteln, hat man in seiner Strohhütte gefunden.« Er seufzte. »Das ist sein Todesurteil, Marie. Bei Lebensmitteldiebstahl gibt es keine Gnade. Sie warten nur noch, bis der Profoss kommt und den Termin für die Verhandlung ansetzt.«

Marie wandte ihren Blick zu dem Rad, das in der Mitte des Lagerplatzes auf einem etwa mannshohen Pfahl aufgerichtet war. Der Profoss, oberster Richter des Kriegsheeres, war ein strenger Mann und für eiserne Disziplin bekannt. Marie hatte ihn mehrfach von weitem gesehen und jedes Mal einen großen Bogen um ihn gemacht. Im Gegensatz zu den anderen Offizieren ging er stets ganz in Schwarz gekleidet, was ihn zusammen mit seinen stechenden dunklen Augen, der langen gebogenen Nase und dem schmalen Mund wie eine Rabenkrähe aussehen ließ, Unglücksbote schlechthin.

Marie schauderte. Sie wollte bitten und betteln, doch kein Ton kam mehr über ihre Lippen.

»Max, oh Max, was soll nun werden?«, flüsterte sie unentwegt.

Noch während die Tränen über ihre Wangen liefen, kam Bewegung in die Gruppe: Max hatte einen Augenblick der Unaufmerksamkeit genutzt und sich von den Steckenknechten des Profoss losgerissen. Trotz seines lahm herunterhängenden Armes sprang er flink wie eine Katze durch die Menge, die ihm erst überrascht Platz machte und dann johlend hinterhersprang. Was für eine Hatz – der Pöbel frohlockte.

Marie konnte nicht sehen, wohin die wilde Jagd ging, machte sich aber keine großen Hoffnungen. Die Steckenknechte würden nicht eher aufgeben, als bis sie Max gefunden und festgesetzt hatten. Dort musste er dann warten, bis das Kriegsgericht tagte und über seine Schuld entschied. Und die Art seiner Hinrichtung bestimmte, denn da Gertrud in die Sache verwickelt war, war sein Tod bereits beschlossene Sache.

»Hexe!«, zischte Marie und wünschte sich zum ersten Mal, tatsächlich Zauberkräfte zu besitzen. »Wenn ich könnte, würde ich dir einen Buckel auf den Rücken hexen, auf dass du für den Rest deines Lebens nie mehr vergisst, was Demut heißt.« Sie verfluchte Gertrud und den Quartiermeister im Stillen, und es war ihr egal, dass sie damit vielleicht das Auge des Teufels auf sich lenken konnte.

Soll er doch, dachte sie. *Wo er mich doch eh schon als Helfer auserkoren hat …*

Schneller als gedacht gab es neue Nachrichten, und diesmal waren sie gut: Es hieß, dass Max sich zu den Geschützen gerettet hatte und nun das Recht der Kanone geltend machte.

»Wenn das stimmt, darf der Profoss ihn drei Tage lang nicht verhaften lassen«, freute sich Stefan. »Zumindest nicht, solange er den Umkreis von vierundzwanzig Schritten um das Geschütz nicht verlässt.«

Marie blieb untröstlich. »Was soll ihm das bringen? Drei Tage Aufschub, und dann?«

Stefan drängte seinen Schützling, lieber die eigene Haut zu retten und sich davonzumachen, ehe Gertruds Zorn sich auch über ihr entladen würde. Doch Marie wollte davon nichts wissen.

»Ich werde Max schon irgendwie helfen«, schwor sie mit düsterer Stimme. »Ich bin zwar nur ein Mädchen, aber mir wird schon etwas einfallen. Und zu ihr«, damit wies sie auf Gertrud, die nun Arm in Arm mit dem Quartiermeister umherstolzierte, als sei sie seine Frau, »gehe ich nie wieder zurück. Lieber schlafe ich bei Max unter der Kanone.«

Stefan hatte schließlich ein Einsehen und ließ sie ziehen. Nicht aber, ohne ihr die heimlich zugesteckte Schere wieder in den Beutel zu packen und einige Vorräte dazu, von denen er hoffte, dass Gertrud sie so schnell nicht vermissen würde.

»Für so etwas bin ich leider zu alt«, sagte er beim Abschied und drückte Marie fest an sich, »sonst würde ich jetzt mit dir gehen. Aber wo sollte ich sonst hin?« Seine Augen wurden tatsächlich feucht. »Leb wohl, Marie. Und lass mich wissen, wie es dir geht, falls du tatsächlich heil hier rauskommst.«

Marie versprach es gern. Sie hätte alles versprochen, nur um aus Gertruds Nähe zu kommen und wenigstens Stefan in Sicherheit zu wissen. Der alte Kater sollte sich nicht auch noch in Gefahr begeben, nicht wegen ihr.

Als sie weit genug gelaufen war, dass man den alten

Karren nicht mehr erkennen konnte, löste sich der Druck auf ihrer Brust, und sie atmete auf. Einmal, ein einziges Mal wenigstens schien sie dem Teufel ein Schnippchen geschlagen zu haben. Denn dieses eine Mal hatte sie vermeiden können, dass jemand, den sie mochte, ihretwegen zu Schaden kam.

8. MAX, DER DIEB

Marie lief so lange bis sie fand, was sie suchte: Ganz am hintersten Rand des Lagers, wo die Geschütze standen und der Oberste Zeugmeister ein wachsames Auge über Männer und schwere Waffen hatte, kauerte Max. Zusammengesunken hockte er hinter der ersten Kanone, die er hatte erreichen können. Um ihn herum standen Soldaten und hielten die johlende Menge auf Abstand.

Marie machte halt, um Luft zu schöpfen, und betrachtete den Freund. Seine Haare hingen schweißfeucht und wirr um den Kopf. Wo der Quartiermeister und die Steckenknechte an ihm gezerrt hatten, war das Hemd zerrissen und sicher war er voller Prellungen und blauer Flecke. Schlimme Verletzungen konnte sie von ihrem Platz her nicht ausmachen, außer vielleicht den verdrehten Arm, der noch immer wie leblos herunterhing und sicher schmerzte.

In der Mitte des Kreises, kaum zwei Meter von Max entfernt, stand der Profoss, eine Schriftrolle in der Hand, und verlas mit lauter Stimme das Recht der Kanone.

»Drei Tage sind keine lange Zeit, wenn man auf den

Tod wartet«, sagte er am Ende und rollte seine Schrift wieder zusammen. »Die Kanone gewährt dir nur einen Aufschub, Pikenier, keine Freiheit. Solltest du es wirklich schaffen und dich in den folgenden drei Tagen nicht weiter als drei Schritte von ihr entfernen, ist auch diese Galgenfrist abgelaufen, und der Oberste Zeugmeister wird dich an meine Steckenknechte übergeben. Dann wirst du wünschen, es wäre vorbei und sie hätten dich bereits vorher zu Tode geprügelt.«

Welch tröstende Worte – Marie war entsetzt! Bebend schaute sie zu, wie der Profoss im Schutz seiner Begleiter kehrtmachte und zurück zu seinem Zelt ging, während andere sich um das Geschütz herumpostierten und ihren Gefangenen mit eiserner Miene bewachten.

Sie schluckte. Wie sollte sie ihn da je wieder herausbringen?

Max hatte sie nun entdeckt und versuchte, sie zum Fortgehen zu bewegen. Marie aber hatte nichts davon gehört, dass niemand den Bannkreis des Geschützes betreten durfte, wenn ein Gefangener dort Schutz gesucht hatte, und näherte sich daher mutig.

Tatsächlich starrten die Soldaten sie zwar hungrig an, machten aber keine Anstalten, sie aufzuhalten.

Max schloss sie gerührt in seine Arme. »Das hättest du nicht tun sollen«, flüsterte er.

Marie löste sich aus der Umarmung und betrachtete ihn ernst. »Was denn sonst? Denkst du etwa, dass ich dich hier deinem Schicksal überlasse und leise weinend unter Gertruds Rock zurückkrieche?« Schon die Vorstellung ließ sie grinsen. »Na also«, beendete sie das

Thema, »dann lass uns nachdenken. Was weißt du alles über das Recht der Kanone?«

»Nicht viel mehr, ehrlich gesagt, als was der Profoss eben vorgelesen hat: Dass er mich hier drei Tage lang nicht gefangennehmen darf. Danach muss er meine Herausgabe beim Obersten Zeugmeister fordern – das ist der Offizier, der für die Geschütze zuständig ist.«

Marie wunderte sich. »Was für eine seltsame Regel. Was hat denn dieser Kanonenoffizier …«

»Feldzeugmeister!«, knurrte Max, der Maries laxen Umgang mit den militärischen Rängen und Begriffen nicht leiden konnte.

»Also gut, dann eben Feldzeugmeister. Wie ist das: Hat der mehr zu sagen als der Profoss?«

»Ja und nein.« Max suchte nach den richtigen Worten. »Eher wie zwei Gleiche, aber jeder ist für einen anderen Bereich zuständig. Nur, dass der Oberste Zeugmeister auch für die Gerichtsbarkeit seiner Leute zuständig ist; der Profoss muss also vorher seine Erlaubnis einholen, ehe er mich abführen lassen und verurteilen darf.«

»Und wenn der nein sagt?«

»Warum sollte er das tun? Hier sind doch alle von meiner Schuld überzeugt, und ein Schauspiel wird meine Verhaftung allemal.«

Marie wollte sich Max' trauriger Stimmung nicht ergeben. »Was würde passieren, wenn der Profoss sich nicht daran hält und dich heimlich abholen lässt?« Ihre Augen waren dunkel vor Angst.

Max strich ihr beruhigend über die bebenden Schultern. »Das wird nie passieren, Marie. Weil dann nämlich der Feldzeugmeister auf der Stelle seine Geschütze einpacken und mit Mann und Maus den Dienst verweigern könnte.«

»Wirklich?« In Maries Kopf begann es zu arbeiten. »Es muss doch einen Weg geben, um diese Sache zu deinen Gunsten zu nutzen. Denk nach, Max, was weißt du noch?«

Doch der schüttelte müde den Kopf. »Ich weiß sonst nichts, Marie. Gar nichts weiß ich. Ich kann mir weder erklären, was überhaupt passiert ist, noch wie ich da hineingeraten bin. Weißt du vielleicht etwas?«

Oh ja, Marie wusste es. Und je mehr sie erzählte, umso wütender wurden sie beide.

»Diese alte Hexe!«, schimpfte Max schließlich. »Ich hätte große Lust, sie mit meinen eigenen Händen zu verprügeln. Aber so, wie es aussieht, wird sie wohl ungeschoren davonkommen, oder?«

Marie nickte. »Ich fürchte, ja, Max. Wieder einmal! Mein einziger Trost ist, dass sie nun Nacht für Nacht bei diesem fetten, ekligen Quartiermeister liegen muss.« Einen Augenblick lang malte sie sich die Szene aus und schnalzte genüsslich mit der Zunge, dann wandte sie sich wieder ihrem Freund zu. »Wie geht es deinem Arm?« Vorsichtig versuchte sie, das leblose Anhängsel anzuheben, ließ es aber angesichts seiner Schmerzen wieder sein. »Du brauchst einen Feldscherer, der kennt sich mit so etwas aus.«

»Später, Marie. Falls du überhaupt einen findest, der mich ansehen will. Schließlich habe ich kaum Geld für mich selbst, geschweige denn um einen Scharlatan zu bezahlen. Vorher muss ich aber etwas essen, ich sterbe vor Hunger.«

Marie gab vorerst nach und kramte in der Tasche, die Stefan ihr mitgegeben hatte. »Oh, schau doch, Max. Stefan hat uns Schinken mitgegeben, ein riesiges Stück. Und hier, einen ganzen Laib Brot. Und Käse!« Ihre Begeisterung kannte keine Grenzen.

Max machte sich über die Vorräte her, als gäbe es kein Morgen – angesichts seiner Situation vielleicht gar nicht so verkehrt, dachte Marie. Da ihr beim besten Willen nichts mehr einfiel, was sie für ihn noch hätte tun können, erhob sie sich und griff nach ihrer Schüssel.

»Ich geh Wasser holen«, erklärte sie und ließ Max zurück, wohl wissend, dass er unter der Obhut der Soldaten vorerst in Sicherheit war.

Als Marie mit der gefüllten Schüssel zurückkehrte, standen zu ihrer Überraschung bereits ein Eimer frisches Wasser sowie ein Vorrat Holzscheite neben der Kanone.

»Woher kommt das denn auf einmal?«, wunderte sie sich.

Max kaute noch immer auf seinem Speck herum, daher dauerte es eine Weile, ehe er antworten konnte: »Einer von den Geschützführern war da und hat gefragt, wie es mir geht. Mein Schicksal scheint die hier richtig zu interessieren – ganz im Gegensatz zu meinen eigenen Leuten.« Die Enttäuschung darüber, dass sich bisher niemand aus seinem Fähnlein hatte blicken lassen, war ihm deutlich anzumerken.

»Und? Was hat er noch gesagt?«

»Nichts weiter. Nur, dass er wiederkommen und Nachschub bringen will.«

Später schaute Marie dem Freund zu, wie er vergeblich versuchte, mit einer Hand Feuer zu machen. Schließlich nahm sie ihm Zunder, Feuerstein und Schlageisen ab und machte sich selbst daran. Bald züngelten die Flammen hoch und verlangten nach mehr als dünnen Spänen; Marie gab ihnen, was sie wollten, und kuschelte sich neben Max zurecht.

Doch für zwei reichte die kleine Decke nicht, die Max' geheimnisvoller Besucher dagelassen hatte. Marie überlegte fieberhaft, wie sich das Problem lösen ließ, ohne Max zu nah zu kommen, da schlang er auch schon seine langen Arme um sie und zog sie zu sich heran.

»Marie«, flüsterte er und vergrub sein Gesicht in ihrem Haar. »Ich bin so froh, dass du da bist!«

Marie wurde steif – so hatte sie das mit der Decke nicht geplant. Nichts von dem, was nun war, hatte sie geplant, weder den Kreis von Soldaten, der sie hämisch grinsend beobachtete, noch Max' Finger auf ihrer Haut.

»Marie, geh nicht weg!«

Du bist so schön, Marie! Lass mich nie wieder allein … – Die Erinnerung an Jakob kam plötzlich wie ein Sommergewitter und schnitt ihr ins Herz.

»Ich geh ja nicht weg, Max. Außer du hältst mich weiterhin so fest, dass ich keine Luft mehr bekomme!«

»Oh, entschuldige. Ich wollte nicht … Ich meine …«

»Schon gut. Lass uns einfach schlafen, ja? Ich bin müde.«

Marie lauschte seinen ruhiger werdenden Atemzügen und entspannte sich. Max in ihrem Rücken zu wissen tat gut, trotz aller Umstände, und so schloss sie sogar hin und wieder die Augen, wohl wissend, dass der nächste Tag viel Kraft verlangen würde.

Sie erwachte wenig später, weil es Max trotz der langsam hochsteigenden Wärme heftig schüttelte. Marie fühlte nach seiner Stirn und erschrak.

»Du bist ja ganz heiß, hast du Fieber?«

Er aber wehrte müde ab. »Ich bin in Ordnung, Marie, mach dir um mich keine Sorgen.«

»Falls dein geheimnisvoller Freund wiederkommt, soll er am besten gleich eine zweite Decke bringen, die hier reicht vorne und hinten nicht. Du holst dir ja den Tod!« Fürsorglich wickelte sie ihn in die Decke und sich selbst in ihren Umhang.

Max bedankte sich und drückte Maries Hände. »Arme Marie«, flüsterte er. »Da dachtest du, mit Rottweil die größte Gefahr deines Lebens hinter dir gelassen zu haben, und dann triffst du Gertrud und mich. Was für ein feiges Schicksal!«

Marie antwortete nicht. Sie dachte an Rottweil, an ihre Familie und an Jakob und glitt ohne es zu merken in einen tiefen Schlaf.

Sie schlief lange und traumlos und konnte sich beim Erwachen nicht erklären, wieso Max so strahlte.

»Ist dir ein guter Engel erschienen, der uns hier herausbringt?«, foppte sie.

»Nicht ganz«, antwortete Max und setzte sich auf.

»Du wirst es kaum glauben, Marie, aber mein *Freund*, wie du den Geschützführer nennst, war tatsächlich noch einmal da.«

»So? Hab ich gar nicht gemerkt.«

»Glaub ich, du hast tief und fest geschlafen, und wir wollten dich nicht wecken. Er braucht dringend Leute, die keine Arbeit scheuen und beim Transport der schweren Geschütze helfen, und da hat er mich gefragt, ob ich zur Verstärkung in seine Einheit will!«

Marie schüttelte den Kopf. »Ich denke, du gehörst dem Profoss?«

»Dachte ich auch. Aber der Geschützführer hat mich aufgeklärt: Der Oberste Zeugmeister kann die Herausgabe eines Gefangenen verweigern, wenn er ihn braucht und in seine Dienste nimmt. Dann muss der Profoss unverrichteter Dinge wieder gehen und hat keinerlei Recht mehr, mir etwas zu tun.«

»Aber das ist ja … Das ist *die* Rettung!« Marie schlug vor Erleichterung die Hände vor das Gesicht und schluchzte leise. Was für ein Glück, dass an den Geschützen die Arbeiter ausgegangen waren, so zeigte sich doch endlich ein Licht am Horizont. Max würde nicht sterben, und sie musste nicht allein zurückbleiben … Warum also zweifelte sie noch immer, statt sich an dem unerwarteten Glück zu freuen?

»Und dann, Max? Was ist dann? Wenn wir auf das Heer der Bauern treffen – wie geht es dann weiter?« Maries Stimme war rau. »Wirst du dann auch kämpfen müssen, wie die anderen?«

»Nicht direkt.« – Ein großer, streng dreinblickender

Mann trat zwischen den Soldaten hindurch und baute sich vor Max auf. Er trug weder Harnisch noch Helm, stattdessen ein federgeschmücktes Barrett und einen weiten Rock aus rotem Tuch, darüber ein sonnengelb leuchtendes Wams mit Schlitzen an den Seiten. Die Ärmel waren mehrfach gerafft und ließen ihn noch stämmiger erscheinen, als er ohnehin schon war.

Breitbeinig stellte er sich vor das Geschütz und musterte Max. »Als Schanzknecht wird dein Freund gleich neben den Geschützen stehen, während der Schlacht die Munitionskörbe befüllen und sich auch sonst so gut es geht nützlich machen. Seine Aufgabe ist gefährlich, weshalb wir immer großen Bedarf an Nachwuchs haben.« Er zeigte auf Max und bellte: »Steh auf!«

Max folgte, schließlich hatte er es, Kleidung und Auftreten nach, mit einem hohen Offizier zu tun. Der Profoss war es nicht, den hatten sie ja gestern schon gesehen, also tippte Marie auf den Obersten Zeugmeister.

Der fremde Offizier strich nachdenklich um Max herum, schätzte Größe und Gewicht und rieb dessen zerfetztes Hemd zwischen den Fingern. »Du wirst eine komplette Ausrüstung brauchen«, murmelte er. »Und viel Training dazu – ich werde es dir vom Sold abziehen.«

»Und holt bitte auch einen Feldscherer, er hat Schmerzen.« Marie, die keinen blassen Schimmer vom Rang eines Offiziers hatte, legte sich ins Zeug und schob Max beiseite, als der versuchte, ihr den Mund zuzuhalten. Stattdessen zupfte sie an dem Tuch, mit dem er seinen verrenkten und noch immer leblosen Arm am Oberkörper festgebunden hatte.

Der Offizier lächelte zum ersten Mal und zwinkerte Max zu. »Hat mein Geschützführer neben einem Schanzknecht auch gleich eine Magd dazubekommen?«

Marie wusste nicht recht, was sie davon halten sollte, und machte sich bereit zur Gegenwehr. Doch dazu sollte es nicht kommen, denn schon kündigten Trommelwirbel die Ankunft eines weiteren Würdenträgers an.

Es ging los – Max und Marie machten sich so groß wie möglich.

Tatsächlich traf kurz darauf der Profoss ein. Er trat zwischen den Soldaten hervor und plusterte sich am Rand des Bannkreises auf. Auch er trug keine Rüstung, sondern ein Barrett, auf dem Straußenfedern in allen erdenklichen Farben prangten, Zeichen seines hohen Ranges. Die Hosen waren buntgestreift und um die Schultern hatte er ein sandfarbenes Tuch geschlungen, unter dem Streitaxt und Katzbalgerschwert deutlich zu erkennen waren.

»Du hast mich rufen lassen, Feldzeugmeister?«, fragte er barsch. Die beiden Offiziere maßen sich wie zwei kampferprobte Hähne, und Marie spürte, dass dies nicht ihre erste Auseinandersetzung dieser Art war.

»Ich fordere diesen Gefangenen von dir«, gab der Oberste Zeugmeister zurück – Marie war inzwischen sicher, dass nur er es sein konnte, der sich ihrer annahm. Wer sonst sollte sich mit dem Profoss und zweithöchsten Mann im Heer messen, ohne den Kopf einzuziehen?

»Mit welchem Recht?«, fuhr der Profoss mit dem Geplänkel fort.

»Mit dem Recht der Kanone«, antwortete der andere. »Ich habe nicht genug Leute, um die Geschütze bis nach Böblingen zu schaffen, und brauche jeden Mann.«

»Und da verlangst du ausgerechnet diesen armseligen kleinen Burschen hier? Der ist doch viel zu schmächtig, um dir auf Dauer von Nutzen zu sein!« Der Profoss schnaubte und spuckte verächtlich vor Max aus. »Außerdem ist er ein Dieb – du tust dir keinen Gefallen mit ihm.«

Der Oberste Feldzeugmeister gab keinen Millimeter nach und senkte auch nicht seinen Blick. »Was ist nun: Verzichtest du auf jede Maßnahme gegen diesen jungen Schanzknecht oder muss ich dir die Gefolgschaft verweigern?«

Der Profoss gab noch nicht auf. »So viel Gebrüll um einen kleinen Dieb?«, fragte er, auf einmal sanft wie eine Katze. »Es ist doch nur ein Knecht und wird euch nicht aus der Misere helfen. Ich mache euch einen Vorschlag zur Güte: Ihr gebt mir den Burschen da, damit ich ihn seiner gerechten Strafe zuführen kann.« Dabei rollte er mit den Augen, und Marie musste die Hand vor den Mund halten, um nicht zu schreien. »Dafür werde ich drei ganze Kerle bis zu unserer Ankunft in Stuttgart abstellen, um euch zu Diensten zu sein.«

Siegessicher blickte der Kriegsrichter Max ins Gesicht. »Hängen sollst du, du kleiner Dieb, am höchsten Galgenbaum, den wir finden können. Dein Vergehen war so schändlich und unehrenhaft, dass du nicht einmal der Ehre eines Spießrutenlaufes wert bist.«

Spießrutenlaufen – Marie erbleichte. Stefan hatte ihr davon erzählt: War ein Soldat erst einmal zum Tode verurteilt, gab es viele Möglichkeiten, die Strafe auszuführen. Eine recht beliebte war der Spießrutenlauf: Der Todeskandidat stellte sich am Ende einer Gasse aus Landsknechten mit kampfbereiten Spießen auf und lief sie einmal rauf und wieder runter. Sollte er all die vielen Hiebe und Stöße mit den tückischen Waffen überleben, war er nichts mehr als ein Häufchen Brei und weder zu Kampf noch Widerstand fähig. Aber es kam selten vor, dass jemand überlebte …

Der Oberste Zeugmeister schüttelte den Kopf und bestand darauf, diesen Burschen in seine Dienste zu nehmen, so wie es ihm das Gesetz der Kanone erlaubte. Der Profoss hatte verloren – er biss die Zähne zusammen, dass die Muskeln an seinem Kiefer hervortraten, und bekam einen roten Kopf. Marie fürchtete, dass er gleich dem Zeugmeister oder ihrem Max an die Kehle gehen könnte. Doch dann beugte er sein Schwert vor dem anderen und gab sich geschlagen.

Sie tauschten noch ein paar Förmlichkeiten aus, der Oberste Zeugmeister rekrutierte Max an Ort und Stelle als neuen Helfer und stellte ihn in den Dienst einer bestimmten Einheit. Damit war das Spektakel vorbei, der Profoss zog mit all seinen Soldaten ab, und Max war frei. Ab sofort würde niemand mehr außerhalb der Geschütze nach ihm fragen.

Vorerst, dachte Marie. Denn wer wusste schon, was

der wütenden Gertrud noch alles einfallen würde, sobald sie von dieser Wendung erfuhr. Auch wenn Max diesmal noch davongekommen war, schmiedete Marie doch insgeheim neue Pläne, um möglichst bald das Lager zu verlassen. Obwohl Max bei Fahnenflucht – und das wäre sein unerlaubtes Entfernen von der Truppe gewesen – die Todesstrafe drohte. Und ihr vielleicht auch, denn wer wusste schon, was Gertrud im Schilde führte, um sich für ihren Verrat zu rächen? Marie traute der geschäftstüchtigen Marketenderin inzwischen alles zu.

Max lachte nur, als Marie ihm flüsternd von ihrer Angst erzählte.

»Du wirst sehen, diesmal wird sich unser Schicksal endlich zum Guten wenden. Der Oberste Zeugmeister ist ein tapferer und mächtiger Mann; er wird schon nicht zu lassen, dass mir etwas passiert. Und der Geschützführer kümmert sich jetzt schon mehr um mich als alle anderen davor – außer dir natürlich.«

Marie konnte sich noch immer nicht beruhigen. »Und was ist mit den bevorstehenden Schlachten, bei denen die Bauern aufgerieben werden sollen? Du hast es doch gehört, Max: Der Platz direkt neben der Kanone ist einer der gefährlichsten überhaupt – es muss doch eine andere Lösung geben, als dein Leben zu riskieren!«

»Warum eine andere Lösung, Marie? Ich bin mit dieser hier mehr als zufrieden: Das Heer ist meine Familie, eine andere habe ich nie gehabt. Und nun stehe ich hier, in den Diensten dieses tapferen Mannes, und habe zum ersten Mal die Gelegenheit, etwas zu tun. Etwas richtig Wertvolles, verstehst du das?« Seine Augen leuchteten.

Doch Marie konnte nicht vergessen. »Was geschehen ist, kann jederzeit wieder geschehen, Max. Jetzt hegt nicht mehr nur Gertrud einen Groll gegen dich, sondern auch noch der Profoss und mit ihm so ziemlich jeder andere hier im Lager. Sie sind doch alle von deiner Schuld überzeugt und denken, dass du zu unrecht davongekommen bist. Wie viele von ihnen mögen wohl bereit sein, in einem unbeobachteten Augenblick das Schicksal in die eigene Hand zu nehmen?« Mutig geworden durch ihren Zorn trat sie näher und nahm seine Hände. »Du bist nicht alleine in Gefahr, Max. Gertrud trachtet mir vielleicht nicht gleich nach dem Leben, aber es gibt genug anderes, womit sie mir Leben und Ehre schwermachen kann.«

Mit Schrecken dachte sie an den nächtlichen Überfall und ihre Angst, dass ihr Angreifer beim nächsten Mal zu Ende bringen könnte, was er versäumt hatte. »Komm mit mir, Max. Ich muss fort, kann hier auf keinen Fall länger bleiben. Und ohne dich mag ich nicht gehen.«

»Aber was haben wir denn schon, Marie? Womit sollen wir da draußen unser Leben fristen?« Unglücklich schloss er die Hände um ihre. »Wir werden Hunger leiden und frieren, Pest und Räubern begegnen und keinen Tag wissen, wo wir am Abend schlafen sollen. Ist es das, was du willst?« Er klang verzweifelt.

Marie schüttelte den Kopf. »Nein, Max, das will ich

nicht. Aber ich werde es in Kauf nehmen, wenn es der einzige Weg ist, um hier fortzukommen. Du magst ja daran glauben, dass die Männer des Zeugmeisters dir eine Familie sein können, ich kann es nicht.«

Max senkte den Blick und gab ihre Hände frei.

»Vielleicht hast du ja recht, Marie, und wir haben tatsächlich eine größere Möglichkeit zu überleben, wenn wir zusammen bleiben und fliehen. Aber wohin sollten wir gehen?«

»*Wohin* ist noch gar nicht die Frage«, erinnerte Marie traurig. »Das *Wie* finde ich im Moment viel wichtiger. Wir werden schon eine Möglichkeit finden, und wenn wir deinen geheimnisvollen Freund noch einmal um Hilfe bitten müssen. Wie heißt der noch gleich?«

So sehr Max sich auch anstrengte, er konnte sich an den Namen des Geschützführers nicht erinnern. Nur dass er recht groß war, kurz rasiertes Haar hatte und einen Bart trug, aber das reichte Marie nicht. In einer Situation wie dieser musste sie wissen, mit wem sie es zu tun hatte. Denn seitdem sie sich bei den Kanonen niedergelassen hatte, spürte sie wieder die heimlichen Blicke in ihrem Rücken. Sie machten ihr Angst, zumal sie nicht wusste, woher sie kamen.

Sorgenvoll sah sie sich um. »Hat er … Ist dir vielleicht sonst noch etwas an dem Geschützführer aufgefallen? Hat er mich vielleicht … Ich meine: Hat er uns hin und wieder beobachtet, heimlich vielleicht, damit ich es nicht sehe?«

»Wieso sollte er das? Was gibt es denn hier zu beobachten, was nicht jeder sehen darf?«

»Ach, nichts eigentlich. Es ist nur … Ach, vergiss es.« Die Stirn in tiefe Falten gezogen, kuschelte sie sich in ihren Umhang. »Lass uns noch ein wenig ausruhen, bevor dein Dienst beginnt, ja?«

Marie lauschte den Atemzügen ihres Gefährten, konnte selbst aber keine Ruhe finden. Zu viele Fragen hatte ihr Gespräch offengelassen, und so blieb sie unruhig bis zum Morgenappell.

»Wir müssen aufstehen«, raunte sie schließlich und schüttelte Max sanft aus seinem Dämmerschlaf. »Da vorne winkt man schon nach dir. Lass uns heute Abend genau hier wieder treffen, bis dahin habe ich bestimmt einen Lagerplatz für uns gefunden. Ich schaue derweil, wo ich mich nützlich machen und vielleicht ein paar Heller oder etwas zu essen auftreiben kann.«

Gesagt, getan. Während Max seinen neuen Dienst antrat, sah Marie sich zwischen den Zelten um.

In diesem Teil des Lagers war sie vorher nie gewesen. Etwas Seltsames umgab den Platz und hielt die Menschen davon ab, ihn zu betreten. Die Macht der Kanone war wie ein Nebel, den man spüren, aber nicht sehen konnte.

Neugierig strolchte sie herum und versuchte, sich möglichst viel einzuprägen, schließlich wollte sie eine Flucht vorbereiten. Sie merkte sich die Größe und Anordnung der Zelte und versuchte, an Haltung und Aussehen einzuschätzen, welchen Rang die ein- und ausgehenden Männer bekleideten. Doch es waren zu viele, und so gab sie irgendwann erschöpft auf.

Auch bei den Tross-Frauen hatte sie kein Glück. Die

hatten bereits von Max und ihr erfahren und zogen über sie her, statt zu helfen.

»Bist du nicht die undankbare Magd, die der Marketenderin davongelaufen ist?«, spottete jemand, und die umstehenden Weiber gackerten wie eine Schar Gänse.

»Haltet eure Vorräte zusammen, sonst füllen sie morgen fremde Bäuche«, schrie eine andere, und wieder lachte man auf ihre Kosten.

Nein, auch hier würde man sie nicht in Ruhe lassen, traurig trat Marie den Rückzug an. Doch wohin mit diesem langen, einsamen Tag?

Ein Flüstern riss sie aus ihren Gedanken.

»Ist sie das etwa?«, raunte jemand, und Marie sah gerade noch, wie eine Gestalt sich hinter einem Wasserfass duckte. Ohne die leise Stimme hätte sie der Bewegung kaum Beachtung geschenkt, so aber spürte sie erst Angst und dann heiße Wellen des Zorns. Würde es denn nie aufhören?

Gerade wollte sie auf das Fass zugehen und ihren Verfolger stellen, da wurde sie grob am Arm gepackt und herumgerissen. Ein Mann, der Kleidung nach Soldat von niederem Rang, hielt sie auf Armeslänge von sich und schenkte ihr einen gierigen Blick.

»Ja, ich denke schon«, antwortete er nicht eben leise seinem Kumpanen, der daraufhin die Deckung wieder verließ. Der zweite Soldat sah jünger aus und wirkte unsicher, bestimmt war er noch nicht lange dabei. Ein Rekrut vielleicht, schoss es Marie durch den Kopf, vielleicht könnte sie ihn ja zu einer Unachtsamkeit verleiten und flüchten.

»Das wird Gertrud aber mehr als nur ein Essen kosten, wenn wir sie ihr bringen«, sagte der Jüngere und betrachtete Marie zögernd, fast scheu.

Sie erschrak und schnappte nach Luft. Gertrud? Hatte sie richtig gehört? Hatte die Herrin tatsächlich eine Belohnung auf sie ausgesetzt? Sicher, das würde ihr ähnlich sehen – zischend stieß sie die angehaltene Luft wieder aus. Ein Plan! Sie brauchte jetzt dringend einen Plan!

»Wer sagt denn, dass wir unser Vögelchen hier überhaupt zu ihr bringen?«, säuselte der Ältere und blinzelte Marie zu. »Die Belohnung ist sowieso recht mickrig, findest du nicht? Wir könnten sie ein wenig aufbessern, Gertrud wird es egal sein.« Seine Augen bekamen einen wilden Blick, und Marie brach der Schweiß aus.

Du wirst die Nächste sein!, hatte ihr nächtlicher Angreifer gesagt – sollten seine Worte jetzt Wirklichkeit werden? War er es vielleicht selbst gewesen, der gerade …

Doch nein, der Angreifer in der Dunkelheit hatte anders geklungen, weicher und nicht so alt – Marie musste tief atmen, um nicht in Panik zu verfallen.

Wenn sie noch irgendwelche Zweifel gehegt hatte, dass sie in Gefahr war und von hier wegmusste, spätestens jetzt waren sie verschwunden. Sie würde auf alle Fälle heute gehen, ob mit oder ohne Max, kein noch so mächtiges Kriegsross könnte sie mehr daran hindern. Sie musste nur erst fort von diesen beiden Kerlen – was gab es wohl, das ihnen Grund genug sein könnte, sie laufen zu lassen? Geld vielleicht? Schließlich war ihnen die Belohnung nicht hoch genug gewesen.

Aber sie hatte kein Geld, sie hatte nichts. Trotzdem, sie wollte es zumindest versuchen.

»Gertrud würde es sicher zu schätzen wissen, wenn ihr mich unversehrt zurückbringt«, sagte sie und ärgerte sich über das Zittern in ihrer Stimme. »Sie achtet sehr auf die Qualität ihrer Ware!«

Doch ihr Bewacher lachte nur. »Was sie nicht weiß …«

Was nun?

Denk nach, Marie, denk nach!, mahnte sie sich und suchte fieberhaft nach einer Lösung. Dann kam ihr die Idee: Warum nicht Gertruds eigene Geschäftsidee gegen sie ausspielen?

»Wenn Gertrud erfahren sollte, dass ich nach der Begegnung mit euch nicht mehr intakt wäre, würde sie euch den Verlust teuer bezahlen lassen. Jeden einzelnen Heller. Bin ich so viel wert? Habt ihr überhaupt so viel Geld?« Ihr Herz klopfte vor Angst bis zum Hals, und doch brachte sie die Kraft auf, den beiden abwechselnd ins Gesicht zu sehen, ganz so, als sei sie immer noch die Magd der Marketenderin und wüsste sich unter deren Schutz.

Der Jüngere zumindest schien darüber nachzudenken. »Vielleicht hat sie ja recht«, mahnte er und wurde langsamer. »Du kennst Gertrud – sie kann einem das Leben ganz schön zur Hölle machen!«

Doch der andere schien nicht gewillt, seine Beute ohne Weiteres herzugeben. »Jetzt ist jetzt und Gertrud ist später«, zischte er und zog erneut grob an Maries Arm, dass die sich einen Aufschrei verkneifen musste.

»Vielleicht könnt ihr ja handeln«, redete sie weiter auf den Jüngeren ein, bei dem sie glaubte, leichter ihr Ziel zu erreichen. »Ihr könnt ja einen Vorzugspreis vorschlagen, schließlich ist sie euch etwas schuldig. Aber ich denke wie du: Sie kann wirklich scheußlich werden, wenn sie sich betrogen fühlt!«

Nun kam auch der andere zu Verstand; er hielt seinen Schritt inne, sah sie noch einmal von Kopf bis Fuß an und stieß sie dann vor sich her durch die Gasse. »Also gut, Mädchen. Aber glaub nicht, dass dich bei ihr ein Willkommensgruß erwartet!«

Oh nein, das würde sie nicht, dafür kannte sie ihre Herrin zu gut. Aber Marie würde alles daran setzen, ihren Häschern zu entkommen.

Die Gelegenheit kam schneller als gedacht: Ein riesiges braunes Streitross widersetzte sich seinem Reiter und preschte mit wild rollenden Augen zwischen den Zelten hindurch. Es war noch zu weit weg, um gefährlich zu werden, und doch sprangen alle zur Seite, um sich in Sicherheit zu bringen. Marie nutzte den Moment der Unaufmerksamkeit, riss sich los und verschwand im Gewühl auf Nimmerwiedersehen. Sie würde das Quartier der schweren Geschütze bestimmt nicht wieder verlassen, schwor sie sich, und begann zu laufen. Es musste auch dort eine Möglichkeit geben, zu Geld zu kommen.

Bis zur Dämmerung versuchte Marie vergeblich, sich als Magd anzudingen oder wenigstens etwas zu essen zu erbetteln, dann kehrte sie zu ihrem Platz an der Kanone zurück. Gut, dass Max den Beutel mit ihren Vorräten bei sich trug, so war wenigstens der in Sicherheit. Alles andere hatte im Laufe des Tages Beine bekommen, nicht einmal der Wassereimer stand mehr an seinem Platz.

Müde sah sie zu, wie Max erschöpft, aber mit erhobenem Haupt angetrottet kam. »Da bin ich wieder. Hast du einen Lagerplatz gefunden?«

Marie schüttelte den Kopf. »Nein, außer deinem Gönner will uns hier niemand haben, glaube ich. Und zu essen gibt es auch nur noch das, was aus Stefans Sack übrig ist.«

Max setzte sich neben sie. »Das ist nicht viel«, grollte er und Marie glaubte, einen stummen Vorwurf darin zu hören. Ärgerlich drehte sie den Kopf weg.

»Du bist spät dran«, maulte sie. »Zu spät fast für das, was wir noch vor uns haben. Hättest du nicht wenigstens ein wenig früher da sein können? Wie sollen wir denn jetzt noch unsere Flucht vorbereiten?«

»Du bist ungerecht«, gab Max zurück. »Du weißt genau, dass ich am ersten Tag nicht gleich fortkann, weil meine Freundin das so will.« Ärgerlich stieß er einen Stein beiseite. »Aber lass uns nicht streiten, Marie. Ich habe Hunger.« Erschöpft ließ er sich zu Boden sinken und kramte mit knurrendem Magen nach etwas Essbarem. »Hunger! Essen! Jetzt!«

Marie bereute bereits, ihn so angefahren zu haben,

und zeigte sich versöhnlich. Sie gab ihm ausreichend Zeit, sich zu stärken, dann erst drängte sie weiter.

»Heute, Max. Es muss unbedingt heute sein! Gertrud hat eine Belohnung auf meinen Kopf ausgesetzt, und es ist nur eine Frage der Zeit, bis man mich zu ihr bringt.« Heiße Tränen rannen ihr über das Gesicht, und sie wehrte sich nicht, als Max tröstend die Arme um sie legte. »Ich sterbe hier vor Angst, Max. Es wird nicht leichter, wenn wir warten.«

Max wiegte unschlüssig den Kopf hin und her. »Ich weiß nicht«, murmelte er. »Der Geschützführer, er heißt übrigens Arno, wie ich jetzt weiß, ist ein feiner Kerl und hat sich den ganzen Tag um mich gekümmert. Es würde mich grämen, wenn er schlecht von mir denkt oder meinetwegen Ärger bekommt.«

Marie wischte sich mit dem Ärmel über das Gesicht und wunderte sich über die feinen Wölkchen, die kurz vor ihrer Nase tanzten.

»Es wird kalt, vielleicht gibt es noch einmal Schnee. Wir sollten fort sein, bevor er fällt und unsere Spuren verrät.«

»Also gut!« Max bog den Rücken durch, dass es knackte, und zurrte mit den Zähnen und der verbliebenen Hand den notdürftigen Verband um seine Schulter noch einmal fest. »Was genau hast du vor?«

Tja, was hatte sie vor? Eigentlich nichts und doch wieder alles …

»Wir nehmen unsere Bündel und gehen fort«, flüsterte Marie.

»Einfach so?«

»Ja, einfach so. Dann fallen wir am wenigsten auf.« Der Irrsinn ihres Vorhabens verschlug ihr die Stimme.

»So, das ist also dein Plan, ja?« Max lachte kurz und hart. »Aber hab keine Angst, ich hab auch einen. Denk nur, das Glück ist uns hold: Arno hat mich gleich für die erste Nacht zum Wachdienst eingeteilt, damit ich möglichst viel abarbeiten kann von dem, was er für meine Kleider und Ausrüstung vorgestreckt hat. Nett, nicht wahr?« Er schien diesen Kerl wirklich zu mögen, und Marie fürchtete schon, er wollte bleiben.

»Und was soll ich machen, wenn du nicht mit mir kommst?«, flüsterte sie bange. »Ein alleinstehendes Mädchen, zu nichts nütze außer zur Putzmagd oder Dirne …« Die Erinnerung an die harte Hand an ihrem Arm jagte ihr einen Schauder über den Rücken.

Max zog sie zu sich heran und strich ihr über das Haar. Diesmal ließ sie es geschehen und vergrub ihr Gesicht in seiner Schulter. Das Leben war so viel schöner mit einem Freund an der Seite.

»Hab keine Angst, Marie«, raunte er. »Ich fürchte jetzt zwar nicht mehr um mein Leben, aber vielleicht ist ja wirklich das deine in Gefahr. Deshalb werde ich mit dir gehen, wenn du es willst, wenn es sein muss, gleich heute Nacht. Was ist schon ein Geschützführer gegen ein Mädchen wie dich?«

Die Nacht war dunkel, nur eine schmale Sichel am Himmel verriet, wo der Mond hätte stehen sollen. Marie war es recht so, auch wenn Neumond bedeutete, dass neue Kälte im Anzug war. Sie zog ihr Tuch tiefer ins Gesicht und blies warmen Atem in die verfrorenen Hände. Wo blieb Max?

Sie versuchte sich selbst zu beruhigen. Natürlich konnte er nicht gleich in den ersten Minuten seines Wachdienstes fortlaufen, sicher würde Arno ihn beobachten. Und doch – was brachte diesen Soldaten dazu, seinem neuen und unerfahrenen Rekruten gleich in der ersten Nacht den Wachdienst anzuvertrauen? Max' Erklärung mit den zusätzlichen Ausgaben für Kleidung und Ausrüstung leuchtete nicht recht ein, zu sehr roch das alles nach einem Gefallen. Wer wohl die Zeche dafür zahlen musste? Umsonst war der Tod, das wusste sie inzwischen und machte sich keine Hoffnung, ungeschoren davonzukommen.

Marie bewegte vorsichtig ihre Zehen. Sie waren taub vor Kälte.

Ein Knacken ließ sie zusammenfahren, dann entspannte sie sich wieder. Max, unzweifelhaft zu erkennen an seinem hochgebundenen Arm, schlich geduckt zwischen den Büschen auf ihren verabredeten Treffpunkt zu.

»Hierher, Max! Ich bin hier!«, flüsterte sie und winkte ihm zu.

Er griff im Vorbeihuschen ihren Arm und zog sie hinter sich her. »Schnell, Marie, wir müssen uns beeilen. Arno hat den freien Abend auf seine Art gefeiert und sich sinnlos betrunken. Wird ihm eine gehörige Strafe einbrocken, aber das ist nicht meine Schuld.« Er ließ Maries Arm los und griff nach dem noch immer reich beladenen Sack an ihrer Schulter. »Los, da in die

Büsche. Es riecht nach Schnee; wenn sie unsere Spuren nicht sehen sollen, müssen wir uns beeilen.«

Marie lief, wie sie noch in ihrem Leben gelaufen war. Sie spürte, wie die Luft dünner wurde, der Atem brannte in den Lungen. Immer öfter musste sie innehalten, um eine Hand in die Seite zu pressen, in der es höllisch stach. Nein, sie war nicht gemacht für solche Gewaltmärsche.

»Was ist mit dir?«

Marie keuchte. »Nichts, Max, lauf weiter. Wir müssen weit fort sein, wenn sie uns suchen …«

9. FAHNENFLUCHT

Es war bereits tiefe Nacht, als Max und Marie sich endlich sicher genug fühlten, um unter ein paar vom Sturm gefällten Bäumen ihr Nachtlager aufzuschlagen. Dank einer glücklichen Fügung hatte es nur kurz geschneit, doch die wenigen Flocken reichten aus, um ihre Spuren mit einer feinen Zuckerschicht zu überdecken.

Max hielt sich die schmerzende Schulter. Marie tat, als sähe sie das Zucken um seine Mundwinkel nicht, und versuchte weiter, aus dem feuchten Holz ein Feuer wachsen zu lassen.

»Ich dachte, dein Arno hat dir die Schulter wieder eingerenkt?«

Max erbleichte bei der Erinnerung an die schmerzhafte Prozedur und schüttelte heftig den Kopf. »Eingerenkt ja, aber heil ist sie deswegen noch lange nicht. Bis ich den Arm wieder mit Kraft benutzen kann, wird wohl noch eine Weile ins Land ziehen.«

Prüfend blickte er auf seine Finger, die er immerhin schon wieder zu einer Faust ballen konnte, und lehnte sich erschöpft an den moderigen Stamm. Von oben herab tropfte es, der notdürftig aus Laub und kleinen

Ästen gebaute Unterschlupf war nicht dicht. Aber wenigstens schützte er vor neugierigen Blicken und gab ihnen so ein Gefühl der Sicherheit.

Marie war es inzwischen gelungen, das Feuer anzuzünden. Mühsam wählte sie aus dem, was Max angeschleppt hatte, die wenigen halbwegs trockenen Zweige aus, schließlich wollte sie nicht durch Rauch auf sich aufmerksam machen. Während Max sich hungrig über die restlichen Haferfladen hermachte, griff sie nach dem Topf, den sie kurz zuvor am Bach mit frischem Wasser gefüllt hatte, und stellte ihn in Ermangelung einer Kochstatt direkt in die Flammen.

»Was soll das werden?«, fragte Max und stieß mit dem Fuß einen Stein unter den Topf, damit er nicht wackelte. »Wofür brauchst du heißes Wasser?«

Marie antwortete nicht gleich, sondern kramte in ihrem Beutel. Der war nicht mehr sonderlich schwer, da sie alle Kleidungsstücke, die sie besaßen, am Körper trugen und Stefans Geschenke weitgehend aufgegessen hatten.

»Ich habe unterwegs ein paar Walnussschalen eingesammelt«, murmelte sie halblaut. »Schließlich suchen sie nach einem Mädchen mit rotem Haar.« Aufmerksam ließ sie den Blick über seinen matschbraunen Schopf gleiten. »Dir steht Nussbraun bestimmt auch.«

Max grinste und fuhr sich mit den Fingern durch das wirre Haar. »Und du meinst wirklich, dass das hilft?« Er sah zu, wie Marie erst die Hälfte, dann etwas mehr und schließlich alle Nussschalen in den köchelnden Sud gab und kräftig rührte. »Kann ich helfen?«

Marie schüttelte den Kopf und begann damit, sich oben herum auszuziehen. Mehr als einen strengen Blick brauchte es nicht, damit Max sich ausstreckte und das Barrett tief ins Gesicht zog.

Sie zog den Topf vom Feuer, rührte den Sud noch einmal gut durch und verlangte nach dem Beutel. Max reichte ihn ihr schweigend.

Marie lachte leise. »Ich brauche deine zweite Hose«, forderte sie. »Sie werden nach einem Mädchen und einem Jungen suchen, nicht nach zwei Burschen. Außerdem sind Röcke hinderlich, und ich will nicht mehr Spuren hinterlassen als nötig.«

»Wenn es nur ein Paar alter Hosen bedarf, um dich glücklich zu machen …« Max fügte sich und gab ihr die Beinkleider. »Und was machst du mit deinem Rock?«

»Den werde ich erst einmal im Bündel bei mir tragen; zumindest ist er warm und bringt zusätzlichen Schutz vor Wind und Wetter.«

Marie war nun fertig mit dem Umziehen und zog dem Freund den Sichtschutz vom Gesicht. Der wunderte sich nicht schlecht, wie schnell sich seine hübsche Weggefährtin in einen schmucken Burschen verwandeln ließ. Das knielange Hemd hatte sie in den Bund gestopft und aus dem Leibchen alle Bänder entfernt in der Hoffnung, dass es als Wams durchgehen mochte.

Als Nächstes verlangte Marie nach seinem Messer. Auch das gab er ihr und schaute neugierig zu, wie sie Strähne für Strähne ihres leuchtend roten Haares in die Hand nahm und kurzerhand absäbelte.

Bei jedem Schnitt zuckte Max zusammen. »Willst du nicht lieber die Schere nehmen?«

»Das dauert mir zu lange«, antwortete Marie und fuhr mit ihrem Werk fort. Erst als keine Strähne mehr übrig war, gönnte sie sich eine Pause.

Max besah ihr Werk und grinste. »Wie ein roter Igel«, spottete er und zeigte auf ihre Haare, die nun in allen Richtungen abstanden.

Marie grinste ebenfalls. »Du kommst auch noch dran«, drohte sie. »Wenn ich erst fertig bin, werden wir wie zwei Brüder aussehen.«

Sie zog an seinem gesunden Arm und forderte ihn auf, sich neben den Topf ins nasse Gras zu knien. Max wollte nicht recht und hätte lieber erst zugesehen, wie Marie ihr eigenes Haar färbte, folgte dann aber doch. »Was soll's«, seufzte er, »einer muss ja den Anfang machen.«

Marie prüfte mehrfach mit dem Finger, ob der Sud ausreichend abgekühlt war, und badete dann ihre Hände darin. Dabei musste sie an Johanna denken und deren Reden, wie wichtig vornehm weiße Haut für die Bürger war und dass man damit seine edle Herkunft bewies. Trotz der schweren Arbeit für Gertrud zierte ihre Haut noch immer vornehme Blässe – wollte sie glaubhaft vorgaukeln, ein Bursche aus armen Verhältnissen zu sein, konnte sie sich das nicht leisten.

Tatsächlich rissen ihre Hände in dem heißen Wasser auf, wurden runzelig und alt und nahmen eine fleckig dunkle Farbe an. Besonders an den Schwielen, die ihr die harte Arbeit in Gertruds Diensten beschert hatte, haftete die Farbe gut.

Marie betrachtete sie nachdenklich: Ob das wohl reichen würde, um die Häscher des Heeres zu täuschen?

Auch Max wurde ernst. »Meine Haut ist von Natur aus dunkel«, sagte er, »aber am Haar könnte man tatsächlich etwas nachhelfen. Nun mach endlich, ewig lange kann ich mich nämlich mit nur einem Arm nicht abstützen.«

Marie erschrak, sie hatte den verletzten Arm ganz vergessen und den Freund länger als nötig verharren lassen. Schnell griff sie nach ihrem Becher, schöpfte von der dunklen, bitter riechenden Brühe und goss sie vorsichtig über sein Haar. Da Max nicht klagte, gab sie mehr darüber, massierte es mit den Fingern kräftig ein und legte schließlich noch ein Tuch darum, damit es möglichst lange wirken konnte.

»Es geht nur, wenn der Sud heiß ist«, kommentierte sie ihr Tun und musste dann lachen. Max sah aber auch zu komisch aus mit seinem Turban und der Leidensmiene.

Sie mussten den restlichen Sud noch einmal erhitzen, ehe auch Maries zurechtgestutztes Haar eine neue Farbe bekommen konnte. In Ermangelung eines zweiten Tuches zog sie ihren Rock hervor und wickelte ihn sich um den Kopf; er war von schmutzig-brauner Farbe und würde nicht fleckiger aussehen als sowieso schon, irgendwann würde es Zeit für einen neuen werden.

Marie gab noch etwas Wasser dazu, erhitzte den Sud erneut und badete dann Füße, Beine und Unterarme darin. Wer hätte ihr schon den armen Burschen abgenommen, wenn vornehm weiße Haut Hände und Füße zierte?

Der nächste Morgen fand die beiden eingerollt und eng aneinandergekuschelt in ihrem Versteck. Die Vögel sangen laut, und Marie erfreute sich einen Moment lang daran, ehe die Erinnerung an das, was vor ihnen lag, sie ganz weckte.

Da Max noch schlief, schlich sie leise in die Büsche, um ihre Notdurft zu verrichten. Ungeschickt bemühte sie sich, die ungewohnten Beinkleider nicht zu benetzen, und bemitleidete kurz alle Männer und Burschen. Ihr schien es ungemein einfacher zu sein, einfach in die Hocke zu gehen und die Röcke zu raffen.

Max rief; seine Stimme klang besorgt und so beeilte Marie sich, zum Lager zurückzukommen. Sein dunkler Schopf sah ungewohnt aus, und sie fuhr ihm mit den nun alt und schwielig aussehenden Händen hindurch.

»Tu das nie wieder!«, knurrte er, zog sie zu sich herunter und vergrub sein Kinn an ihrem Hals. »Für einen Moment dachte ich, du wärest fort …«

Seine Finger strichen über ihren Nacken, und Marie dachte an Jakob. Auch seine Finger hatten zärtlich auf ihrer Haut gelegen, als alles zerbrach – sie würde das nicht noch einmal ertragen.

Max küsste sanft ihren Hals. »Marie …«

Du bist so schön, Marie, flüsterte die Erinnerung durch das Tosen in ihrem Kopf. *Komm mit mir und werde meine Frau.*

Sie befreite sich aus Max' Armen und stand auf. »Nicht, Max ...«

Der drehte sich auf die Seite und sah enttäuscht zu ihr auf. Er griff nach ihrem Knöchel, um sie erneut neben sich zu ziehen, doch Marie entwischte. Geschickt sprang sie zum Feuer und schob die längst erloschenen Reste auseinander. Dann machte sie sich daran, ein Loch für die verräterischen roten Locken zu graben – sie wollte nicht riskieren, die Häscher auf ihre Fährte zu locken.

Max beobachtete sie immer noch von seinem Platz am Boden aus und kaute an einem Grashalm.

»Warum darf ich dich nicht lieben, Marie?«

Es gab einen Stich, und für einen Moment bekam Marie kaum Luft. Musste denn immer alles so kompliziert sein?

»Ich ... ich kann nicht, Max.« Sie sehnte sich nach ihren langen Haaren, hinter denen man so leicht sein Gesicht verstecken konnte, und drehte sich abrupt um. »Ich kann nicht ...«

Max stand endlich auf, stellte sich schützend hinter sie und rieb ihre bebenden Schultern. Warm und zärtlich berührte sein Atem ihr Ohr.

»Warum nicht, Marie? Wir sind beide keine Kinder mehr und haben niemanden sonst auf der Welt. Was ist da natürlicher, als einander zu lieben?« Wieder bewegten sich seine Finger und malten sanfte Linien auf ihren Hals, vermutlich merkte er es nicht einmal.

Komm mit mir und werde meine Frau ...

In Maries Hals wurde es eng, und als sie Luft holen

wollte, um etwas zu sagen, kam nur trockenes Schluchzen heraus. »Ich kann nicht …«

Max straffte sich. »Ist es wegen deiner Familie? Hast du vielleicht versprochen, dass du bis zur Ehe warten willst?«

Marie dachte an Johanna und ihre Rede über die große Liebe. Manch einen trifft sie wie ein Blitz aus heiterem Himmel, hatte sie gesagt. Und dabei so glücklich ausgesehen, dass Marie lange Zeit an nichts anderes hatte denken können.

Komm mit mir …

Ein wenig zu eifrig vielleicht drehte sie sich um und strahlte Max an. »Ja, Max, das ist es. Ich habe es geschworen, und einen Eid darf man doch nicht brechen, oder?« Erleichtert, dass die kleine Notlüge sie weiterer Erklärungen enthob, strich sie ihm über die Wangen. »Du bist mein Freund, Max, mein einziger und bester Freund. Lass uns noch warten; wenn wir alt genug für den Bund der Ehe sind, dann will ich …«

»Dann sind wir alt und grau«, zeterte er, doch Marie konnte schon wieder das alte Funkeln in seinen Augen sehen und atmete auf. Die Gefahr war abgewehrt, vorerst würde Max sich wohl damit zufrieden geben, ihr Freund zu sein. Und später – nun, dann würde sie weitersehen, vielleicht würden mit etwas Zeit ja auch ihre Zweifel vergehen.

Nachdem auch die letzten Krümel ihres Vorrates gegessen waren, kamen neue Sorgen hinzu: Wie sollten sie ohne Nahrung, ohne Geld überleben?

»Fallen stellen dauert zu lange«, murmelte Marie und blickte sich suchend im Wald um.

Max' Magen knurrte schon wieder, obwohl er eben erst gegessen hatte. »Wir könnten nach einem Hof Ausschau halten und sehen, ob ein unvorsichtiges Huhn herumläuft …«

Marie schüttelte den Kopf. »Ich finde das nicht lustig«, rügte sie den Freund und wich seiner zärtlich ausgestreckten Hand aus. »Du weißt genau, dass die Bauern Waffen haben und Hunde …«

Max lachte. »Ja, aber auf den Höfen lebt doch kaum noch jemand, die Bauern sind längst aufgebrochen zur großen Schlacht gegen den Bund. Und wer bleibt zurück? Frauen, Kinder und alte Leute, die mehr Arbeit haben, als sie bewältigen können. Da sollten sie die eine oder andere helfende Hand eigentlich begrüßen, findest du nicht?« Seine braunen Augen glänzten unternehmungslustig. »Gerade jetzt im Frühjahr gibt es so viel zu tun: Getreide aussäen und Gemüse setzen, das Vieh sollte nach dem langen Winter endlich hinaus, und frischer Torf sticht sich auch nicht von allein – mehr als genug Arbeit also für die Daheimgebliebenen, finde ich.«

Marie überlegte. Der Freund mochte recht haben, daran hatte sie noch gar nicht gedacht.

»Vielleicht haben wir Glück«, schob sie ihre Zweifel beiseite und reichte ihm versöhnlich die Hand. »Aber mit solchen Vertrautheiten sollten wir von nun an sparsam sein, schließlich sind wir jetzt zwei Burschen.«

»Und Brüder dazu«, lachte Max, dem der junge Morgen und die Sonne gute Laune bescherte. »Ob du es willst oder nicht, Marie: Du bist ein schmucker Bursche, und so manches Mädel wird dir von nun an hinterhersehen.«

»Woran du nur immer denkst ...«

Max' Plan war einfach und direkt: Zum einen hoffte er, dass die Geschützeinheit keine großen Anstrengungen darauf verschwenden würde, ihn zu finden, schließlich hatten sie ja außer in seine Ausrüstung noch nicht viel investiert. Und die würde man sich nach Max' Verschwinden sicher von Arno bezahlen lassen – das war zwar bedauerlich, aber nicht zu ändern. Zum anderen ging er davon aus, dass die Häscher, falls es überhaupt welche gab, sie auf der Flucht vermuteten; er wollte ihnen deshalb ein Schnippchen schlagen, indem er einfach in der Nähe Unterschlupf suchte. Dort würde sie hoffentlich niemand vermuten.

Doch so einfach der Plan auch war, so schwer ließ er sich umsetzen. Die verbliebenen Bauern und Knechte begegneten den beiden Burschen mit Misstrauen und arbeiteten sich lieber selbst die Finger wund, als dass sie ihnen etwas anvertraut hätten. Die eine oder andere mitleidige Seele schenkte ihnen etwas Brot oder auch schon mal eine Scheibe Speck oder ein Ei, aber Arbeit wollte ihnen keiner geben. Bis sie eines Tages zufällig den Weg eines jungen Mädchens kreuzten, das eine Stute am Halfter führte.

Beide blickten immer wieder unruhig zum Himmel hinauf, an dem sich dunkle Wolken zusammenschoben. Es war an der Zeit, ein Quartier zu finden, wenn sie nicht nass werden wollten.

Max blieb stehen und betrachtete das schöne Tier. Es war ein gut genährter, hochgewachsener Fuchs mit flachsfarbener Mähne. Das Mädchen senkte schüchtern seinen Blick.

In diesem Moment zuckte ein erster Blitz vom Himmel, gefolgt von dunklem Donner. Pferd und Mädchen erschraken, und schon war das Unheil geschehen: Der Jährling schlug aus und stieg; dann riss er sich los und galoppierte direkt auf Marie zu.

Marie erbleichte. Sie dachte an die feurigen Schlachtrösser, vor denen Max sie mehr als einmal gewarnt hatte, und an die mächtigen Hufe von Gertruds Kaltblütern. Welche Kraft, welche Geschwindigkeit, welche Unberechenbarkeit …

Das Blut wich ihr aus dem Kopf und ließ nichts als leere, ängstliche Dunkelheit zurück. In den Ohren begann es zu rauschen, und die Welt entfernte sich, weiter und immer weiter. Sie versuchte zu sprechen, einen Schritt in Max' Richtung zu gehen, doch die Glieder versagten den Dienst, und Marie sackte in sich zusammen wie ein leerer Sack.

Als sie wieder zu sich kam, lag sie in den Armen des fremden Mädchens, das ihr besorgt eine Schale mit Wasser an den Mund hielt. »Trink«, hörte sie es sagen und wunderte sich über den Blick, mit dem die Fremde sie bedachte. Aus alter Gewohnheit griff Marie nach ihrem Haar, doch ihre Finger griffen ins Leere.

Ach ja – sofort fielen ihr Messer, Hose und Färbesud

wieder ein: Sie war ja nun ein Bursche. Was mochte das Mädchen wohl denken, wenn ein junger Kerl bei ihrem Anblick gleich in Ohnmacht fiel!

Marie schloss die Augen aus Sorge, dass ihr Blick sie verraten könnte. Sie hätte nicht hier sein sollen, nicht so. Woher sollte sie wissen, was ein Bursche in einer solchen Situation sagen würde, wie er sich verhielt?

Als sie die Augen aufschlug, erkannte sie Max, der das nun wieder friedliche Ross am Zügel hielt und sich zärtlich beknabbern ließ. Er grinste breit und machte hinter dem Rücken des Mädchens einen Kussmund – Marie hätte ihm gern die Zunge herausgesteckt, unterließ das aber. Was hätte das Mädchen denn denken sollen? Stattdessen richtete sie sich auf und prüfte ihre Standfestigkeit.

»Danke, es geht schon«, knurrte sie und fügte dann freundlicher hinzu: »Ich habe seit Tagen nichts gegessen, weißt du. Und als das Pferd auf mich zurannte …«

Das Mädchen lächelte scheu und richtete sich ebenfalls auf. Sie vermied es, Marie direkt anzusehen, und zupfte an ihren Schürzenbändern herum. »Das kenne ich gut«, sagte sie leise, »bis vor wenigen Wochen war es bei uns nicht anders, wegen all der Steuern und Abgaben litten wir allesamt Hunger. Aber dann haben unsere Väter und Brüder das Kloster gestürmt, die Mönche und den Abt zum Teufel gejagt und die Scheunen geöffnet. Seitdem haben wir jeden Tag satt zu essen – und Pferde, die uns bei der Arbeit auf dem Feld helfen können.«

Max grinste nicht mehr, sondern betrachtete den Fuchs mit Kennerblick.

»Das hier ist aber kein Ackergaul«, sagte er und strich ihm prüfend über Brust und Flanken. »Das ist ein edles Tier, das geritten werden sollte; vor dem Pflug wird es euch nicht viel nutzen, dazu ist es viel zu nervös.«

Das Mädchen wandte seinen Blick von Marie hinüber zu Max und dem Pferd.

»Meinst du? Aber hier hat niemand Zeit zum Reiten; die Felder müssen gepflügt, die Saat ausgebracht und Häuser wie Zäune von den Spuren des Winters befreit werden. Ein Ross muss den Hafer verdienen, den es frisst, und hier gibt es nur Arbeit auf dem Feld oder vor dem Wagen.«

Max strich dem nervösen Tier freundlich über den Hals und sagte etwas in diesem unverständlichen Singsang, woraufhin es tatsächlich mit den Ohren spielte und sich beruhigte.

»Dann verkaufe es. Du wirst auf jedem Viehmarkt einen guten Preis dafür bekommen.«

Das Mädchen blickte zwischen dem Burschen und dem Pferd hin und her.

»Ihr kennt euch gut aus mit Pferden, scheint mir«, sagte sie nachdenklich und deutete mit der Hand auf eine kleine Ansammlung von Häusern. »Wenn ihr wollt, könnt ihr mich ins Dorf begleiten, vielleicht hat man dort Verwendung für euer Wissen.«

Marie schluckte. Sollte es diesmal wirklich klappen? Würde ihnen ein durchgegangenes Ross Lohn und Brot und vielleicht sogar einen Platz zum Schlafen bescheren?

Marie blickte zu Max und sah den glühenden Blick,

mit dem er das Pferd betrachtete, sowie seine eingefallenen Wangen. Sie selbst vermied jeden Kontakt mit dem Tier, zu groß war ihr Respekt. Aber vielleicht würde sie ja lernen, sich zu beherrschen und mit ihm und seinesgleichen umzugehen.

Sie seufzte und setzte ein freundliches Lächeln auf. »Mein Bruder ja, er liebt alle Pferde und weiß mehr über sie als jeder andere, den ich kenne. Ich dagegen« – sie schaute an sich herunter. Was sollte sie sagen, wie sich interessant machen? Die Worte blieben ihr im Halse stecken.

Max sprang ein. »Mein Bruder Anselm ist lange krank gewesen«, log er und zwinkerte Marie zu. »Er ist noch nicht wieder richtig auf den Beinen, wie du ja selbst gesehen hast, und kann daher weder weite Strecken laufen noch schwere Arbeiten übernehmen. Aber wenn du seine Hände ansiehst weißt du, dass er schwere Arbeit gewohnt ist. Er kann sich auch sonst überall nützlich machen, im Stall zum Beispiel oder rund ums Haus.«

So ins Gespräch vertieft wurden sie zwar neugierig, aber nicht misstrauisch beobachtet, als sie das Gehöft betraten. Es bestand aus drei Häusern unterschiedlicher Größe, die sowohl Menschen als auch Vieh beherbergten. Aus allen Gebäuden quoll Rauch zum Dach hinaus und verriet den beiden müden Fremden, dass ihr Hunger hier zumindest vorübergehend gestillt werden würde.

Es war ein hartes Leben, das sie in den nächsten Tagen führten: Max half tagsüber auf dem Feld und abends bei den Pferden, Marie machte sich rund um die Häuser nützlich. Der festgetretene Lehmboden in den Hütten musste aufgelockert und hinausgeschafft werden, frischer war einzubringen und festzustampfen. Sie schrubbte die Wände mit viel Wasser und reinigte Türen und Fenster.

Anfangs wunderten die Bauersleute sich noch, dass der zierliche Bursche ganz ohne Murren solche Frauenarbeit übernahm, wandten sich aber rasch wieder anderen Dingen zu. Was immer sie nicht selbst zu tun brauchten, verschaffte ihnen Zeit für Wichtigeres.

Maries Sorge, dass die Wirkung der beizenden Nussschalen nachlassen und ihre blasse Haut wieder durchscheinen könnte, verflüchtigte sich im Laufe der Zeit. Zu sehr setzten Sonne, Bürste und Wasser ihr zu und ließen die Haut von selbst dunkel und rau werden.

Max blühte auf, während Marie immer weniger wurde; die ungewohnte Arbeit setzte ihr fast mehr zu als die ständige Angst, entdeckt zu werden. Als sie nach einigen Tagen einen ersten rötlichen Rand am Haaransatz entdeckte, erwog sie ernsthaft, ihre Identität als Mädchen zu lüften und sich ein Kopftuch umzubinden.

Doch Max war dagegen. Er tauschte bei einer Magd ihre Schere gegen eine Bundhaube ein, wie sie viele Burschen trugen, und unter der sie neben dem Haar auch einen Teil des Gesichtes sowie ihren zierlichen Nacken verstecken konnte.

»Das sollte wohl reichen, um neugierige Blicke fernzuhalten.«

Nachts schliefen sie bei Max' geliebten Pferden im Stall, tagsüber arbeiteten und aßen sie beim Gesinde – es war ein hartes, aber gutes Leben. Max wäre am liebsten für immer geblieben und mehr als einmal versuchte er, Marie davon zu überzeugen, dass ihnen nun keine Gefahr mehr drohte, auch wenn nicht wirklich viele Meilen zwischen ihnen und dem Lagerplatz des Heeres lagen. Erst als eines Abends beim Essen, das aus Brotsuppe, Speck und Rüben bestand, jemand von Landsknechten erzählte, die er in der nahegelegenen Stadt gesehen hatte, war auch er bereit, sein Bündel zu packen und weiterzuziehen.

Marie atmete auf. Trotz der liebevollen Fürsorge, die gerade sie von der Tochter des Hauses erfahren hatte, fühlte sie sich nicht wohl. Zu groß erschien ihr die Gefahr, entdeckt zu werden, selbst nachts fand sie deswegen oft keinen Schlaf. Max konnte noch so viele Gründe vorbringen, warum sich Landsknechte in der Gegend aufhalten mochten – für sie stand fest, dass man ihnen auf den Fersen war. Sie suchte daher in den Hecken und Büschen ein paar Hände voll Nussschalen zusammen, um die Haare nachfärben zu können, schulterte ihr Bündel und rannte fast den Hang hinauf in Richtung Wald.

Max blieb etwas länger, verabschiedete sich traurig von den zwei- und vierbeinigen Gefährten und bedankte sich wortkarg für die Lebensmittel, welche die Tochter des Hauses ihnen mitgegeben hatte.

Fast widerwillig trottete Max die erste Zeit hinter Marie her. Er schwieg meist und knurrte höchstens, wenn sie ihn ansprach, also hörte sie damit auf.

Marie ließ ihn gewähren und versuchte, ihr Herz mit allerlei Beobachtungen zu beruhigen. So betrachtete sie einen frühen Schmetterling und stellte dabei überrascht fest, dass das Gras schon bis über die Knöchel reichte – ein paar warme Tage noch und sie würden nicht mehr spurlos hindurchschleichen können.

»Wo willst du jetzt eigentlich hin?«, fragte Max unvermittelt. »Wird dich von nun an jeder Landsknecht, von dem man uns erzählt, in den Wald jagen?«

Marie nahm ihm seine Schroffheit nicht übel. Sie wusste wohl, wie viel ihm an den Rössern lag, und dass der Umstand, sie so plötzlich wieder zu verlieren, ihm das Herz schwermachte.

»Ich möchte zurück nach Rottweil«, sagte sie daher, überrascht von ihren eigenen Worten.

Hatte sie das wirklich gesagt? Was wollte sie denn dort, wo man sie für eine Hexe und Gespielin des Teufels hielt?

»Hast du vergessen, weswegen du von dort geflohen bist?«, legte Max prompt den Finger in die Wunde.

Marie wand sich. »Es ist nicht meinetwegen, aber ich muss wissen, was mit meiner Familie ist. Würde dich das denn gar nicht interessieren?«

Max zuckte zusammen wie unter einem Schlag, und Marie senkte den Blick. Wie hatte sie nur vergessen können, dass er keine Familie hatte, nie den Zusammenhalt und die Nähe spüren durfte? Das war herzlos gewesen, und sie nahm sich vor, den Freund ein wenig aufzumuntern.

»Einige Tagesmärsche von hier soll die Stadt Sulz liegen; vielleicht können wir dort Rast machen und etwas über die Lage in Rottweil herausfinden.«

10. DER ATEM DES TODES

Der Weg nach Sulz war lang und weit. Immer öfter trafen sie auf Menschen, die wie sie auf der Flucht waren: Wachsende Steuern, plündernde Bauern und marodierende Soldaten ließen das Land nicht zur Ruhe kommen.

Max war die letzten beiden Tage hindurch mürrisch und ungewohnt schweigsam. Nach wie vor kümmerte er sich um die nächste Mahlzeit oder den nächtlichen Schlafplatz, der oft genug aus nichts weiter als einem heimlichen Lager im Wald oder einer alten Scheune bestand, hing aber ansonsten seinen Gedanken nach.

Marie ahnte vage, was der plötzliche Abschied ihm bedeuten musste, und ließ ihn in Ruhe. Sie hatte selbst genug, worüber sie nachdenken musste: Das Leben auf der Straße war hart, und jeder zufällige Wanderer konnte sich als Wegelagerer entpuppen, weshalb sie die üblichen Wege scheuten.

Überall lauerten Gefahren – war es ein Fehler gewesen, die Gemeinschaft des Hofes wegen einer vagen Andeutung zu verlassen? War es klug von ihr, auf einer

Rückkehr nach Hause zu bestehen? Schließlich hatte sie weder einen Anhaltspunkt dafür, dass der Zorn der Rottweiler Bürger inzwischen verraucht war, noch dafür, ob ihre Familie überhaupt noch dort lebte. Oder sie wieder aufnehmen würde nach all dem, was geschehen war …

Sie keuchte und hätte nicht einmal sagen können, was schlimmer war: Die Angst vor dem, was gewesen war, oder dem, was ihr hier und jetzt zustoßen könnte.

So in trübe Gedanken versunken schrie sie erschreckt auf, als Max sie am Ärmel zur Seite und in die Büsche riss. Dort hielt er ihr kurzerhand den Mund zu, damit sie nicht laut aufschrie.

Maries Herz klopfte bis zum Hals. *Dunkelheit herrschte im Lager, die Wege zu den Abortgruben waren unheimlich; Landsknechte grölten … die Hand, diese schreckliche Stimme, der heiße Atem auf ihrer Haut …*

»Schscht, Marie, sei leise. Hinter uns ist jemand.« – Max flüsterte nur und doch konnte Marie jedes Wort verstehen. Sie atmete tief durch, hörte auf zu strampeln und nickte zum Zeichen, dass sie verstanden hatte.

Max hielt sie noch einen Augenblick fest, dann nahm er die Hand von ihrem Mund. Mahnend hielt er den Finger an seine Lippen, und Marie nickte wieder, auch sie hatte nun die Geräusche gehört. Es waren Rösser, die langsam und anscheinend müde die Straße entlangschritten. Harmlose Wanderer wie sie selbst würden kaum das Geld haben, um sich so etwas leisten zu können.

»Soldaten?«, flüsterte sie und griff ängstlich nach Max' Hand.

»Vielleicht«, antwortete er kaum hörbar und drückte sich tiefer in das dichte Unterholz.

Marie schluckte und folgte ihm. Früher oder später, das wusste sie, würden sie kein Glück mehr haben, die Fremden nicht mehr rechtzeitig entdecken und sich verteidigen müssen. Gegen marodierende Soldaten, Wegelagerer oder auch nur zufällig daherkommende Händler, die sich ihr junges Fleisch nicht entgehen lassen wollten … Wer würde sie dann noch ansehen, sie an seiner Seite haben wollen, noch um ihre Hand anhalten wollen wie Jakob?

Ach Jakob …

Marie wischte sich eine Träne aus dem Augenwinkel und griff nach einem zurückschnellenden Zweig, um ihr Gesicht zu schützen. Max würde sie nicht ewig davor bewahren können, so sehr er es auch versuchte. Dankbar drückte sie seine Hand und beeilte sich, ihm in das dichte Unterholz zu folgen. Ungeachtet der Dornen und Äste, die sich in ihren Hosen verfingen, sprang sie ihm nach. Wo Max hinging, würde auch sie hingehen, egal, was sie dort erwartete.

An diesem Abend wanderten sie länger als sonst, die meiste Zeit abseits der Straße, ehe Max eine kleine Lichtung zum Nachtlager erkor. Marie wollte ihn nicht beunruhigen und behielt daher ihre traurigen Gedanken um die Zukunft für sich. Ihr Leben und ihre Ehre waren ein hoher Preis, um den sie täglich kämpfte, und wenn sie verlor, würde auch ihm nichts mehr bleiben.

Verwundert sah Marie zu, wie schweigsam Max an diesem Abend Zweig um Zweig zusammentrug und so gar kein Ende finden wollte.

»Das wird aber ein großes Feuer«, versuchte sie ein Gespräch, doch da sie keine Antwort erhielt, machte sie sich daran, ihm zu helfen. Sie hockte sich in die Mitte der Lichtung und grenzte mit den Steinen, die Max angeschleppt hatte, einen Kreis ein.

Wie jeden Abend, wenn es gefahrlos möglich war, fachte Max das Feuer an und goss Wasser in den kleinen Kessel. Marie kramte ihre letzten Vorräte aus dem Bündel. Für heute mussten es die paar Möhren, ein halber Kohl, eine Zwiebel und eine letzte Schwarte Speck tun. Aufteilen lohnte sich nicht mehr, und so gab sie alles zusammen in einen Topf, wo es wenigstens noch eine halbwegs gute Suppe ergeben würde – vielleicht die letzte richtige Mahlzeit der nächsten Tage.

Gesättigt saßen sie noch eine Weile am Feuer. »Ich bin froh, dass du die Reiter gehört hast«, brach Marie das Schweigen.

Max antwortete nicht. Stattdessen griff er nach dem Tuch, in dem bisher die Vorräte eingewickelt gewesen waren, und riss ein etwa armlanges Stück davon ab. Das hielt er gegen den Schein des Feuers, brummte etwas und malte dann mit einem halbverkohlten Ast ein dickes Kreuz darauf.

Marie verstand.

»Das Pestkreuz!«, flüsterte sie und beeilte sich, ihm

beim Schwärzen zu helfen, schließlich sollte die Farbe nicht gleich beim ersten Einsatz wieder verschwinden. »Du hast recht, Max: Wenn jemand böse Absichten hat und die Pestfahne auf unserem Gepäck sieht, besinnt er sich vielleicht eines Besseren und lässt uns in Ruhe.«

»Hoffentlich!«, brummte er, rollte den Fetzen Stoff zusammen und klemmte ihn unter seinen Gurt. »Wir müssen nur dafür sorgen, dass sie bei der Kontrolle an den Stadttoren nicht gefunden wird, sonst verwehrt man uns den Zutritt. Oder schlimmer noch: Sie stecken uns gleich ins Pesthaus. Dann war alles umsonst.«

Marie legte ihren Arm um seine Schultern und drückte ihn sanft an sich. Das alles wegen der paar Reiter, hätte sie gern gesagt, um ihn zu trösten, doch sie wusste, dass es um mehr ging. Max als der Ältere und Stärkere fühlte sich verantwortlich und war sich nicht sicher, wie lange er sie noch beschützen konnte.

Marie mochte es gar nicht, wenn ihr Freund so mutlos war, und hätte alles gegeben, um ihn wieder froh und gut gelaunt zu sehen. Auch wenn er gern den Starken spielte, war doch sie es, die bestimmte, wohin sie sich wendeten oder was als Nächstes geschehen sollte, deshalb fühlte sie sich nicht weniger verantwortlich als er. Plötzlich sehnte sie sich so heftig nach einer starken Schulter, an die sie sich selbst anlehnen konnte, dass es schmerzte.

»Was ist?«, fragte Max mit geschlossenen Augen und tastete nach ihrer Hand.

Marie entzog sie ihm und fingerte nach der Hasenpfote an ihrem Gürtel. So weich, so zart und doch stark genug, um Jakobs Wunsch zu erfüllen und auf sie aufzupassen. Zumindest bis jetzt, bis hierher – sie mochte sich nicht ausdenken, was geschehen wäre, wenn die Reiter sie entdeckt hätten. Dankbar rückte sie noch ein wenig näher an Max und wünschte sich, er wäre Jakob.

Ob es nun an ihrer Pestfahne lag oder an anderen Gründen, die beiden hatten Glück und kamen ungehindert weiter. Als heimatlose Burschen fielen sie nicht weiter auf, längst hatte man sich an den Anblick mittelloser umherziehender Menschen gewöhnt. An ihren Leibern hingen nur noch ein paar Stofffetzen und statt der Schuhe bedeckten Lumpen und Frostbeulen ihre Füße. Max' früher so frisches Gesicht war bleich und eingefallen, und um die Mundwinkel zeigten sich tiefe Falten. Marie war sicher, dass sie selbst nicht viel besser aussah, und konnte den Menschen kaum verdenken, dass sie ihnen misstrauten.

Immer öfter wurden sie jetzt mit Steinen und Stockschlägen von den Höfen verjagt, wenn sie nach Arbeit oder einem Quartier für die Nacht fragten. Auch die Städte verwehrten ihnen den Einlass, hatten sie doch weder jemanden, der für sie bürgte, noch ausreichend Geld, um sich eine Herberge leisten zu können. Die Angst vor Plünderung und Krankheit ging um, und man ließ keine Fremden mehr hinein.

Marie hörte auf, an den Frühling zu denken, an ihre Familie oder an den kürzesten Weg nach Hause. Ihr Horizont reichte nur noch bis zum nächsten Tag, zum nächsten Nachtlager, zur nächsten Mahlzeit, die sich hoffentlich bald finden würde. Alles war willkommen, was sich kauen und schlucken ließ: Sauerampfer und Taubnesseln, Rinde von Bäumen und Sträuchern, eine abgenagte Speckschwarte, eine alte Brezel oder Apfelgrind – sie waren nicht wählerisch. Eier, Küken oder auch schon einmal ein Igel bereicherten ihren Speiseplan nur selten. So mager und ausgezehrt schlichen sie bald mehr, als dass sie gingen, und es schien nur noch eine Frage der Zeit zu sein, bis die schlimmste aller Krankheiten auch sie finden würde.

Immer häufiger begegneten sie nun Menschen, die vor dem Grauen der Pest geflohen waren und dabei Haus und Hof und sogar ihre Familie im Stich gelassen hatten. Hinter vorgehaltener Hand flüsterte man, dass die Truppen beider Seiten die Seuche im Schlepptau führten und weiter verbreiteten.

Marie rechnete nach, wann sie zuletzt den Weg eines Soldaten gekreuzt hatten, und erbleichte. Wie lange es wohl dauern mochte, bis die Pest ihre Krallen zeigte? Waren es Wochen, Tage oder nur Stunden? Und warum waren sie und Max bisher noch nicht erkrankt, obwohl sie wochenlang gemeinsam mit dem Heer umhergezogen waren?

Pestmarie, Hexenkind …

So zogen sich zwei Wochen dahin wie Regentage im Herbst. Marie und Max litten Hunger, und als sie wieder einmal einen halbverfallenen Hof entdeckten, gingen sie nicht daran vorbei, sondern nahmen sich Zeit, ihn in Ruhe zu beobachten.

Er schien verlassen zu sein, ob Stunden oder Tage konnten sie nicht sagen. Nirgends eine Spur von Leben, nur das Vieh in den Ställen brüllte. Wenn es nicht bald jemand versorgte, würden die Tiere verenden – sie beschlossen, noch ein wenig zu warten, um zu sehen, ob jemand kommen würde.

Schließlich nahmen sie allen Mut zusammen und schlichen zu dem zerfallenen Stall. Er roch alt und faulig, die Balken waren moderig, und im Dach klaffte ein großes Loch. Trotzdem entschieden sie sich, ihr Nachtlager darin aufzuschlagen; immerhin war es ein Dach über dem Kopf, und weder die Pestfahne noch ein Büschel Kräuter auf dem Dach kündeten vom Schwarzen Tod. Dennoch mieden sie das verlassene Wohnhaus; der Geruch nach faulen Äpfeln verriet, dass die Bewohner nicht mehr hatten fliehen können.

Sie molken und fütterten das Vieh, das hungrig in den Ständen stand, schlachteten ein Lamm, und zum ersten Mal seit ihrer überstürzten Abreise fühlte Marie sich wieder satt und sicher.

So verbrachten sie den Abend in dem zugigen und fensterlosen Stall, das Vieh in den Ständen um sich herum angepflockt, und überlegten, wohin sie als Nächstes gehen sollten.

»Was spricht dagegen, einfach hierzubleiben?«, sinnierte Marie. »Der Hof scheint niemandem zu gehören, und solange uns keiner fortjagt, könnten wir doch bleiben.« Aus halbgeschlossenen Augen betrachtete sie das Heu, das von der Tenne herunterrieselte. Wie hatte das Vieh gebrüllt, als sie die Luke öffneten und

Raufe für Raufe füllten – es musste lange gehungert haben.

»Hierbleiben?« Max schüttelte den Kopf. Auch ihm fiel Denken und Reden schwer nach all dem Fleisch, das er gegessen hatte und das nun Blut und Geist träge machte. »Du hast doch sonst immer vor allem Angst, warum nicht davor, dass du dir hier die Pest holst?«

Marie zuckte die Schultern. »Ich weiß es nicht«, gab sie zu. »Vielleicht, weil ich mein Lebtag mit der Pest zurechtkommen musste. Oder weil man mich in Rottweil nie vergessen ließ, dass ich sie überlebt habe. Menschen schrecken mich längst mehr als jede Krankheit.«

»Glaubst du, dass der Schwarze Tod dich auch weiterhin verschont?« – Max schien erregt, und in seinen Augen tanzte ein seltsames Feuer wie Glühwürmchen an einem lauen Sommerabend. Woran er wohl dachte?

»Ich weiß nicht, was die Pest vorhat oder nicht«, überlegte Marie weiter. »Ich weiß nur, dass sie mich bisher nicht gewollt hat. Vielleicht habe ich ja Glück, und sie verschmäht mich auch weiterhin.«

Wieder, wie so oft in letzter Zeit, schloss sich ihre Hand um Jakobs Hasenpfote. Wie es ihm wohl ergangen sein mochte seit ihrer Flucht? Ob er wirklich Rottweil verlassen hatte, um sein Glück zu suchen?

Ohne sie?

Ohne einander wird keiner von euch beiden glücklich, schossen ihr Curts letzte Worte durch den Kopf, und Marie schüttelte ihn schnell, um Jakob wieder daraus zu vertreiben. Sie war hier, er nicht, so hatten sie es damals entschieden, als ihre Welt zerbrach. Wenn sie Jakob nicht endlich vergaß und freigab, würde sich sein armer Geist vielleicht nie wirklich von ihr lösen, nie ein eigenes Leben finden können.

Und nie glücklich sein.

Darum musste sie Jakob vergessen.

Max strich mit dem Finger nachdenklich um sein Kinn. »Denkst du, dass die Pest mich auch verschont?«

Marie zuckte zusammen, und ihre Nasenflügel blähten sich. Sie brauchte einen Moment, um aus ihren Erinnerungen zurückzufinden. »Was willst du damit sagen?«

Er druckste ein wenig herum und erzählte dann: Dass die Pest, die hier in der Gegend wütete, nicht unbedingt für jeden ein Fluch sein musste, sondern ihnen vielleicht einen Weg und sogar ein Auskommen bieten könnte – wenn sie nur wollten. »Weißt du nicht mehr, Marie? In Horb und Sulz haben sie händeringend nach Helfern gesucht, die der Pest die Stirn bieten. Es gibt so viele Opfer, überall, die Totengräber kommen mit der Arbeit nicht mehr nach. Und der Ammann bezahlt jeden, der ringsum nach dem Rechten sieht. Pestknecht zu sein ist vielleicht keine schöne Arbeit, aber es ist eine, und ein Auskommen hat man allemal.«

»Pestknecht?« – Marie dachte an das, was Jakob ihr über den Tag erzählt hatte, an dem er sie fand.

Was hast du getan, Jakob?, ging es ihr durch den Kopf. *Warum hast du mich nicht einfach liegen lassen und dich gerettet? Dann wäre all das vielleicht nie geschehen.*

»Man muss nur nachsehen, ob noch jemand lebt«, plapperte Max weiter, und es fiel Marie schwer, seinen flinken Worten zu folgen. »Wir können alles herausholen, was einigermaßen von Wert ist: Kleidung, Schmuck, Bilder – einfach alles. Wenn wir es gereinigt haben, bringen wir es dem Ammann und bekommen gutes Geld dafür, zumindest aber ein Dach über dem Kopf und manch warmes Essen dazu.«

Er sah sich um, und sein Blick wurde hungrig. »Wenn ich mir diesen Hof so ansehe, reizt es mich, ihn zu durchsuchen. Sicher findet sich in seinen Truhen etwas Besseres als diese zerrissenen Fetzen auf meinem Leib.«

»Aber das sind die Kleider von Toten!«, hauchte Marie. »So, wie es hier riecht, liegen die noch in der Stube – ich weiß nicht …«

»Was zögerst du noch?« Max sprang auf, ihn hielt es kaum mehr in der Scheune. »Wenn die Pest uns wollte, Marie, hätte sie uns längst haben können, so mager und krank wie wir sind. Lange schon haben wir keine Arbeit mehr gefunden, und ein Dach über dem Kopf ist Glückssache; niemand weiß, wie lange wir das noch durchstehen. Wenn uns die Pest nicht holt, wird es die Schwindsucht oder der Aussatz sein. Oder das Schwert eines Soldaten – such dir etwas aus.« Erregt zerbrach er ein morsches Brett zwischen den Fäusten. »Da nehme ich doch lieber ein paar Wochen gutes Leben im Dienste der Pest, als ein paar Tage Hunger ohne sie.«

Marie schwieg lange, und Max dachte wohl schon, sie wäre eingeschlafen, denn er fragte nicht weiter.

»Vielleicht hast du ja recht«, gab sie endlich nach.

»Auch Jakob und Hans haben so etwas gemacht, als sie mich damals fanden, so unehrenhaft kann es also nicht sein. Und ein Auskommen hatten sie dadurch auch. Nur …« Sie schluckte. »Der Starke Hans ist letztlich doch daran zugrundegegangen.«

»Und dein Jakob hat überlebt, ich weiß.« Max nahm sie bei den Schultern und rüttelte sie, damit sie zu Verstand käme. »Wie oft hast du mir das jetzt schon erzählt, Marie? So oft, dass ich es bald nicht mehr hören kann, darum Schluss damit. Lass uns in diese Stube gehen und unser Glück selbst in die Hand nehmen, ich mag nicht länger warten. Die Toten müssen begraben werden, und in ihren Schränken und Truhen liegen warme Kleider und silberne Teller und was weiß ich nicht noch für Schätze, die denjenigen belohnen, der sie dem Ammann bringt. Je eher wir sie bergen, umso eher haben wir etwas, von dem wir leben können.«

Marie schob endlich ihre Bedenken beiseite und folgte Max in den Innenraum des Gebäudes, der bis vor kurzem noch der Wohnraum gewesen sein musste. Wie schon vermutet, lagen die Leichname der Bewohner noch dort, der Gestank verschlug ihr den Atem.

Sie hielten sich die Hände vor Mund und Nase und drehten wieder um. Draußen entschied Max, zunächst eine tiefe Grube auszuheben, in der alle ihre letzte Ruhestätte finden sollten. Fieberhaft gruben sie mit allem, was ihnen in die Hand fiel, sogar eine Sense musste herhalten, bis der Schaft brach. Trotzdem dauerte es Stunden, ehe die Grube fertig war, und noch einmal Etliches an Zeit, ehe sie den Mut fanden, zurück in den Raum des Grauens zu gehen. Um den fauligen Geruch zu überdecken, schwenkte Marie ihr Halstuch in Asche und band es sich vor Mund und Nase. Max tat es ihr nach kurzem Zögern gleich.

Marie schloss die Augen so weit, dass sie ihre Umgebung nur wie durch einen dünnen Schleier erkennen konnte, zu sehr gruselte sie sich vor den Toten. Dennoch band sie sich wie Max alte Lappen um die Hände und half ihm, den ersten Toten hinaus und bis zur gerade ausgehobenen Grube zu zerren. Dort holten sie Schwung und ließen den schweren Körper los.

Das Poltern und Rutschen des hinuntergleitenden Leichnams war mehr, als Marie ertragen konnte; sie musste sich abwenden und erbrach sich im Gebüsch.

Max sah sie von der Seite her an, tat aber nichts, um ihr beizustehen. »Das wird schon«, sagte er nur. »Du wirst sehen, bald macht es dir nicht einmal mehr etwas aus.«

Und er sollte recht behalten: Als sie den letzten Toten in die Grube hoben, kam es Marie bereits vor wie jede Arbeit, wenn auch eine besonders unangenehme. Erleichtert schaufelten sie das Grab zu. Anschließend wischte Marie ihre schmutzig-feuchten Hände an der Hose ab und folgte Max in den Wohnraum.

Der ließ sich gleich neben einer Kleidertruhe nieder und betrachtete staunend ihren Inhalt.

Mochte Max auch Freude an dem blitzenden Geschirr oder den ledernen Schuhen haben, Marie konnte ihren Blick nicht von dem Hemd aus Leinen wenden, das ganz zuletzt zum Vorschein kam. Es war aus schlichtem weißem Stoff, mit edlen Stickereien verziert und offensichtlich kaum getragen.

Sie dachte an Johanna, wie sie vor Jahren mit einem Ballen Stoff und Stickzeug in ihr Zimmer gekommen war und erklärte, was es damit auf sich hatte: Dass Marie von nun an manch freie Stunde ihrer Jugendzeit damit verbringen würde, ihr Brautkleid zu fertigen. Und dass sie sich besondere Mühe damit geben sollte, denn sie würde es zweimal in ihrem Leben tragen: zur Hochzeit und an ihrem Todestag.

Marie schauderte und legte das leinene Hemd wieder zurück in die Kiste zu all den anderen Dingen, die Max für wertvoll hielt. Wertvoll genug, um sie zur nächsten Ortschaft zu bringen und dem dortigen Ammann zu übergeben. Max war schon wieder aufgestanden und suchte nun nach etwas, womit sie die Truhe transportieren konnten, denn in ihre bloßen Hände würde nicht viel hineinpassen.

Draußen fand sich nur ein Leiterwagen – was Max auf eine verwegene Idee brachte: Warum nicht den Wagen nehmen, alles von Wert aufladen, das Pferd davorspannen und von nun an zu dritt durch die Gegend ziehen?

»Das Ross?« Unbehaglich drehte Marie den Kopf in Richtung Stall, wo der alte Gaul stand. Ihr Respekt vor den mächtigen Tieren war ungebrochen, und weder Stefans harte Schule noch Max' behutsame Versuche, ihr die Tiere näherzubringen, hatten etwas daran ändern können.

»Dann wären wir schneller in Rottweil und könnten nach deiner Familie sehen«, lockte Max.

»Ich weiß nicht …«

Maries Blicke glitten noch einmal zu der Truhe, in der Max inzwischen alles von Wert verstaut hatte. Sie war wirklich sehr schwer, zu Fuß würden sie sie nicht tragen können.

»Na gut. Aber um den Gaul musst du dich kümmern«, lenkte sie halbherzig ein. »Stefan hat einmal gesagt, sie vertrauen mir nicht, weil ich ihnen nicht vertraue – mag sein, aber ich kann das nicht.«

»Wenn es weiter nichts ist – das verspreche ich dir gern!« Fröhlich pfeifend machte er sich auf in den Stall, holte den mageren braunen Klepper heraus und legte ihm Kummet und Gurte an.

Wie geschickt das unter seinen Fingern ging – Marie war voller Bewunderung. Das Pferd stand still auf seinem Platz, die Ohren lauschend immer auf Max gerichtet, dessen Mund nie müde wurde. Immer wieder verfiel er in diesen Singsang, der auf scheinbar jedes Lebewesen beruhigend wirkte und auch bei ihr seine Wirkung nie verfehlte.

Schließlich gab Marie ihren Widerstand auf, kletterte auf den Wagen und ließ sich nach Oberndorf kutschieren. Dort, so hoffte sie, würden sie eine Belohnung erhalten, sich in einem Wirtshaus ein Zimmer nehmen und endlich einmal wieder ohne Angst schlafen können.

Doch die Einreise nach Oberndorf war schwerer als gedacht: Schon weit vor den Stadttoren warnte ein Schild davor, sich in bestimmten Dörfern und Ortschaften der Umgebung aufzuhalten, da die Pest dort hause.

»Wegen Zunahme der Seuche wird der Verkehr mit diesen Orten unter Strafe des Galgens verboten«, hörten sie einen Alten laut lesen – wieder einmal gab es Marie einen Stich, dass Jakob ihr diese Kunst nicht mehr hatte beibringen können. Wenn sie Johanna wiedersah, wollte sie ihr sagen, dass sie unrecht hatte: Lesen und Schreiben können war keineswegs überflüssig, sondern in manchen Situationen kostbarer als Geld.

An den Stadttoren selbst gab es Gedränge. Man hatte die Wachen verdoppelt, um jeden Wanderer und jedes Gefährt gründlich durchsuchen zu können, bevor man sie einließ.

»Wenn sie unsere Pestfahne finden, sind wir erledigt«, raunte Max und hielt den Karren an.

Marie nickte. So sehr ihr der Fetzen Stoff mit dem schwarzen Kreuz auch bislang Sicherheit geboten hatte, so gefährlich konnte er ihnen jetzt werden.

Leichtfüßig sprang sie vom Wagen und griff nach dem Stoff an Max' Gurt. Sie versteckte ihn unter ihrem Hemd und verdrückte sich in die Büsche, wie um sich dort geschwind zu erleichtern. Mit Hilfe von Stöcken und Steinen grub sie behände ein Loch, versenkte die verräterische Flagge darin und kam gerade noch rechtzeitig zurück, um ohne Aufsehen wieder auf den Wagen zu springen.

»Wen haben wir denn da?«, fragte der Wachsoldat, ein rotnasiger Mann mit Pockennarben auf Gesicht und Hals. Sein Anblick erinnerte sie an den aufgedunsenen Leichnam des Bauern, den sie gerade begraben hatten, und Marie musste den Blick abwenden. Sollte er denken, was er wollte, sie würde nicht mit ihm sprechen. Zu oft schon hatte ihre Stimme verraten, dass sie unmöglich Max' Bruder sein konnte, sondern höchstens seine Schwester. Einmal bei einer Lüge ertappt, konnten sie kaum mehr auf eine Anstellung durch den Rat der Stadt hoffen.

Marie schwieg also und blickte zu Max.

Was nun?, fragten ihre Augen.

Der grinste und log frei drauflos: »Wir bringen Kunde für den Ammann!«, behauptete er.

Der Soldat schien das nicht merkwürdig zu finden. »Welche Kunde?«, fragte er und schickte den zweiten Soldaten mit einer Kopfbewegung los, um den Wagen nach verdächtigen Dingen zu durchsuchen.

»Wir sind Pestknechte und haben im Umland nach verlassenen Höfen gesucht«, fasste Max sein Ansinnen zusammen. »Ich will ihm nun bringen, was von Rechts wegen ihm gehört – oder willst du mir das verwehren?«

Marie hielt sich schnell die Hand vor den Mund. Dem Ammann geben, was von Rechts wegen ihm gehört – besser hätte er es kaum formulieren können. Was blieb den Wachen nun anderes übrig, als sie einzulassen oder zumindest dem Ammann zu melden?

Der Soldat überlegte auch nicht lange und winkte sie durch.

Max und Marie bedankten sich und fragten nach einer Herberge, in der sie übernachten könnten.

»Gut, dass ihr fragt«, antwortete der jüngere Soldat und starrte Marie unverhohlen an. »Fragt euch zum

Goldenen Ochsen durch, dort wird sicher noch ein Plätzchen frei sein.« Dann beugte er sich vor und raunte: »Und lasst euch nicht nach Dunkelheit auf den Straßen sehen; wer nämlich keine Schlafstatt nachweisen kann, wird noch im selben Augenblick zum Stadttor gebracht und hinausgeworfen. Und was einem da draußen blüht, wisst ihr ja, oder?«

Das musste er nun wahrlich nicht extra ausführen! Jeder ehrbare Bürger einer Stadt zog sich nach Einbruch der Dunkelheit in ihren Schutz zurück. Übrig blieben nur Fremde, Herumtreiber oder gebrandmarkte Verbrecher, die niemand in seiner Nähe haben wollte.

Im Ort angekommen, wurden sie vom Ammann zunächst misstrauisch empfangen, dann aber für ihre Verhältnisse fürstlich entlohnt. Drei unbeschwerte Tage gönnten sie sich, wohnten in der vom Soldaten empfohlenen Schänke, nahmen jeder für sich ein Bad im öffentlichen Badehaus und wuschen sogar ihre Kleider.

Marie fühlte sich so wohl wie schon lange nicht mehr. Mit vollem Magen und ausgeruhtem Körper kam auch ihr Lebensmut zurück. Als daher der Rat der Stadt anfragte, ob sie auch die anderen Höfe absuchen und säubern würden, sagten sie zu. Es war bestimmt keine schöne Arbeit, aber sie würde ihnen zumindest vorübergehend den Lebensunterhalt sichern. Ihnen war es egal, dass sie als Pestknechte nur Aushilfen waren und von Toten leben würden. Solange die von der Stadt angestellten Totengräber mit ihrer Arbeit nicht nachkamen und Hilfe brauchten, würden sie ihr Auskommen haben.

Der Auftrag des Ammanns schützte sie nun vor Übergriffen, und auf den besuchten Höfen war ihnen ein Lagerplatz sicher, so oder so. War der Hof bewohnt, erklärten sie ihr Ansinnen; war er leer oder ausgestorben, verrichteten sie ihre Arbeit. Sie fingen das streunende Vieh ein, fütterten und molken es und nahmen sich, was immer sie brauchten. Falls Tote zu beklagen waren, hoben sie irgendwo eine tiefe Grube aus oder verbrannten die Leichname auf einem eilends zusammengetragenen Holzhaufen, bis nicht mehr viel zum Begraben übrig war. Währenddessen sorgten weitaufgesperrte Fenster und Türen dafür, dass der faulige Gestank abzog. sie säuberten die Räume, entfernten alle Spuren von Krankheit und Tod, wuschen wenn nötig sogar Wände und Türen ab und räucherten am Ende alles mit feuchtem Reisig aus.

Marie nutzte kleine Pausen, um sich einen Vorrat an Bibernelle und Baldrian zuzulegen. Sie gab davon auch jedem Räucherbüschel ein wenig bei und achtete sorgsam darauf, dass der Rauch bis in die hintersten Winkel drang. Selbst Max blieb nicht vor der Prozedur verschont.

»Warum machst du das?«, fragte er ungehalten. »Haben wir nicht genug zu tun, dass du dir die Zeit mit Spielereien vertreiben musst?«

Marie belehrte ihn schnell eines Besseren. »*Kocht Bibernell und Baldrian, wird die Pest ein Ende han* – Kennst du diesen Spruch denn nicht aus dem Lager der Landsknechte?«

Max schüttelte den Kopf, murmelte etwas wie: »Ach,

das …« und wendete sich wieder seiner eigenen Arbeit zu.

Von nun an fragte er nicht wieder, wenn Marie seltsame Dinge tat, Sprüche murmelte oder Kräuter sammelte. Erst als sie ihm von ihren Kräutern einen Tee bereiten wollte, protestierte er heftig.

»Was soll ich damit?«, rief er lauter als nötig und wehrte mit beiden Händen ab. Es hätte nicht viel gefehlt, und er hätte den Becher mit seinem dampfenden Inhalt auf den Boden geschleudert.

Marie war verzweifelt. »Gesund bleiben«, fauchte sie zurück. »Ich brauche dich, Max, weißt du das denn nicht?« Gereizt wischte sie sich die schweißfeuchten Haare aus dem Gesicht. »Ohne dich bin ich ein Niemand. Ein Mädchen mit Haaren wie Feuer, das jeden Pestkranken anrühren kann, ohne selbst zu erkranken – wie lange würde das noch gutgehen?«

Erneut hielt sie ihm den Becher mit Tee vor die Nase.

Max nahm die Tasse und trank den Inhalt gehorsam in kleinen Schlucken. »Also gut, dir zuliebe. Und du bist sicher, dass der Tee hilft?«

Marie lächelte schüchtern. »Ich hoffe es. Damit er besser schmeckt, habe ich Holunder dazugegeben.«

Gab es nichts mehr zu tun, verbrannten sie alles, was ohne Wert war, verluden den Rest auf ihren Wagen und kehrten zurück nach Oberndorf, um dem Ammann zu geben, was sein war. Es reute sie nicht, denn stets blieb ihnen genug, um ein paar weitere Tage zurechtzukommen. Nein, das schlechteste Leben war es nicht, welches sie jetzt führten.

So schwer Marie die Anfänge ihres neuen Berufes auch gefallen waren, so schnell fügte sie sich doch in das Unvermeidliche. Nach wie vor aber plagte sie die Angst, sie könnte Max an die Seuche verlieren, und so gab sie ihm täglich von ihrem Tee zu trinken. Wenn der Reim von Bibernelle und Baldrian sich über so viele Generationen gehalten hatte, musste doch einfach etwas Wahres daran sein!

Aber Marie selbst verzichtete auf das bittere Getränk; ihr Vorrat blieb klein, und sie rechnete nicht wirklich damit, dass sie sich anstecken könnte.

Maries Sorge um Max hingegen wuchs von Stunde zu Stunde. Längst war er mehr als ein Freund: Er war Kumpane und Bruder, Gefährte und Lebenssinn, keine Angst konnten sie voreinander geheimhalten und keine Freude. Ob das wohl die große Liebe war, von der Johanna erzählt hatte?

Besonders schlimm waren die Nächte, wenn die Geräusche verstummten und die Geister der Dunkelheit in ihre Träume drangen. So manches Mal, wenn sie Max im Schlaf husten oder stöhnen hörte, krochen Angst und Grauen hoch und ließen sie steif wie Wintereis werden. Immer wieder zogen die Bilder derer, denen sie Unglück gebracht hatte, an ihr vorbei: Die Bürger von Rottweil, die ihr die Schuld an allem Schlimmen gaben, das ihre Stadt heimsuchte; Lukas und Johanna, deren Geschäfte nicht gut gingen, weil sie Marie nach wie vor bei sich behielten; Hans, der kurz nach ihrer Rettung erkrankte und starb. Und Jakob, ihr Jakob, der in einer Art Liebestaumel glaubte, sie nicht vergessen zu können, und lieber im Kampf sterben wollte als allein zu bleiben …

Nein, nicht allen, dachte sie und lächelte kurz. Stefan, der alte Rossknecht – ihn zumindest hatte sie durch ihre rasche Flucht vor dem Schlimmsten bewahren können. Aber Max, ihr Freund, ihr Bruder, ihr Alles – was sollte sie tun, wenn auch ihm etwas zustieß? Wenn er die Krankheit bekam und starb und sie hier allein zurückließ? Wenn der Teufel sich fröhlich die Hände reiben und auch seine Seele zu all den anderen in seine dunkle Kammer zerren würde? Eine Seele, die er nur ihr allein verdankte?

Verzweifelt rang sie nach Atem und weinte leise. Dann endlich glomm ein erstes Licht hinter den Wolken, und mit der aufgehenden Sonne kam auch die Hoffnung zu Marie zurück. Sie faltete die Hände und dachte an die Worte des Rottweiler Pfarrers, mit denen sie aufgewachsen war: Die Pest, hatte er gesagt, sei ein Vetter des Teufels und diente diesem dazu, an reine Seelen zu kommen, die er sonst nie bekommen hätte. Und dass jeder, der mit der Pest in Berührung kam, wegen seiner Sünden vor Gott in Ungnade gefallen war.

Welche Sünden sie wohl begangen haben mochte, dass Gott sie nicht mehr mochte?

Marie brauchte nicht lange nachzudenken, zu oft hatte man es ihr schon vorgehalten: Sie hatte überlebt, hatte dem Teufel somit erlaubt, an ihren Fersen in die Stadt einzudringen und dort zu wildern. Und nicht nur das: Jetzt verdienten sie und Max mit der Pest sogar ihr

Brot – kein Wunder, wenn Gott nun Sühne dafür forderte.

Marie atmete tief ein und aus und schloss einen Pakt mit ihrem Gott: Wenn er ein Opfer wollte, dann sollte nicht Max gehen müssen. Ihr eigenes Leben war sowieso verwirkt; sollte Gott ihr Leben nehmen und das von Max und allen anderen verschonen.

So einigermaßen beruhigt fand sie schließlich zurück in einen leichten Schlaf.

11. EIN WERK DES TEUFELS

Max' Husten wollte nicht weichen, und zwei Tage später gesellten sich Brustschmerzen und Fieber hinzu. Marie sah den glasigen Blick, mit dem er vor sich hinstarrte, und dachte an den Sohn des Rottweiler Büttels, der sie so verspottet hatte.

»Nein, nein, nein!«, stöhnte sie. »Lieber Gott! Lass nicht zu, dass das passiert!«

»Lass nur, es ist nichts«, lachte Max und versuchte, seinen Zustand herunterzuspielen. »Ich habe geschwitzt, als wir die letzte Grube ausgehoben haben, und mich dabei wohl verkühlt. Nun muss ich die Folgen tragen, mach dir nichts draus. Der Husten geht bald vorüber, ich bin gesund wie ein junger Ochse!« Um sie davon zu überzeugen, schob er die Ärmel seines Hemdes hoch und ließ die Muskeln spielen – ein schönes, neues, dunkelblaues Hemd mit hübsch besticktem Kragen aus dem letzten Pesthaus.

»Siehst du, Marie? Du machst dir völlig umsonst Sorgen. Wir werden nicht krank, wir nicht!«

Marie nickte höflich und drehte sich weg, um ihre

Tränen zu verbergen. Ich nicht, dachte sie, weil jemand anderes noch Pläne mit mir hat. Aber du? Wer beschützt dich?

Unglücklich nestelte sie an ihrem ledernen Gurt herum und starrte auf die Hasenpfote. Konnte es wirklich sein, dass nicht der Teufel, sondern der Glücksbringer sie bisher vor der Ansteckung bewahrt hatte?

Ach Jakob …

Was gäbe sie dafür, ihn hier zu wissen, in ihrer Nähe, an ihrer Seite. Sie hätte ihn damals nicht wegschicken sollen.

Dann schüttelte sie den Kopf – so konnte das nicht weitergehen. Schließlich lebte sie nicht in Rottweil, nicht in der Vergangenheit, sondern hier und jetzt. Mit Max. Dem Einzigen, den sie noch hatte und der sie deshalb nicht verlassen durfte. Niemals!

Marie dachte an ihren Pakt mit Gott und lächelte müde. Sie löste den Glücksbringer und reichte ihn Max, doch der lehnte ab.

»Denkst du wirklich, das Ding da würde mich beschützen?«, sagte er ungehalten. »Ich weiß, von wem du es hast und was es dir bedeutet – und ich bin sicher, dass es nur den schützen kann, für den es gedacht ist.« Er drückte die weiche Pfote zurück in Maries Hand und schloss ihre Finger darum. »Wenn dieser Glücksbringer überhaupt eine Wirkung hat, dann die, dass er *dich* beschützt, Marie. Jetzt vergiss die dummen Gedanken und lass uns weiterziehen, wir haben noch ein Haus aufzuräumen.«

Diesmal schufteten sie in einem der gesperrten Dörfer im Umland, das schon jeden dritten Bürger an den Schwarzen Tod verloren hatte. Obwohl sie zur Verstärkung der angestellten Totengräber unterwegs waren, die der vielen Arbeit längst nicht mehr Herr wurden, waren sie nicht gern gesehen: Die Totengräber fürchteten um ihre Arbeit, die Bürger um ihre Gesundheit, waren sie doch nur Gelegenheitsarbeiter und somit eine mögliche Gefahr für alle.

An diesem Morgen nahm der Wirt des *Goldenen Ochsen* sie beiseite.

»Packt eure Sachen und verschwindet«, sagte er grob. »Ich will euch hier nicht mehr sehen.«

»Und warum das?« Max baute sich vor ihm auf und reckte das Kinn. »Sind wir euch auf einmal nicht mehr gut genug? Immerhin sind wir im Auftrag des Ammanns unterwegs!«

Der Wirt fuchtelte mit seinen groben Fäusten vor seinem Gesicht herum. »Ein edler Gast samt Gefolge hat sich für heute Abend angesagt, und so jemand schläft nicht gern neben Gesinde wie euch.« Verächtlich spuckte er vor ihnen auf den Lehmboden. »Oder denkt ihr etwa, dass euer Ammann mir diesen Ausfall ersetzen wird?«

Marie hielt Max zurück und versuchte es mit sanfteren Tönen. »Und wenn die hohen Herren wieder weg sind? Nehmt ihr uns dann noch einmal auf?« Verzweiflung legte sich über ihre Stimme. Wo sollten sie bleiben? Niemandem war es erlaubt, nach Einbruch der Dunkelheit in Dorf oder Stadt herumzustreifen.

»Ihr könnt ja später wiederkommen«, gab der Wirt schließlich nach. »Aber auf keinen Fall mehr als zwei Tage. Auf die Dauer will ich euch nicht hier haben; wer von den Toten lebt, ist kein ehrbarer Bürger. Ihr solltet weiterziehen. Bald!«

Marie ließ Max nicht mehr aus den Augen, dessen Bewegungen immer fahriger wurden. Seit Tagen klagte er über Müdigkeit, fand aber keinen Schlaf, und schon früh morgens quälten ihn Durst und Schmerzen. Marie schüttelte ihre Angst mühsam ab und brachte ihm Wasser aus dem Fass, das im Hof des Pesthauses stand. Es war nicht mehr ganz frisch, aber kühl.

Marie wusste, dass Wasser die Kraft hatte zu heilen: Es konnte die bösen Säfte aus dem Körper schwemmen und Platz für gute schaffen. Es würde helfen, Max' Pein zu lindern.

Plötzliche Unruhe und leise Schreie ließen sie umkehren. Max taumelte, schien gestürzt zu sein und blutete aus einer Wunde am Kopf. Die Menschen, teils Arbeiter und teils neugierige Nachbarn, bildeten eine Gasse und ließen ihn an sich vorbei, ohne eine Hand zu rühren.

Marie, die im Stillen dankbar für die kurze Pause gewesen war, hastete auf den Freund zu. Sie legte seinen Arm um ihren Hals und geleitete ihn zu einem großen Stein am Rande der Straße.

»Was gafft ihr so?«, fauchte sie die Umstehenden an. »Holt lieber einen Krug mit Wasser; ihr seht doch, dass es ihm nicht gutgeht!«

Doch keine Hand rührte sich, kein Fuß machte sich auf den Weg, ihnen zu helfen, waren sie doch Fremde, Pestknechte und keine Bürger dieser Stadt. Mit großen Augen blickten die Umstehenden ihnen nach, drehten sich dann aber um und verschwanden stillschweigend. Auch die anderen Totengräber, die mit ihnen zusammen aus Oberndorf gekommen waren, wendeten sich wieder ihrer Arbeit zu und gingen ins Haus.

Marie strich ihrem Gefährten das schweißnasse Haar aus dem Gesicht und erschrak. So heiß – wie konnte Max das nur aushalten ohne zu verbrennen? Sein Gesicht war verquollen und die Haut seltsam fahl. Sie versuchte sich zu erinnern: Seit Tagen schon hatte er kaum etwas gegessen, fehlender Appetit und Übelkeit erlaubten es nicht. Er atmete schwer, und sein Herz schien zu rasen – Marie wedelte ihm mit der Hand frische Luft zu in der Hoffnung, dass sie ihn kühlen könnte.

Da niemand half, musste sie warten, bis es Max wieder besser ging, bevor sie ihn zum Leiterwagen führen konnte. Wohin aber sollte sie ihn bringen? Zurück nach Oberndorf konnten sie kaum, schließlich hatte der Wirt sie hinausgeworfen. Was nun?

Sie entschied sich für einen Versuch und lenkte den Wagen zurück zum *Ochsen*. Max ließ sie draußen, zu verräterisch war sein schlechter Zustand. Der Wirt hatte schließlich ein Einsehen und erlaubte ihr, für diese Nacht noch Pferd und Wagen hinter dem Schuppen abzustellen, verlangte aber einen viel zu hohen Preis. So zahlte Marie lediglich für Pferd und Wagen und bereitete unter der Ladefläche des Karrens ihr Lager. Sehnlichst wünschte sie sich das Zimmer zurück, in dem sie vor neugierigen Blicken sicher gewesen waren.

Doch für solch unnütze Gedanken war jetzt keine Zeit: Marie musste ein weiteres Lager für Max richten, der bereits zu schwach dafür war, und das Pferd füttern und tränken. Sie verrichtete die Arbeit mechanisch, dachte nicht einmal mehr an ihre Angst. Irgendwie brachte sie sogar ein karges Nachtmahl zusammen.

Max war nicht zu bewegen, etwas zu essen, und so bettete sie seinen schweren Kopf in ihren Schoß, bis er in unruhigen Schlaf sank.

Schlaf du nur, dachte Marie. Morgen ist ja vielleicht alles wieder gut.

Vielleicht würden sie ja wirklich eine neue Stadt finden und in ihr eine neue Arbeit. Und vielleicht hatte Max dann eine Chance, wieder gesund zu werden. Es musste einfach gelingen, denn diese ewige Angst um ihn würde sie keinen Tag länger ertragen.

Doch der Morgen brachte keine Besserung, im Gegenteil: Neben Fieber und Übelkeit legte sich nun auch noch eine große Unruhe über Max, die ihn ständig in Bewegung hielt. Das Kopfleiden nahm zu und ließ ihn vor Schmerzen stöhnen. In der Leistengegend schwollen in kurzer Zeit mehrere schmerzhafte Beulen.

Ohne sich dessen bewusst zu sein, griff Marie an ihre eigene linke Leiste und spürte den alten Narben nach. Warum nur verschonte die Krankheit ausgerechnet sie, ein ums andere Mal, und vergriff sich nur an denen, die sie liebte?

Zwischendurch ließen Max' Beschwerden etwas nach, dafür fiel er in eine Art dumpfe Betäubung. Als er aus einem dieser Zustände kurz erwachte, um Wasser zu trinken, erkannte Marie kleine rote Punkte im Weiß seiner Augen. Sie erschrak und tastete nach seiner Leiste: Die Beulen waren weiter angeschwollen und nun von blauschwarzer Farbe; eine war bereits aufgebrochen und gab eine dunkle, faulig riechende und schleimige Flüssigkeit ab.

Spätestens jetzt wusste Marie, dass sie fortmussten. Die Bürger von Oberndorf würden seinem Sterben nicht tatenlos zusehen und ihn notfalls mit Gewalt in ein Pesthaus bringen, zu groß war die Angst vor einer Ansteckung.

Marie wuchtete den Freund auf den Wagen, vergaß ihre Scheu vor dem Pferd und spannte es an – eine Aufgabe, die ihr erst Stefan und dann Max bislang abgenommen hatte. Sie bezahlte dem Wirt mehr, als er für den Stellplatz verlangt hatte, damit er den Mund hielt, und vergaß in ihrer Eile sogar, den Lohn für die Arbeit des gestrigen Tages einzufordern. Sie griff den alten Gaul am Zügel und schnalzte, damit er sich in Bewegung setzte. Was immer jetzt kam, sie würde es allein bewältigen müssen.

Mit Max auf dem Wagen verließ Marie Oberndorf gen Süden. Sie trottete langsam und gleichmäßig neben dem Pferd her, setzte einen Fuß vor den anderen, ohne auf den Weg zu achten oder ein Ziel vor Augen zu haben, und wartete darauf, dass der Tag zu Ende ging und sie ein halbwegs stilles Plätzchen für das Nachtlager finden würde. Sie hatte genug über die Seuche gehört, um zu hoffen, dass Max einer von denen sein könnte, die überlebten. Mehrfach hatte sie von Kranken gehört, die nach einigen Tagen Fieber plötzlich genesen waren, warum also sollte es in diesem Fall anders sein? Die Pest hatte sie selbst ja auch verschmäht, was sollte sie daher an ihm finden?

Sie seufzte. Wen die Krankheit ergriff oder verschonte, wen sie behielt oder von wem sie sich wieder löste, das konnte ihr noch immer niemand sagen. Alles verlief nach einem Plan, den keiner zu kennen schien, zumindest kein Mensch. An jeder Ecke wurde etwas angeboten, das helfen sollte: Amulette, geheimnisvolle Steine, Tränke – Marie aber glaubte nicht daran, allenfalls an die Heilkraft mancher Pflanzen. Wenn sie nur mehr darüber wüsste! Wenn sie nur lesen und schreiben könnte und Geld genug hätte für Bücher oder einen Arzt, dann würde sie wissen, was zu tun war, und nicht rat- und hilflos irgendetwas zusammenbrauen.

Sicher wusste Marie nur eines: Es würde einen Zeitpunkt geben, an dem das Fieber wieder sank, und dann würde sich entscheiden, ob Max lebte oder starb. In einer Pause kramte sie daher ihre Hasenpfote hervor und legte sie zusammen mit einem eilig zusammengebundenen Kreuz aus Weidenzweiglein unter seinen Kopf. Sie betete inständig und hoffte, dass es ihm helfen würde. So lange zumindest, bis sie Max in Sicherheit wusste und ihren Teil des Paktes einlösen konnte: Um Max zu verschonen, würde sie gehen, fast schon bettelte sie darum. Vielleicht würde sie ja dann endlich Frieden finden, endlich niemandem mehr schaden.

So trieb Marie sich mehrere Tage im Land herum. Zum Schutz vor Dieben hatte sie eine neue Pestfahne gemacht und weithin sichtbar auf den Wagen gesteckt. Ihren Hunger stillte sie mit dem Wenigen, was sie am Wegesrand fand, den Durst an einem der zahlreichen Bäche. Viel Gelegenheit dazu gab es nicht, Pferd und Wagen mussten versorgt und der kranke Freund gepflegt werden, und so spürte sie kaum, wie die eigenen Kräfte immer weiter schwanden.

Am vierten Tag des Fiebers besserte sich Max' Zustand etwas. Er war nun öfter wach und verlangte sogar nach Speise. Zu ihrer großen Freude fand sie in der Nähe einen Bauern, der ihr für wenig Geld eine Koppel mit Unterstand zur Verfügung stellte. Sie versprach, die Fische im angrenzenden Teich in Ruhe zu lassen, brachte den Leiterwagen auf der Wiese zum Stehen, schirrte den Braunen zum Grasen ab und bugsierte Max in den Unterstand. Jetzt würden sie wenigstens von drei Seiten vor neugierigen Blicken geschützt sein und konnten ausruhen.

Sie hüllte Max, der noch immer abwechselnd unter heißem Fieber und kaltem Frost litt, mal in ihren grünen Umhang, mal in ein feuchtes, kühlendes Tuch und flößte ihm Nahrung und Wasser ein, wann immer sein Zustand es zuließ.

Gegen Abend endlich gelang es ihm, sich aufzurichten. Mit dem Rücken an einem der riesigen Speichenräder saßen sie so bestimmt eine Stunde beisammen, um das Spiegelbild der untergehenden Sonne im Teich zu betrachten.

»Ich hätte so gern deine Familie kennengelernt«, sagte Max plötzlich und griff nach ihrer Hand. »Du musst ihnen von mir erzählen, wenn du sie triffst.«

Marie schluckte. »Ich denke doch, dass du das selber kannst«, gab sie ausweichend zurück, »schließlich geht es dir von Stunde zu Stunde besser.«

Max antwortete nicht und schwieg weiter bis zum Abendessen. Marie hatte dem Bauern eine Scheibe Speck und ein Ei abgeschwatzt und kochte daraus zusammen mit etwas Hirse einen Brei. Max aber weigerte sich, davon zu essen, legte sich nieder und fiel in einen tiefen Schlaf, aus dem er bis zu seinem Tod zwei Tage später nicht mehr erwachen sollte.

Marie blieb bei ihm bis zuletzt, aß nichts, trank kaum etwas und sprach kein Wort. Als es dunkel wurde, wickelte sie seinen ausgemergelten Körper in ihren grünen Umhang und wunderte sich darüber, wie leicht er war und dass sie ihn ohne große Anstrengung hinter sich herschleifen konnte. Am Fischteich angelangt wusch sie den toten Freund zärtlich von Kopf bis Fuß und begrub ihn schließlich am Fuße einer Birke, deren Wurzeln halb ins Wasser reichten und dort eine kleine Höhle bildeten. Sie befestigte das Grab mit Steinen, gab obenauf eine Handvoll Vergissmeinnicht und verwischte dann die Spuren mit Laub und Erde.

Marie sprach weder noch weinte oder schlief sie. Hin

und wieder drängten sich Erinnerungen an ihre Familie in ihr müdes Hirn, doch an die wollte sie jetzt nicht denken. Sie nahm dem Pferd das Halfter ab und ließ es auf die Koppel zu den anderen hinaus. Dann packte sie ihr Bündel zusammen, füllte es mit Steinen vom Ufer und band es sich um den mageren Leib. So beschwert stand sie noch einige Augenblicke am sandigen Ufer und schaute in die Tiefe, in der nur hin und wieder ein Fischleib blitzte.

Max war tot, ihr Handel mit Gott also nichts mehr wert. Doch dieses Leben, das er ihr gelassen hatte, bedeutete ihr nichts. Was sollte sie auch damit, wenn es fortan für sie keine Freude mehr geben würde und keine Hoffnung, weder auf Glück, noch auf Friede oder gar Freundschaft. Wenn der Teufel sie nicht freigeben und Gott sie nicht haben wollte, sah sie nur einen Weg: den Teufel zu überlisten und seine Pläne, über sie an neue Seelen zu kommen, zunichtezumachen. Selber sterben und so niemanden mehr zu ihm führen. Wenn sie erst tot und vergessen wäre, würden die, die sie liebte, vielleicht endlich Frieden finden können.

Ein letztes Mal blickte sie in den Himmel, der sich heute in einem makellosen Blau zeigte. Sie lächelte den Wolken zu, die wie weiße Bälle frisch gewaschener Wolle herumtrieben, blinzelte einmal und stürzte sich kopfüber in die trübe Brühe.

Es waren nur wenige Züge, bis zur Mitte des Teiches, dann gewann der Sog an Macht. Die Steine, die sie zuvor um ihren Leib gebunden hatte, zogen sie rasch unter Wasser. Marie sah ein letztes Mal in die Sonne, die das Wasser in Licht zu verwandeln schien, und kämpfte einen Augenblick gegen den Drang, zurück an die Oberfläche zu stoßen. Dann schloss sie die Augen und überließ sich der Dunkelheit.

12. DER PHYSIKUS

Es waren nicht nur Geräusche, die Marie irgendwann an das Leben erinnerten. Ihr Körper schien in Bewegung zu sein, ohne dass sie sich regte oder etwas dazu tat. Vage spürte sie ein Ruckeln und Schaukeln, das ihr bekannt vorkam und Erinnerungen hervorrief. Woher nur kannte sie das?

Ihr Bewusstsein war schwach und klammerte sich an die letzte Erinnerung, die es fand. Ob sich so der Tod anfühlte? Wenn ja, wusste sie nicht, warum alle so viel Aufhebens darum machten. Doch der Augenblick währte nur kurz, und schon bald versank sie wieder in tiefer Dunkelheit.

Als sie das nächste Mal die Schwelle des Bewusstseins überschritt, drang eine Stimme zu ihr durch. Leise und kaum verständlich flüsterte sie, bildete Laute und Worte, die keinen Sinn ergaben und miteinander zu tanzen schienen. Sie spürte eine Hand, die ihre glühende Stirn berührte, und ein kühles Tuch erst im Nacken und dann am Bein. Sie schnappte nach Luft, sank dann aber wieder in die gnädige Dämmerung des Nichtwissens zurück.

Marie ahnte nicht, dass sie in einem Planwagen lag

und sich Stunde um Stunde, Tag für Tag weiter von Max und dem Tod entfernte, seinem wie ihrem. Sie hustete und fieberte, und manch einer hätte keinen Heller mehr um ihr Leben gegeben. Sie spürte kaum die starken Hände, die sie regelmäßig wuschen, betteten oder in heiße und kalte Wickel hüllten, noch die kühlende Kraft des Wassers, das zu jeder Stunde zwischen ihre aufgesprungenen Lippen geträufelt wurde. Ihr entgingen Sonne und Regen, Wind und Sturm und nicht einmal ein heftiges Gewitter mit Blitz und Donner brachte ihren verzweifelten Geist dazu, sich von dem Erlebten zu befreien und die Schwelle nach draußen zu überschreiten.

»Wenn du nicht bald zu uns zurückkehrst, werde ich aufgeben und dich in ein Hospital bringen müssen«, hörte sie jetzt eine tiefe Stimme sagen. »Meine Reise ist beendet, und ich muss zurück nach Hause, wo Arbeit auf mich wartet. Dann kann ich mich nicht mehr den ganzen Tag um dich kümmern.«

Die Stimme traf dunkel und klar auf geöffnete Ohren und drang bis in ihr Innerstes. Marie riss die Augen auf, erschrak über die Helligkeit und hielt schützend die Hände davor.

»Oh, guten Morgen, junger Mann. Oder sollte ich sagen: junge Dame?« Die Stimme lachte leise, und Marie spürte keine Angst. Sie klang bekannt, so als ob sie ihr seit langer Zeit lauschte, ohne je gewusst zu haben, wem sie gehörte.

»Bist du nun endlich bereit, dem Leben eine zweite Chance zu geben?«

Noch zögerte Marie, zu groß war die Versuchung, dem Sog in ihrem Innern nachzugeben und sich zurückgleiten zu lassen in das große Nichts. Doch da regte sich auch etwas anderes, wuchs mit jedem Atemzug und wollte sich nicht mit dem großen Schlaf zufrieden geben.

Vorsichtig, damit die Helligkeit sie nicht wieder blendete, wagte sie einen Blick zwischen den Fingern hindurch. Ihr gegenüber saß ein alter Herr, das kantige Gesicht von bereits ergrautem Haar und Bart umrahmt. Seine Kleidung war einfach, aber edel, und Marie war sicher, keinen Armen vor sich zu haben. Die kleine, etwas gedrungene Gestalt wirkte wenig furchteinflößend, und insgesamt glaubte sie, einen ruhigen und ausgeglichenen alten Mann vor sich zu haben.

Der Alte hatte ihr den Rücken zugedreht und zog an einer Plane, um ihre Augen vor der Sonne zu schützen.

Marie schrak kurz zusammen, als ihr die Bedeutung seiner Worte bewusst wurde: *Oder soll ich ›junge Dame‹ sagen?* Schnell lugte sie unter die grobe Decke – und errötete: Ihr Körper, offenbar frisch gewaschen, steckte in einem Tuch aus hellem Leinen. Ihre Kleider, die sie auf den Pesthöfen gegen die alten Fetzen getauscht hatte, lagen sauber und sorgsam gefaltet am Fußende der schmalen Bettstatt.

Als habe er seinen Gast schon wieder vergessen, begann der alte Mann nun zu summen und wandte sich wieder seiner Arbeit zu. Er griff in einen Kasten, holte einen Bund Kräuter nach dem anderen hervor, schnürte sie zu dichten Büscheln zusammen und knotete sie zuletzt an eine Leine, die kreuz und quer durch den Wagen hing. Marie bewunderte seine Finger, die lang und fein ihre Arbeit verrichteten, und verglich sie im Geist mit denen von Lukas und Curt.

Wie es ihnen wohl gehen mochte? Ob sie noch in Rottweil lebten? Wo war sie überhaupt? Und wie kam sie in diesen Wagen, zu diesem alten Mann?

»Wieso bin ich hier?«, fragte sie schließlich und hielt schnell die Hand vor den Mund, bevor ihr weitere Fragen entschlüpfen konnten.

Der Alte drehte sich gerade so weit, dass er sie aus den Augenwinkeln sehen konnte, und lächelte. »Weil sich der Bauer, der euch seine Wiese überlassen hat, über das fremde Pferd in seinem Pferch wunderte und danach sehen wollte«, gab er zurück. »Es war dein Glück, dass die Steine nicht schwer genug waren, um dich unter Wasser zu halten, und so triebst du ohne Bewusstsein im Teich. Dabei ist altes Wasser in deine Lungen geraten und hat sie verunreinigt; seitdem leidest du unter heftigem Fieber, das einfach nicht weichen will.«

»Aber ihr seid kein Bauer!«, stellte Marie fest und wunderte sich über die fremd klingende Stimme aus ihrem Mund.

»Nein, das bin ich wahrlich nicht. Ich heiße Magnus Hoffer, Physikus und ehemaliger Stadtarzt von Schiltach, der zufällig in der Nähe weilte. Der Bauer schickte nach mir und hatte angesichts der Pestfahne in deinem Gepäck keine Einwände, als ich dich mit mir nehmen wollte.«

Marie erinnerte sich wage: Ja, da war der Fischteich gewesen, Wasser, das Bündel mit Steinen um ihren Bauch … Sie schloss erneut die Augen. Sie brannten von der ungewohnten Helligkeit und zuckten schon kurz darauf in neuen Fieberträumen. Vage spürte sie die Hand ihres Pflegers, die einen längst warm gewordenen Wadenwickel durch einen kühlen ersetzte und ihr durchgeschwitztes Leintuch gegen ein frisches tauschte. Dann merkte sie nichts mehr.

Zwei Tage noch dauerte der Kampf, dann gewann Maries Lebenswillen gegen das tückische Lungenfieber und ließ sie von Stunde zu Stunde kräftiger werden. Als ihr wortkarger Begleiter dieses Mal sein Pferd, einen kräftigen Rotschimmel, zum Stehen brachte, saß sie bereits neben ihm auf dem Bock, eingehüllt in eine Decke, und betrachtete die Landschaft. Sie trug wieder ihre Frauenkleider und vermisste die Wärme des grünen Umhangs, der bei Max geblieben war.

Max …

Um sich abzulenken schloss Marie die Augen und versuchte zu erraten, durch welche Art Landschaft sie zogen. Der Wagen knackte und knarrte in jeder Kurve, und Marie spürte an dem Geruckel, dass es mal steil aufwärts ging und dann wieder tief hinab – es musste bergig sein. Sie roch Fichten und Föhren und sehnte sich nach ihrer Heimatstadt Rottweil. Schweigend genoss sie den teils dunklen Wald und die kleinen Orte und Höfe, durch die das Pferd sie zog, sprach aber noch immer kein Wort und gab auch sonst kein Zeichen von sich.

Schließlich hielt der Alte den Schimmel an.

»Wir sind da, junge Dame. Hier wohne und arbeite ich.«

Das Gehöft, auf dem sie sich befanden, lag außerhalb der letzten Ortschaft. Es klebte wie ein Nest am Fels, der hier alles umgab, nicht dazugehörig und doch nicht wirklich allein. An der einen Seite grenzte der Hof an einen Wald, an der anderen floss ein kleiner Bach. Dahinter konnte sie einen halbzugewachsenen Weg nach oben erkennen – was es dort wohl geben mochte, dass man eigens einen Weg angelegt hatte?

Maries Gedanken waren noch immer langsam, und es fiel ihr schwer, Zusammenhänge zu begreifen. Sie hätte den alten Heiler eher innerhalb einer großen Stadt erwartet als hinter einem unbedeutenden Ort. Seiner Kleidung und dem nicht gerade kleinen Hof nach zu urteilen, war der Physikus nicht arm. Vielleicht hatte er sich ja auch nach all der Arbeit hierher zurückgezogen und genoss die einsame Lage – wie sie. Marie fühlte sich noch längst nicht stark genug, anderen Menschen zu begegnen, und war froh um diese Atempause.

Sie sah ihrem Pfleger beim Abladen des Wagens zu. Er war nicht besonders groß, dafür flinker und kräftiger als gedacht. Sein Schritt war sicher, und die Hand, mit der er einen Beutel nach dem anderen aus dem Wagen hob, zitterte nicht. Offensichtlich kam der Alte gut allein zurecht. Was also mochte ihn getrieben haben, ein halbtotes Mädchen aufzulesen und mit nach Hause zu nehmen?

Marie räusperte sich. »Warum reist Ihr wochenlang

in der Gegend herum und befasst Euch mit Findlingen wie mir, statt Euch um Eure Kranken zu kümmern?«

»Ich praktiziere schon seit Jahren nicht mehr«, antwortete Magnus und hob den letzten Korb herunter. »Als ich merkte, dass das Alter mir zu schaffen macht, suchte ich einen Nachfolger und kaufte diesen wundervollen Hof am Fuße des Schramberges. Hier kann ich mich nun endlich meinen Studien widmen, Bücher über Kräuter und Heilkunst lesen und nach neuen hilfreichen Tränken forschen. Ich versuche, möglichst viel von diesem Wissen aufzuschreiben in der Hoffnung, dass es jemanden interessiert.«

»Dann seht Ihr also kaum einen Menschen, wenn Ihr hier seid?« Noch war Marie unsicher, ob sie das gut oder schlecht finden sollte, schließlich hatte sie sich einem Mann in die Hände gegeben, den sie gar nicht kannte. Und auch wenn er nicht gerade als Landsknecht durchging, war er doch stärker als sie.

»Ich praktiziere nicht mehr offiziell, aber wenn jemand mich um Hilfe bittet, sage ich nicht nein. Doch das kommt nur noch selten vor, und so wirst du hier die Ruhe finden, die du brauchst.«

Erneut wuchtete er einen Korb vom Wagen. Marie betrachtete seine Hände: Sie waren rau und faltig und voller dunkler Flecke, wie alte Menschen sie haben. Es wunderte sie, dass diese Hände nicht zitterten, obwohl sie selbst sich nach der langen Reise so schwach fühlte wie ein neugeborenes Fohlen.

»Ich habe dich auf einer meiner Reisen ins Umland aufgelesen«, fuhr Magnus fort. »Ich liebe diese Reisen;

besonders jetzt im Frühsommer, wo die Pflanzen schnell wachsen und eine besondere Kraft haben.« Er nieste und machte sich daran, den Schimmel vom Geschirr zu befreien. »Verrätst du mir nun deinen Namen, oder muss ich weiter *Jungfer* zu dir sagen?«

Marie betrachtete ihn lange und gab sich schließlich einen Ruck. »Ich heiße Marie. Marie Armbruster.«

»Mündel des Zimmermanns Lukas aus Rottweil, ich weiß.«

Sie öffnete den Mund, um etwas zu sagen, brachte aber keinen Satz zustande. »Woher …«

»Du hast viel geredet im Fieber«, wich der Alte aus. Er griff nach dem Halfter aus grobem Strick, führte den Wallach auf eine schattig gelegene Wiese hinter dem Haus und pflockte ihn an.

Seine Art, mit dem Ross umzugehen, erinnerte Marie an Max, und wieder spürte sie einen Kloß im Hals. Schnell drehte sie sich um und betrachtete die Umgebung.

Es war ein hübsches kleines Häuschen, an dem sie gehalten hatten. Balken aus dunklem Holz hoben sich von den weiß gekalkten Wänden ab, und sein tief gezogenes Dach aus Riedgras schützte es sommers wie winters vor dem Wetter. Links neben der Eingangstür gab es noch eine weitere, kleinere; Marie vermutete darin den Abort. Vor dem Häuschen sah sie einen kleinen Brunnen und schaute zu, wie der Alte einen Eimer mit dem frischen Nass füllte und ihn dem Ross zum Saufen brachte. Da sie nichts anderes zu tun hatte, stieg sie vom Kutschbock hinunter und folgte ihm.

»Kennst du dich mit Tieren aus?«, fragte Magnus in ihre Gedanken hinein.

Marie schluckte an den aufsteigenden Tränen und nickte stumm. »Ein wenig.« Das war nicht einmal gelogen, denn zum Haushalt des Zimmermanns hatte auch eine kleine Schar Hühner gehört, und bei Max hatte sie mehr über Pferde gelernt, als ihr lieb war.

Max …

Sie schüttelte heftig den Kopf, um die Tränen zu vertreiben.

»Wenn ich auf Reisen bin, könnte ich hier jemanden brauchen«, fuhr der Alte fort. »Außer dem Gaul habe ich noch eine Kuh, die jetzt bei einem Bauern im Stall steht, und einige Hühner, die bislang vor jeder Reise ihr Leben verlieren. Darüber hinaus verlangen Haus, Garten und Kräuterstube ihr Maß an Pflege, damit sie nicht verderben.« Er seufzte. »Ich könnte hier Hilfe brauchen.«

Marie antwortete nicht, sondern strich mit der Hand durch das hüfthohe Gras. Jetzt im Frühsommer, wo die Pflanzen besonders schnell wachsen, hatte Magnus gesagt. Sie gab ihm recht: Längst war der Löwenzahn verblüht, nur vereinzelt stand noch die eine oder andere weiße Flocke im Gras. Die ersten Walderdbeeren zeigten sich am Koppelrand, und hoch am Himmel trällerte eine Lerche ihr Lied – es mussten Tage, vielleicht sogar Wochen vergangen sein, seit sie Max begraben hatte.

Der April war noch jung gewesen, als sie Rottweil verlassen musste, und kaum vier Wochen später schon flohen sie vor den Söldnern. Knapp vier Wochen hatten sie auf Wanderschaft und als Pestknechte verbracht, dann wer weiß wie lange in Magnus' Wagen – es dürfte jetzt Anfang oder Ende Juni sein, und der Frühling war längst vorbei.

Verträumt pflückte sie einen weißen Ball voller Löwenzahnsamen, zupfte die Fäden ab und schaute ihnen nach, wie sie im Wind davonschwebten. Löwenschnee hatte Thomas früher dazu gesagt und sich einen Spaß daraus gemacht, die weißen Flocken zu jagen.

Ach Thomas, Johanna, Lukas – wie mochte es ihnen wohl ergangen sein?

»Schramberg«, überlegte Marie und sah zu, wie der Schimmel sich genüsslich an einem knorrigen Baum die Flanke rieb. »Das ist nicht weit von Rottweil entfernt, nicht wahr?«

Magnus wuchtete das schwere Kummet, das der Schimmel um seinen Hals getragen hatte, auf einen Balken.

»Was willst du in Rottweil?«, wich er aus. »Der Zimmermann Lukas ist längst fort; soweit ich gehört habe, bekam er keine Aufträge mehr und wollte in einer anderen Stadt noch einmal von vorne beginnen. Wohin er mit seiner Familie dann gegangen ist, habe ich leider nicht in Erfahrung bringen können.«

Marie sah ihn mit großen Augen an. »Ihr kennt meine Familie?«

»Nicht direkt.« Magnus graue Augen waren klar und forschend, und es fiel Marie schwer, ihnen standzuhalten. »Ich habe mich erkundigt, nachdem du im Fieber immer wieder von ihm geredet hast. Für einen

Mann meines Standes ist das nicht schwer, musst du wissen.«

»Was hab ich noch erzählt?«

»Nichts, was jetzt noch von Belang wäre.« Er drehte sich um und schritt langsam in Richtung Haus. Plötzlich schien alle Kraft aus seinem Körper gewichen zu sein, und er war nur noch ein kleiner alter Mann.

»Brauchst du meine Hilfe oder schaffst du den Weg allein?«, fragte er über die Schulter. »Du warst sehr krank, Marie, und solltest dich schonen.«

Marie fröstelte und rieb sich die mageren Schultern. Die wenigen Meter bis zum Haus erschienen ihr auf einmal unendlich weit zu sein, und am liebsten hätte sie sich auf den feuchten Boden gelegt und geschlafen. Doch Schritt für Schritt, Pause für Pause, erreichte sie die Tür, trat ein und sackte schließlich ermattet auf die Bank.

Sie sah Magnus zu, wie er ein kleines Feuer entfachte und aus Dörrfleisch, Gemüse und Kräutern eine stark riechende Suppe kochte. Ihr Magen reagierte und knurrte.

»Iss du nur«, brummte der Alte und schob ihr eine Schale samt Löffel über den Tisch. »Reden können wir noch, wenn du wieder bei Kräften bist.«

Marie folgte. Die Suppe war noch zu heiß, und so hatte sie Zeit, sich in seiner Hütte umzusehen.

An der gegenüberliegenden Wand gab es eine Tür, die offenbar in Magnus Kräuterküche führte, denn zwischen all dem Rühren und Abschmecken ging er immer wieder hinein, um frische Kräuter zu holen oder die neuen hineinzutragen. Es reizte sie, ihm nachzugehen und zu sehen, was er dort trieb, doch sie war zu müde. So blieb sie einfach sitzen und genoss die Wärme.

Zwei starke Holzbalken in der Mitte des Raumes trugen die Decke; in dem Spalt zwischen ihnen lagen Holzscheite fein säuberlich aufgestapelt, so dass Magnus trockenes Holz für sein Feuer jederzeit griffbereit hatte.

Zu Hause hatten sie ihr Holz hinter dem Haus gestapelt, erinnerte sich Marie, mit dem Ergebnis, dass es oft feucht gewesen war und rauchte. Aber sie waren auch sechs Personen gewesen, wenn sie Curt und Jakob einrechnete.

Jakob …

In der Ecke stand ein schmales Bett, belegt mit einer bauschigen Decke. Ob es wohl mit Stroh gefüllt war wie bei ihnen daheim? Oder eher mit weichen Daunen wie bei den reichen Bürgern?

Mit zunehmender Unruhe suchte Marie nach einem zweiten Bett. Wo sie wohl schlafen sollte?

Magnus deutete ihr Gezappel richtig und wies auf die Nische zwischen Kachelofen und Wand. »Dort kann ich dir fürs Erste ein Lager richten. Du kannst aber auch bei dem Schimmel schlafen, wenn dir das lieber ist, im Stall ist Platz. Frisches Stroh und Decken sind da, es wird dir also an beiden Orten an nichts mangeln.«

Obwohl ihr unwohl war bei dem Gedanken, mit dem fremden Mann in einem Raum zu schlafen, entschied

Marie sich für das Bett in der Stube. Hatte er sie nicht über Wochen hinweg gepflegt, ohne ihr etwas anzutun, und dabei längst alles gesehen, was es zu sehen gab?

Sie war zu müde, um aufzustehen, und wehrte sich daher nicht, als Magnus ihr auf das Lager half, die Schuhe von den Füßen zog und sie in eine warme Decke hüllte. Als seine Hand ihre Stirn berührte, um zu fühlen, ob das Fieber zurückgekehrt war, drehte sie den Kopf zur Seite und stellte sich schlafend.

Magnus ließ sie gewähren und löschte das Licht.

13. IN DER KRÄUTERKÜCHE

Magnus drängte Marie in den folgenden Tagen und Wochen zu nichts. Er achtete darauf, dass ihr Tag möglichst gleichförmig verlief und sie sich geborgen fühlte. Die regelmäßigen Gänge in die nahe Stadt Schramberg unternahm Magnus allein, zu sehr hätten sie Marie geängstigt und gefordert. Bei diesen Gelegenheiten pflegte er seine Kontakte und kaufte ein, was sie so brauchten und nicht aus den eigenen Vorräten bestücken konnten. Magnus kochte täglich und bestand auf mehreren Mahlzeiten am Tag, damit sie sich von den körperlichen und geistigen Strapazen erholen konnte. Außer an den Fastentagen gab es immer Fleisch, Marie lernte manch neues Gericht kennen und bewunderte den Duft unbekannter Kräuter.

Magnus holte seine Kuh zurück, die inzwischen ein Kalb bei sich führte, brachte den Garten in Schuss und widmete sich ansonsten den Salben und Tränken. In anderen Stunden las er in seinen Büchern über Heilpflanzen oder beschäftigte sich mit den Kräutern. Er trocknete oder presste sie und füllte die zum Teil scharfriechenden Essenzen in tönerne Flaschen und Tiegel, um später Salben, Säfte und Tinkturen daraus zu machen.

Marie, die seinem Treiben erstaunt zusah, schwieg lange, kaum dass sie mehr als ein »Ja« oder »Nein« zur Antwort gab, wenn Magnus sie etwas fragte. Lediglich wenn er mit seinen Kräutern arbeitete, begannen ihre Augen zu glänzen und brachten Leben in ihr Gesicht. Der Alte freute sich darüber und sprach nun immer häufiger auch von sich aus über das, was er tat.

»Das hier ist der Saft vom Löwenzahn«, sagte er eines Tages wie zu sich selbst. »Er sieht harmlos aus wie Milch, ist aber schärfer als Essig. Richtig angewendet kann er Warzen verbrennen oder dunkle Male wegätzen; sieh dich also vor, wenn du den Tiegel trägst, sein Inhalt ist nicht ungefährlich.«

»Hier ist nichts ungefährlich«, erwiderte Marie und wies auf ein Gefäß, in dem eine dunkle Flüssigkeit sicher verschlossen auf seinen Einsatz wartete. Dass ein Band darum geschlungen war, verriet Marie, dass der Inhalt gleichwohl kostbar und unheilvoll sein musste.

Magnus brummte. »Tollkirschenextrakt – eines Tages werde ich dir vielleicht verraten, was es damit auf sich hat. Derweil musst du dich damit begnügen, dass dieser Saft heilen oder töten kann, ganz wie du ihn verwendest. Sei froh, dass du noch nie darauf angewiesen warst, seine Wirkung zu testen.«

Marie dachte an Max' qualvolles Sterben und schwieg. Was hätte sie in seinen letzten Stunden alles für einen solchen Trunk gegeben, sogar ihr Leben. Von dem sie noch immer nicht wusste, ob sie es überhaupt wiederhaben wollte.

Marie lernte schnell und gern. Bald wusste sie, wie man Salben gegen offene Beine bereitete, konnte einen Schlaftrunk brauen oder Öl zur Behandlung blauer Flecke und wunder Stellen herstellen. Auch die Mittel gegen Husten, Magenschmerzen, Appetitlosigkeit oder Würmer lernte sie kennen und anwenden, je nachdem, wonach die Menschen aus Schramberg verlangten. Und sie verlangten viel und oft nach den Diensten des Heilers. Marie war dankbar, dass Magnus sie einfach gewähren ließ.

Längst hatte er ihr das ehemalige Vorratslager eingerichtet und Bett und Truhe hineingestellt; nun hatte sie einen Platz für sich, an den sie sich zurückziehen konnte.

Eines Tages beschloss Marie, etwas gegen die aufkeimende Langeweile zu tun, und griff nach einem von Magnus Kräuterbüchern neben dem Herd. Er war im Garten beschäftigt, und so hoffte sie, es später unbemerkt wieder an seinen Platz stellen zu können. Zurück in ihrer Kammer setzte sie sich mit gekreuzten Beinen auf ihr Bett, breitete das Buch vor sich aus und versuchte, die Schriftzeichen zu entziffern. Ihre Finger fuhren die Schnörkel und Linien entlang – wie schön es war! Ach, was würde sie nicht alles geben, um ihm sein Geheimnis zu entlocken!

Völlig versunken in diese Welt, erschrak Marie zu

Tode, als sie ein Räuspern vernahm – Magnus! Sie fühlte sich ertappt, sprang auf und wollte zur Tür hinauslaufen, doch der alte Physikus ließ sie nicht hindurch.

»Keine Angst, Marie, ich bin dir nicht böse«, sagte er. »Du kannst lesen?«

Marie wand sich. »Nicht wirklich«, gestand sie. »Jakob, mein … ein Geselle meines Onkels, der in Rottweil bei uns lebte. Er hat mir den einen oder anderen Buchstaben gezeigt. Hier, den zum Beispiel.« Sie schlug das Buch wieder auf und suchte mit dem Finger nach der richtigen Stelle. »Das hier ist ein O. Den Buchstaben erkenne ich, weil er aussieht wie ein Ornament auf Johannas Wäschekasten. Oder das hier« – vor Eifer röteten sich ihre noch immer blassen Wangen. »Das ist ein S, seine Linie krumm wie eine Schlange. Und hier das A – so hat Jakob es mir gezeigt, aber wir sind nicht weit gekommen.«

Magnus geriet nun selbst in Eifer. »Ich beherrsche das Lesen gut, und auch das Schreiben ist mir kein Buch mit sieben Siegeln. Ich bin zwar kein Schulmeister und mag manchmal etwas ungeduldig sein, aber in der Regel trägt man es mir nach. Wenn du willst, kann ich dir das Lesen beibringen, Marie.«

Marie vermochte ihr Glück kaum zu fassen. »Ob ich will, fragst du? Natürlich will ich, es lockt mich mehr als alles andere, schon seit Jakob mir das erste Zeichen schenkte. Zwar denkt Johanna, dass das überflüssige Künste sind und Zählen im Leben einer Frau reichen mag, aber ich will und muss es lernen. Wenn ich mir dieses Buch dort ansehe und mir vorstelle, welch großes Wissen darin verborgen ist … Bitte zeig es mir, Magnus. Bring mir bei, zu lesen und zu schreiben. Und alles über die wundersamen Pflanzen aus deinem Buch.«

Magnus lachte, und Marie fühlte sich seltsam leicht dabei. »Langsam, langsam, Marie, eins nach dem anderen. Lass dir Zeit: Übe jeden Tag ein wenig, und du wirst sehen, dass es dir bald so leicht fällt wie das Laufen. Es ist eigentlich ganz einfach …«

Der Arzt griff nach dem Buch und ließ Marie die Buchstaben finden, die sie schon kannte: A, O und S. Dann sollte sie einen weiteren, neuen Buchstaben suchen, einen ihrer Wahl. Sie entschied sich für das U wie Ufer, weil es so schön vibrierte im Hals, wenn sie es sprach.

Interessiert sah sie zu, wie Magnus eine Schale mit Sand füllte und vor ihr auf den Tisch stellte. »Nun suche diese vier Buchstaben im Buch und male sie im Sand nach«, forderte er.

Marie folgte mit glühenden Wangen. Sie malte und malte, immer wieder, bis es keinen Fehler mehr gab.

»Und jetzt?«

»Jetzt kannst du schreiben.«

»Jetzt schon?«

»Ja, natürlich.« Magnus lachte leise. »Noch nicht alles, aber immerhin ein erstes Wort.« Er ließ sie nacheinander die Buchstaben S, A und U in den Sand malen und fragte, was dort stehe.

Marie machte große Augen und zuckte mit den Schultern.

»Stell dir vor, die Buchstaben seien Perlen an einer Kette. Lies sie und sprich dabei laut vor dich hin, ohne Pause.«

Marie versuchte es. »SSS … AAA … UUU … S … a … u … Sau! Magnus, da steht Sau! Sau wie Schwein! Oder wie das Ferkel, das du dem Hirten mitgegeben hast, damit er es bis zum Herbst weidet und mästet. SAU – ich kann lesen!« Begeistert sprang sie auf und fiel ihrem Lehrer um den Hals. »Ich kann lesen!«

»Ja, Marie, das kannst du. Und bald wirst du noch viel mehr können als das.«

Von nun an verbrachte Marie manche Stunde mit ihrer Schale vor dem Buch, mal mit Magnus und mal ohne ihn, und übte die Buchstaben im Sand. Bald schon konnte sie einfache Worte lesen und schreiben und wünschte sich, der Tag gäbe mehr Zeit für solche Beschäftigungen her.

Wenn sie weder las noch arbeitete, lauschte sie aufmerksam dem, was Magnus von seinen Krankenbesuchen erzählte. »Hör auf mit deinen Schröpfköpfen und Klistieren«, jammerte sie eines Tages, »die interessieren mich nicht. Sag lieber, was du dem hässlichen alten Mann gegen seinen Durchfall gegeben hast.«

»Aber das gehört doch alles zum Beruf des Heilers dazu«, mahnte Magnus, und zum ersten Mal verstand Marie, warum er sich all die Mühe mit ihr machte: Er war allein und hatte weder Familie noch Angestellte, denen er sein Wissen weitergeben konnte. Und er würde nicht ewig allein zurechtkommen.

Sie lehnte sich zurück, bis die Wand hart in ihren Rücken drückte, und dachte nach. Sie, Marie Armbruster, Tochter des Schindelmachers und Mündel des Zimmermanns, angelernte Marketenderin und Beinahe-Dirne, Pesthelferin und nun Dienstmagd, sollte bei einem Physikus in die Lehre gehen?

Sie schüttelte den Kopf. »Nur die Kräuter, Magnus«, murmelte sie und erhob sich. »Nur die Kräuter. Tinkturen und Salben vielleicht, und von mir aus Verbände, das will ich gerne lernen. Aber für alles andere musst du dir jemand anderen suchen.«

Nicht selten kam es vor, dass an die Tür geklopft und nach dem Rat des Physikus gefragt wurde. Gebraucht wurde er von allen: Reiche, Arme, Junge, Alte, Frauen, Männer – es machte keinen Unterschied. Meist seufzte Magnus dann, griff nach seinem Beutel, wählte etwas aus seinem Vorrat und verschwand – Marie wusste nie, wohin oder wie lange. Kam er zurück, sah er angestrengt und müde aus, und manches Mal hatte sie anschließend viel Mühe, um Blut oder andere Flecken wieder aus seinen Kleidern zu waschen.

Marie half wortlos, wo sie konnte. Längst war sie froh um all die Stunden, die Johanna geduldig damit verbracht hatte, sie in die Grundlagen der Hauswirtschaft einzuweisen. Wie hatte sie sich gesträubt, manchmal sogar mit Absicht Fehler gemacht oder sich dumm gestellt in der Hoffnung, endlich von diesen lästigen Pflichten befreit zu werden. Doch Johanna hatte sich nicht erweichen lassen, und nun war Marie dankbar dafür.

Je weiter die warme Jahreszeit ihrem Höhepunkt entgegensah, umso ruhiger wurde es in Marie. Längst hatte sie die meisten Aufgaben rund um das Haus übernommen und scheute auch vor schwereren Arbeiten nicht mehr zurück; der immer gleiche Tagesrhythmus und die Arbeit in der freien Natur hielten sie vom Grübeln ab, und dafür war sie dankbar. Langsam kam auch wieder Farbe an Gesicht und Hände, und sie lächelte bei dem Gedanken, wie viel Wert sie in Rottweil auf vornehme Blässe gelegt oder mit wie viel Mühe und Eifer sie sich auf der Flucht Haut und Haar gefärbt hatte. Auch wenn sie jetzt als Magnus Gehilfin vor der Stadt lebte, fühlte sie sich zum ersten Mal nicht mehr ausgestoßen.

»Warum hast du eigentlich keine Frau?«, fragte sie eines Tages. Sie hatte ihre Scheu längst abgelegt und redete, wann immer ihr danach war.

»Ich war einmal verheiratet«, antwortete ihr Mentor. »Doch meine Frau starb an der Pest, noch ehe sie mir das erste Kind schenken konnte.«

»Und du?« Marie wurde ganz still und wagte kaum zu atmen. »Bist du auch krank geworden?«

Statt einer Antwort zog Magnus sein Hemd hoch und zeigte ihr die Narben alter Pestbeulen am Bauch.

Marie erblasste und schlug die Hände vor das Gesicht. Bei Max hatte es in der Leiste begonnen, bei ihr unter der Achsel …

»Es ist kein Fluch, Marie, wenn man die Pest überlebt«, sagte Magnus eindringlich und rückte näher. »Ich habe Kinder gesehen, die von todgeweihten Müttern gesäugt wurden und die dennoch nie erkrankten. Und Menschen, die wie du und ich die Seuche überlebt haben. Sie bekamen dabei etwas geschenkt: Sie erkranken nicht noch einmal.«

»Nein, nein, hör auf, ich will das nicht hören!«, brach es aus Marie heraus, und sie wollte sich die Ohren zuhalten. Doch Magnus wusste das zu verhindern, hielt ihre Hände fest und zwang sie, ihn anzuhören:

»Es ist kein Fluch, Marie, es ist eine Gabe. Keiner weiß, warum das so ist, aber wir beide gehören zu denen, die der Pest die Stirn bieten können. Wen es trifft, wen sie frisst oder verschmäht oder einfach wieder ausspuckt, das weiß niemand, aber wenn du zu denen gehörst, die sie nicht will, dann bist du auserwählt, bist du Gottes Werkzeug!«

»Woher willst du das wissen?«, schrie sie.

»Nach dem Tod meiner Frau wollte ich sterben und suchte den Tod, wie du. Aber ich wollte ganz sicher gehen und meldete mich daher freiwillig für den Dienst im Pesthaus. Ich wusch die Kranken mit Essig ab, gab ihnen reines Wasser zu trinken, linderte ihre Schmerzen und brannte ihre Wunden aus. Und ich wurde krank. Aber während all die anderen um mich herum starben, genas ich und erkrankte seitdem nie wieder, egal, wie oft ich der Pest auch ins Auge sah.« Er atmete heftig. »Und du kannst das auch, Marie, sieh doch hin! Du hast diese Gabe, genau wie ich!«

»Nein, nein!«, schrie Marie und schlug seine Hände fort. »Das ist keine Gabe! Das ist Teufelswerk!«

»Nein, ist es nicht!« Magnus hielt dagegen, erhob

zum ersten Mal, seit sie sich kannten, die Stimme gegen sie. »Glaub mir doch: Es ist Gottes Wille und Gottes Werk. Denk doch nur, was du mit dieser Gabe alles Gutes tun kannst: Du gehst ohne Furcht zu den Kranken, und wer weiß, vielleicht rettest du dem einen oder anderen damit das Leben. Das kann kein Teufelswerk sein, Marie, denn der Böse würde nie zulassen, dass Gutes aus seinem Willen wird.«

Marie hatte zu viel gehört. Sie riss sich los und flüchtete zu dem alten Schimmel, der gutmütig ihr Weinen über sich ergehen ließ und mit seinem Schweif die Fliegen vertrieb.

Irgendwann ebbte ihr Schluchzen ab und übrig blieben Magnus' Worte: Es kann kein Teufelszeug sein, wenn Gutes daraus erwächst!

Pestmarie! Hexenkind!, bohrte es in ihrem Kopf.

»Es ist eine Gabe, kein Fluch!«, hielt sie dagegen

Sie dachte an die Vorwürfe der Rottweiler: Liebeszauber, nächtliche Besenritte mit dem Teufel, Pestflüche … und begriff, dass Jakob recht gehabt hatten. Sie hatten Angst gehabt, all die Jahre, vielleicht mehr als sie selbst.

»Es ist eine Gabe!«, sagte sie erneut, lauter diesmal, wie um sich selbst zu überzeugen. »Kein Fluch!« Aus dem Augenwinkel erkannte sie Magnus, der ihr hinterhergekommen war; er zögerte, nickte, dann drehte er wieder um und ging zurück ins Haus.

Nein, dachte Marie. Dass sie die Pest überlebt hatte, war kein Fluch, war es nie gewesen. Und sie hatte jetzt die Gelegenheit, das zu beweisen. Ab sofort würde sie noch eifriger lernen und eines Tages ohne Angst in Magnus' Fußstapfen treten. Aber nicht als Physikus, sondern als Kräuterweib, als Heilerin.

Dein Tod war nicht umsonst, Max …

Marie sollte bald feststellen, dass der Beruf des Heilkundigen nicht ungefährlich war, so oder so. Der Ammann von Schramberg hatte nach Magnus geschickt, einer seiner Köche litt unter schwerem Fieber und keines der üblichen Mittel hatte bisher geholfen.

»Warum kommt er damit zu mir, einem alten, ehemaligen Physikus, statt zu einem Gelehrten in der Stadt zu gehen?«, fragte der Alte unwillig. Zweimal schon war er auf der Burg gewesen und hatte nichts ausrichten können.

»Der Arzt der hohen Herren wird erst im Herbst wieder erwartet, und so lange wird der Koch nicht überleben«, gab der Bote zurück und prüfte sein Schwert. Er sah nicht aus, als würde er ein Nein akzeptieren.

Magnus seufzte, ließ den Boten draußen warten und packte seine Tasche.

Marie sah mit Befremden, wie er in der Kräuterküche etwas von dem gehüteten dunkelroten Saft abmaß und in der Tasche verstaute. »Wozu brauchst du das?«, wollte sie wissen.

»Nach dem, was der Scherge erzählt, scheint der Koch unrettbar verloren zu sein«, antwortete Magnus müde. Er ging seltsam gebückt und sah aus, als trüge er eine schwere Last auf seinen Schultern. »Ich hatte gehofft, dieser Gang bliebe mir erspart und man würde nach einem studierten Mediziner rufen, aber danach sieht es nicht aus. Das Einzige, was ich jetzt noch für seine arme Seele tun kann, ist ein sanftes Hinübergleiten in den Tod.« Er blickte sich traurig um, so als würde er im Stillen Abschied nehmen. »Der Ammann wird mich beschuldigen, seinen Koch umgebracht zu haben. Pack meine Sachen, Marie, ich fürchte, dass ich die für nächsten Monat geplante Reise schon morgen antreten muss.«

Marie verstand das zwar nicht, nickte aber folgsam. »Wohin gehst du?«

»Das weiß ich noch nicht. Je nachdem, wie hartnäckig der Ammann ist, kann es Winter werden, ehe er mich wieder vergisst, vorher kann ich nicht zurück. In der Zwischenzeit musst du dich hier um alles kümmern, verstehst du?«

Marie nickte beklommen. »Und die Kranken? Was soll ich sagen, wenn man nach dir schickt?«

Magnus, schon halb zur Tür hinaus, drehte sich noch einmal um. »Lass dir etwas einfallen. Du hast nun schon so viel gehört und gesehen, dass dir das nicht schwerfallen dürfte.«

Magnus sollte recht behalten: Tief in der Nacht kam er zurück, packte schnell einige Kräuter und Tinkturen zusammen und spannte eilig den Schimmel an.

»Du gehst schon?« Beklommen schaute Marie seinem Treiben zu und hatte Mühe, die Tränen zu verbergen. Ihre Hände suchten Halt aneinander und an dem alten Gaul, vor dem sie längst keine Angst mehr hatte.

»Es ist besser so«, entgegnete Magnus kurz, drehte sich dann aber doch noch einmal zu ihr um. »Sie werden nach mir suchen, Marie, und ich weiß nicht, was dann geschieht. Es ist besser für dich, wenn du dann mit gutem Gewissen sagen kannst, dass ich schon lange fort bin.«

»Wann werden sie kommen?« Ihre Stimme klang rau. Sie wollte nicht wieder allein sein, nicht noch einmal, fürchtete sich davor, erneut ihre Familie zu verlieren. Denn genau das war Magnus längst für sie geworden.

»Morgen früh vielleicht, wenn ich Glück habe, das würde mir ausreichend Vorsprung verschaffen. ... wenigstens ist es nur ein Koch, den wird der Ammann irgendwann ersetzen und hoffentlich vergessen. Bei einem teuren Hauptmann oder gar Familienmitglied könnte er ewig nach mir suchen.«

»Hört das denn nie auf, Magnus?«

»In Zeiten wie diesen wird es immer Not und Unrecht geben«, antwortete er ausweichend. »Aber dir wird nichts geschehen; bislang bist du nichts weiter als die Magd eines alten Mannes.« Sein Blick wurde weich, als er sie ansah. »Mach dir keine Sorgen, Marie: Die Vorratskammern sind gefüllt, an einem geheimen Ort liegen Geld und ein Notquartier für dich bereit. Wo du sie finden kannst, habe ich auf die letzte Seite des Kräuterbuches geschrieben, also geh hin und lies.« Er seufzte. »Halte Hof und Kräuterstube in Ordnung, bis ich zurück bin, willst du das für mich tun?«

»Ja«, hauchte sie. »Wirst du denn wiederkommen?«

»Das habe ich vor. Und nun mach dich an die Arbeit, damit die Büttel des Ammanns nichts finden können, was wertvoll ist oder meine Schuld beweist.«

Der Tollkirschen-Extrakt – Marie verstand. Und als Magnus ihr zum Abschied kurz die Hand auf die Schulter legte, den Wagen bestieg und dem Schimmel mit Zügel und Zunge das Zeichen zum Aufbruch gab, fühlte sie sich nicht mehr ganz so allein und verlassen, sie hatte ja etwas zu erledigen.

Gespannt ging sie zum Haus zurück, nahm das Buch von seinem Platz und schlug es auf. Tatsächlich, auf der letzten Seite stand etwas geschrieben, kurze Worte in großen Zeichen, damit sie keine Mühe hatte. Womit hatte er die Zeichen nur gemalt?

Marie tippte auf einen halbverkohlten Zweig und machte sich daran, Magnus' Nachricht zu entziffern. Bald wusste sie mehr: Im Stall unter der Heuraufe sollte sich ein verdecktes Loch befinden – wer das wohl in den felsigen Boden gehauen hatte? Und wie war Magnus darauf gestoßen? Wusste er schon davon, als er den Hof kaufte, oder hatte er es erst durch Zufall entdeckt? Oder gar selbst gemacht? Aber nein, dafür war er sicher zu alt …

Genug, beschloss Marie und machte sich auf die Suche nach dem Versteck. Sie würde Magnus später danach fragen, wenn er zurückkam. *Wenn* er zurückkam …

Marie wurde schnell fündig – zu schnell vielleicht, um wirklich beruhigt sein zu können. Unter der Raufe, verborgen unter altem Stroh, fand sie ein paar lose Bretter und darunter ein grob gehauenes Loch von mehreren Ellen Breite. Es war klein und eng, und sie würde Mühe haben, zu atmen, falls sie wirklich eines Tages darauf angewiesen wäre. Aber sie wollte nicht wählerisch sein: Immerhin war es ein Versteck und würde ihr zumindest vorübergehend Schutz bieten.

Marie entfernte die Latten und riss sich dabei einen Splitter in die Hand; geübt zog sie ihn heraus, damit er sich nicht rötete. Sie zog die Laterne näher zu sich und schaute in das schwarze Loch.

Zwei Decken fand sie, einen Umhang und einen Beutel mit Körnern – sie würde also weder erfrieren noch verhungern müssen. Aber es war eng und muffig darin, und Marie schauderte bei dem Gedanken, hier still zu verharren, während draußen womöglich das Verderben wartete.

Tapfer wehrte sie die schlimmen Bilder ab und tastete weiter. Ihre Finger fanden einen weiteren Beutel, gefüllt mit mehreren Münzen. Marie konnte sie fühlen, zählte aber nicht; das Geld gehörte Magnus, und auch wenn er ihr gestattet hatte, es zu verwenden, wollte sie doch nur im äußersten Notfall davon Gebrauch machen.

Einigermaßen beruhigt ging Marie schließlich zurück ins Haus, um sich um den Rest ihres Auftrages zu kümmern. Sie räumte auf, brachte alle gefährlichen Kräuter und Tiegel in das Versteck, verschloss es sorgfältig und bedeckte die Stelle anschließend mit einer Ladung Stroh. Um das Werk perfekt zu machen, schaufelte sie zuletzt sogar noch ein paar Pferdeäpfel darauf in der Hoffnung, jedem die Lust zu nehmen, hier noch weiter herumzuforschen.

Die Zeit danach verbrachte Marie vorwiegend mit Warten. Sie aß kaum, räumte die Kräuterkammer immer wieder neu auf und versorgte notdürftig Kühe und Hühner, ansonsten saß sie einfach nur da und wartete. Nicht einmal das Buch brachte ihr Erleichterung, denn die Buchstaben tanzten vor den Augen und wollten einfach keinen Sinn ergeben. Also legte sie es fort und wartete weiter.

Zwei Tage dauerte es, bis der Ammann nach Magnus schicken ließ. Marie hörte die Wachen, noch bevor sie sie sehen konnte, und plötzlich war es vorbei mit ihrer Starre: Das Herz schlug, als wollte es zum Hals herausspringen, und ihre Beine fühlten sich seltsam taub an. Vielleicht hätte sie doch etwas essen sollen, um in diesem Moment bei Kräften zu sein, doch jetzt war es dafür zu spät.

Ein Plan! Aufgeregt, wie sie war, brauchte Marie einen Plan, an dem sie sich festhalten konnte! Einen Augenblick lang war sie versucht, sich in dem Loch unter dem Stall zu verstecken, verwarf den Gedanken aber gleich wieder. Zum einen würde die Zeit kaum reichen, um ungesehen hineinzugelangen, und zum anderen mussten die Büttel davon überzeugt werden, dass Magnus die Gegend wirklich verlassen hatte.

Also gut. Marie atmete tief ein und stellte sich Johanna vor, wenn sie Besuch empfing. Sie richtete sich auf, straffte die Schultern und bemühte sich um einen strengen Ausdruck. Dann kam ihr plötzlich Gertrud in den Sinn, unter deren harten Worten und bellendem Tonfall sogar die Schergen des Quartiermeisters gekuscht hatten. Ob sie es wohl schaffen konnte, so zu wirken?

Sie versuchte es. »Dies ist der Hof von Magnus Hoffer, dem Physikus«, sagte sie grob. »Was wollt ihr hier?«

Die Wachen blieben tatsächlich stehen und sahen einander an. Es waren zwei, ein Älterer mit hagerem Gesicht und einer langen Narbe über der linken Wange, und ein Jüngerer mit roten Wangen, dafür ohne Umhang. Vielleicht hatte er ihn verloren oder kein Geld, sich einen zu kaufen – fast tat er Marie leid. Und doch spielte sie ihr Spiel weiter, zu viel hing davon ab.

»Wer bist du, dass du uns so forsch entgegentrittst?«, fragte der ältere der beiden.

»Lass sie«, sagte der andere. »Magnus hat sie von einer seiner Reisen mitgebracht, vermutlich als Hilfe. Er ist halt auch nicht mehr der Jüngste.«

»Woher willst du das wissen?«, brummte der mit der Narbe.

»Aus der Stadt. Hörst du denn nicht zu, wenn die Leute reden?«

Marie wollte nicht einfach dastehen und warten, bis man sie fragte, das hätten weder Johanna noch Gertrud getan. Daher ergriff sie an den verblüfften Bütteln vorbei das Wort: »Ich bin Marie Armbruster«, sagte sie laut und deutlich, »die Magd des Physikus und Verwalterin des Hofes während seiner Abwesenheit. Magnus Hoffer wurde gestern Abend nach Schiltach gerufen, wo man ihn bereits dringend erwartet. Der Besuch beim Ammann hat ihn länger aufgehalten als geplant.«

»Nach Schiltach?« Der jüngere Büttel fühlte sich

sichtlich unwohl, trat von einem Bein auf das andere und rieb sich die laufende Nase.

»Er war dort früher als Physikus tätig und kommt noch immer vorbei, wenn seine Dienste gefragt werden«, fuhr Marie fort. Von wo auch immer kam ihr plötzlich die List in den Sinn, mit der sie damals im Heerlager Gertruds Häschern entkommen konnte. »Der Schiltacher Ammann hält viel von Magnus' Künsten und wäre sicher ungehalten, wenn er auf seinen Leibarzt verzichten müsste«, drohte sie.

Das war geraten – weder kannte Marie den Ammann, noch hatte sie Magnus je von ihm reden hören. Doch es schien zu wirken: Die Mienen der Büttel entspannten sich, und der jüngere senkte sogar seinen Spieß.

»Der Ammann von Schramberg fragt nach dem Physikus«, erklärte er nun etwas freundlicher. »Der Koch, den er gestern Abend behandelt hat, hat das Bewusstsein nicht wiedererlangt und ist noch in der Nacht verstorben. Das erfordert eine Untersuchung: Wir sollen das Anwesen durchsuchen und ihn vorführen, falls er sich hier versteckt, und dazu alles, was er bei sich führt oder was uns verdächtig scheint.«

Marie trat zur Seite, behielt ihre aufrechte Haltung aber bei. Sie beantwortete die Fragen so kurz wie möglich und wies den beiden sogar den Weg in Magnus' Kräuterküche. Dort wühlten sie herum, stopften wahllos Tiegel und Töpfe in ihren Sack und nahmen sich dann die Kammer vor. Die Schlafstätten wurden gründlich durchsucht, und Marie konnte gerade noch verhindern, dass sie die Strohsäcke aufschnitten, die ihnen als Matratze dienten. Stattdessen bot sie an, den Inhalt vor ihren Augen herauszunehmen und so zu beweisen, dass dort wirklich nichts versteckt wurde. Sie ließ sich viel Zeit dabei, vielleicht verloren sie ja irgendwann die Lust.

Die Sonne stand schon hoch am Himmel, als die Büttel endlich genug hatten. Sogar der Stall war durchsucht worden, aber zum Glück hatten sie nichts Verdächtiges gefunden, auch nicht die geheime Kammer. Marie atmete auf.

»Also gut«, sagte der Mann mit der Narbe, »der Physikus ist nicht hier, du hast uns wohl die Wahrheit gesagt. Soll nun der Ammann entscheiden, ob er jemanden nach Schiltach schicken will, um ihn zu holen.« Sie bestiegen ihre Pferde, der Ältere senkte dann aber noch einmal den Spieß zu Marie hinab. »Und du wirst uns Bescheid geben, sobald du etwas von deinem Herrn hörst, hast du verstanden?«

Marie nickte, schließlich hatte er klar und deutlich gesprochen. Aber sie versprach mit keinem Wort, dem Befehl nachzukommen. Hoffentlich galt das nicht als Lüge …

14. Ein unerwarteter Gast

Marie bemühte sich, ihrem Ruf als »Wirtschafterin« alle Ehre zu machen, hielt Haus und Hof in Ordnung und kümmerte sich um die Tiere. Nach Schramberg ging sie selten, und die Burg mied sie ganz aus Furcht, dass man sie dort erkennen könnte – noch immer nagte die Angst an ihr, dass man sie zu Gertrud und dem Heer zurückbringen könnte. Schließlich war Max desertiert, darauf stand die Todesstrafe, und auch sie war letztlich davongelaufen. Zwar würde kein Landsknecht eigens ausziehen, um eine geflohene Magd wieder einzufangen, aber Gertrud hatte sicher eine Belohnung ausgesetzt, und die würde man sich bestimmt nicht entgehenlassen. Trotzdem verzichtete sie darauf, das mittlerweile schulterlang nachgewachsene Haar erneut zu färben, und sah beinahe mit Stolz, wie die Locken sich wieder kringelten und langsam im alten Rot zu leuchten begannen.

Das Mädchen mit dem Feuerhaar – ob ihr Haar sie wohl verraten würde? Und ob es die Rottweiler an das »verhexte Kind« und seine Flucht erinnerte? Schließlich war kaum ein halbes Jahr seitdem vergangen, und die beiden Städte lagen keine zwei Tagesreisen entfernt – Ja, auch das war Marie Grund genug, sich nirgendwo sehen zu lassen. Nur auf dem Hof fühlte sie sich einigermaßen sicher und war froh, dass kaum einer sich dorthin verirrte.

Manchmal aber kam es vor, dass jemand sie erschreckte, indem er an ihre Türe klopfte und um Hilfe bat. So auch an diesem Abend; der Sommer hatte seinen Höhepunkt längst überschritten, und nach Sonnenuntergang wurde es bereits empfindlich kühl. Marie überlegte gerade, ob sie den kostbaren Vorrat an trockenem Brennholz anzapfen sollte, doch angesichts der Tatsache, dass sie noch immer nichts von Magnus gehört hatte, entschied sie sich dagegen und griff stattdessen nach einem wollenen Schultertuch. Sie bog den schmerzenden Rücken durch – viele Stunden hatte sie in den vergangenen Tagen damit zugebracht, die überreifen Äpfel, Pflaumen und Birnen vom Boden aufzulesen und zum Trocknen auszulegen, damit sie im Winter nicht auf Obst verzichten mussten.

In diesem Moment klopfte es an einem der Fensterläden.

Marie, die nicht gerne Fremde einließ, linste durch einen Spalt hinaus. Draußen stand ein Mädchen, es mochte nicht viel älter sein als sie selbst, und zitterte.

»Was willst du?«, fragte Marie unfreundlich. Das Mädchen sollte fortgehen, möglichst rasch, damit sie sich wieder sicher fühlen konnte.

»Ich heiße Anna und wohne in Schramberg«, antwortete das Mädchen bibbernd. »Ist der Physikus schon zurück? Ich brauche seine Hilfe!«

»Magnus ist nicht da, und ich kann dir nicht helfen.« Marie hätte den ungebetenen Besuch gern abgewiesen, doch das bleiche Gesicht und die geweiteten Augen ließen ihr keine Ruhe.

»Das Kind«, stammelte Anna. »Es isst und trinkt nicht und ist schon ganz kalt. Seit Tagen hat es schweren Durchfall und nun …«

Marie zögerte und öffnete dann die Tür. »Wo ist das Kind?«, fragte sie. »Hast du es bei dir?«

»Nein, es liegt zu Hause bei meiner Mutter. Komm schnell, es braucht Hilfe.«

Marie bat das fremde Mädchen zu warten und schloss sich in der Kräuterküche ein. Was sollte sie nur mitnehmen? Sie versuchte angestrengt, sich an Magnus' Mittel gegen Durchfall zu erinnern. Was war das doch gleich gewesen? Ein starker Sud von Eichenrinde, möglichst heiß verabreicht und zu jeder Stunde mit dem Löffel eingeträufelt. Für den Fall, dass Würmer das kleine Wesen plagten, packte sie noch etwas Dill in ihren Beutel sowie ein paar getrocknete Heidelbeeren für den Rest der Familie. Zur Vorbeugung. Wo hatte Magnus nur die Heidelbeeren …

Schließlich war alles beisammen, und Marie stolperte hinter dem fremden Mädchen her in Richtung Schramberg. Das Haus, zu dem Anna sie führte, war klein und hätte manche Stunde Arbeit gebraucht, um schön zu sein. Marie vermutete, dass kein Mann mehr darin lebte, sonst wäre das sicher längst erledigt.

Das Kind war noch sehr klein, ein halbes Jahr vielleicht, und völlig ausgezehrt. Marie verlangte zunächst nach Wasser, kochte die Rindenstücke samt einigen gedörrten Heidelbeeren und dem Dill auf und wartete, bis der Sud kalt genug war, um ihn dem Säugling einzuflößen. In der Zwischenzeit besah sie sich die verschmutzte Windel, in der es zum Glück keine Würmer gab, wusch den Kleinen sauber und wickelte ihn in ein frisches Tuch.

»Warum bist du nicht früher gekommen?«, fragte Marie schließlich in Annas Richtung, die nach wie vor stumm und fassungslos neben ihr stand.

»Es hieß, der Heiler sei fort und nur seine Haushälterin noch da. Aber als wir uns keinen Rat mehr wussten … Nun bin ich froh, dass wir dich geholt haben.«

Marie war sich nicht sicher, ob sie diese Freude teilte. Sie dachte daran, warum Magnus fliehen musste, und wünschte insgeheim, sie hätte mit der Kräuterkunde gar nicht erst angefangen und müsste nun nicht in Magnus' Fußstapfen treten. Aber dafür war es jetzt zu spät. So ließ sie noch einige Zutaten da, riet, den Sud täglich frisch zu kochen, und empfahl sich.

Als Anna ihr die Hand drückte und fragte, was sie Marie schuldig sei, zuckte die unglücklich mit den Schultern. »Ich weiß nicht«, gestand sie. »Um so etwas hat Magnus sich immer selbst gekümmert. Sobald er wieder da ist, werde ich ihn fragen.«

Drei Tage später stand Anna erneut vor ihr, diesmal jedoch am helllichten Tag. Sie strahlte und trug das Kind im Arm, dessen Augen bereits wieder glänzten und dem es offensichtlich besser ging.

»Mein Trank hat also gewirkt«, freute sich Marie.

Wie um sich für den unangemeldeten Besuch zu entschuldigen, hielt Anna ihr einen Topf entgegen.

Marie schüttelte verwirrt den Kopf. »Was ist das?«

Anna lachte wieder, freier diesmal und fast glücklich. Erst jetzt fiel Marie auf, dass sie ihr Haar unter einer Haube trug wie die älteren Frauen. Dabei schien Anna kaum älter zu sein als sie selbst – konnte es sein, dass sie bereits verheiratet war? Und dass dieser Junge ihr eigener Sohn war und nicht etwa der kleinere Bruder?

»Das ist ein Topf Honig«, erklärte die junge Frau und bettete ihr Kind in den anderen Arm, »unser Dank für deine Hilfe. Da du nichts verlangt hast, geben wir dir von dem, was wir haben – so hat es Magnus bisher gehalten.«

Marie bedankte sich, verabschiedete die beiden und ging nachdenklich ins Haus zurück. So ging das also, überlegte sie. Die einen helfen, womit sie können, und die anderen bedankten sich dafür mit dem, was sie haben – sicher kein schlechter Handel in Zeiten wie diesen.

Nachdenklich kehrte sie zu ihrer Arbeit zurück: Der Winter nahte, und ihr Vorrat an Holzscheiten ging bereits zur Neige. Sie war es gewohnt, das vorbereitete Holz in kleine Scheite zu teilen, doch die Axt wog heute schwerer als sonst, und auch die Scheite schienen häufiger vom Block zu springen – woher nur mochte ihre plötzliche Unruhe kommen?

Auf einmal wusste sie es: Sie waren wieder da! Die brennenden Augen im Rücken waren zurückgekehrt! Zum ersten Mal seit dem Schreckerlebnis im Tross wusste Marie wieder, dass sie beobachtet wurde.

Sie erschrak, bemühte sich aber um Gleichmut. Schließlich musste es kein Landsknecht sein, der sie beobachtete, es konnte jeder sein: ein Verwandter des Kindes, der sich bedanken wollten, die Häscher des Ammannes, die nach Magnus suchten …

Oder ein Landsknecht des Truchsess von Waldburg, hämmerte es in ihrem Kopf. Ein Häscher, der nach wie vor auf der Suche war. Auf der Suche nach einem desertierten Schanzknecht und einer entlaufenen Kriegsmagd, leicht zu erkennen an ihrem Feuerhaar.

Warum machst du dir Sorgen?, hörte sie Max' Worte – er hatte nie aufgehört, sie damit zu necken. *Glaubst du, eine desertierte Magd ist so viel der Mühe wert?*

Nein, dachte Marie im Stillen. Eine Magd sicher nicht, aber ein desertierter Schanzknecht schon. Wie hätte sie beweisen sollen, dass Max längst tot war?

Sie wagte einen kurzen Blick in Richtung Wald und sah die Silhouette eines Mannes, daneben ein Pferd. Er war zu weit weg, als dass sie ihn hätte erkennen können, nur dass er an einem Baum lehnte, die Hände in den weiten Hosen vergraben, einen breiten Hut auf dem Kopf.

Sie atmete tief ein und verdrängte den Wunsch, so schnell es ging ins Haus zu flüchten und es rundum zu verriegeln. So würde sie nie erfahren, wer sie da beobachtete und warum. Also versuchte sie weiter, die zersägten Holzstämme in handliche Scheite zu spalten. Nur nicht erkennen lassen, dass sie sich fürchtete, einfach weitermachen wie bisher. Der Sommer war bald vorbei, und sie sollte gerüstet sein für den Fall, dass Magnus nicht rechtzeitig nach Hause kam.

Bestimmt eine Viertelstunde lang mühte Marie sich ab, bevor sie einen zweiten Blick wagte. Doch nun war die Gestalt verschwunden, der Wald leer und unberührt. Eigentlich müsste sie das erleichtern, doch weit gefehlt: Solange Marie wusste, wo ihr Beobachter stand, hatte sie auch ein Gefühl der Sicherheit verspürt, nun blieb ihr nichts als Angst.

In ihrem Gedächtnis rührte sich etwas, drehte sich, mahnte, suchte nach einer Erinnerung, die dort verborgen schlief. Tief in ihr, unter all der Angst und dem Unglück der letzten Wochen und Monate, lebte etwas, drängte heraus, wollte zu ihr sprechen und die Furcht vertreiben. Doch Marie zwang sich, nicht darauf zu hören, sondern ihren Geist lieber mit handfesten Dingen zu beschäftigen.

Flucht! Das war alles, was sie denken konnte. Man hatte sie entdeckt, *er* hatte sie entdeckt, wer auch immer er sein mochte. *Er* hatte sie schon im Lager gekannt, war ihr gefolgt, hatte sie bedroht und zuletzt so sehr in Angst versetzt, dass sie floh. *Er* war es, sie wusste es. Und er wusste, dass sie es wusste …

Und doch, etwas an der Art, wie er da am Baum gelehnt hatte, wollte nicht zu ihrer Angst passen. Ganz langsam formten sich Bewegungen und Gefühle, wollten sich zu einem Bild zusammenfügen und doch: Etwas fehlte noch. Eine wichtige Kleinigkeit, damit aus dem vagen Gefühl eine Erinnerung hätte werden können. Etwas Helles, Wehendes, Vertrautes, weich wie Seide und hell wie Honig …

»Du bist es also doch!« Die Stimme hinter ihr klang dunkel und seltsam vertraut.

Marie erschrak, wollte das Beil heben und sich wehren gegen den Eindringling, den Fremden, doch ihre Arme versagten den Dienst. Diese Stimme, nie würde sie sie vergessen. Sie gehörte zu ihm, ihrem besten und vielleicht einzigen wirklichen Freund, zu endlosen Gesprächen in glücklichen Tagen, zu wehendem Honighaar und tiefblauen Augen.

»Jakob …«, flüsterte sie und ließ die Arme sinken. Sie brauchte sich nicht umzudrehen, um zu wissen, dass sie recht hatte.

Er trat neben sie, nahm vorsichtig das Beil aus ihrer Hand und hob das Holzstück zurück auf den Hauklotz. »Lass mich das machen, Marie«, sagte er und drängte sie sanft zur Seite. Seine Stimme, rau und ungeübt, schmiegte sich wie Samt um ihr flatterndes Herz.

Marie trat einen Schritt zur Seite und schaute Jakob bei seiner Arbeit zu. Erinnerungen und Gefühle begegneten sich in wirrem Strudel, vereinigten sich, trennten sich wieder und ebbten schließlich ab zu dem einen, das zählte.

»Jakob! Du bist hier.«

Endlich hörte er auf, hieb das Beil mit einem letzten

Schlag tief in den Hauklotz und drehte sich zu ihr herum. »Es tut mir leid, wenn ich dich erschreckt habe, Marie. Aber ich musste wissen, ob es stimmt.«

»Ob was stimmt?«, flüsterte sie und spürte noch einmal die alte Angst in sich aufsteigen.

»Ich habe Arbeit in Sankt Georgen gefunden. Das Benediktinerkloster hat böse was abbekommen während der Aufstände, und nun ist jeder willkommen, der handwerklich geschickt ist und beim Wiederaufbau hilft. Die Mönche dort erzählen von der Schülerin des Schramberger Heilers; sie habe Feuerhaar und grüne Augen, heißt es. Ich musste einfach los und sehen, ob …« Er schluckte. »Ich musste wissen, ob du es bist.«

Marie zögerte. Jakob hatte sich verändert: Seine Hände waren dunkler geworden und voller Risse, er schien schwer zu arbeiten. In seinem vertrauten Gesicht gab es Falten und Narben, die im April noch nicht da gewesen waren, und seine Stimme war so schwer, dass sie sie kaum erkannt hätte. Was aber wirklich fehlte war sein dichtes, seidiges Honighaar, das nach Heimat duftete und nach Nähe und nach Jakob, ihrem Jakob …

»Was ist mit deinen Haaren geschehen!«, flüsterte sie und zeigte auf die nicht einmal fingerlangen Strähnen. Sie waren heller, als Marie sie in Erinnerung hatte, und so erschreckend kurz.

Jakob stockte. »Ich hab sie abrasiert. Weil ich nicht riskieren wollte, dass du mich erkennst …«

»Ich dich erkennen? Aber wo denn? Und warum?«

Sein Blick senkte sich, und als er wieder hoch sah,

war der vertraute Ausdruck daraus verschwunden. Jakob sah auf einmal älter aus, müde und unglücklich. »Lass uns hineingehen«, bat er.

Marie folgte seinem Wunsch. Sie bereitete von dem, was sie hatte, ein Abendessen und goss aus Magnus' Vorräten einen Minztee auf. Der frische Duft verbreitete sich schnell in der Kammer und beruhigte ihr fliegendes Herz.

Keinem war nach essen, und so blieben Brot, Käse und Speck lange unberührt. Marie hielt es schließlich nicht mehr aus; sie griff nach Jakobs Hand und erschrak, als er sie ihr mit einer hastigen Bewegung entzog.

»Was gibt es, das du mir nicht sagen kannst?«

Jakob wand sich. »Ich habe Schuld an deinem Unglück«, flüsterte er und blickte an ihr vorbei zur Wand, als gäbe es dort etwas Wichtiges zu sehen. Marie drehte sich hastig um, ob er vielleicht ein Tier entdeckt haben mochte oder einen Fleck, aber da war nichts.

»Wenn ich mich doch nur zu erkennen gegeben hätte, statt heimlich und unerkannt deine Geschicke lenken zu wollen …«

Marie konnte sich noch immer keinen Reim auf seine Worte machen. »Was meinst du damit, Jakob? Ich versteh das nicht. Warum sollte ich dich nicht erkennen? Wo hätten wir uns treffen können? Ich habe gegrübelt und gegrübelt, aber …«

»Weißt du es denn wirklich nicht?« Seine Stimme, nun wieder weich wie früher, öffnete endlich die Pforten der Erinnerung.

Marie verstand. Als sie aufsprang, riss sie den Hocker mit sich, dass er polternd zu Boden ging. »Du warst das, du? Der mich im Lager beobachtet hat und dessen Augen wie Pfeile in meinem Rücken brannten?« Erregt lief sie im Zimmer umher. »Du wusstest die ganze Zeit, dass ich in deiner Nähe war, und hast nichts gesagt? Nicht ein Wort?« Ihre Stimme versagte, und erste Tränen erzwangen sich ihren Lauf.

Jakob presste den Kopf schwer auf die geballte Faust. »Ich bin ein Esel«, stöhnte er. »Statt zu dir zu gehen und dich vor all dem zu bewahren – Gertrud, die Landsknechte, deine Bestimmung im Tross …«

»Woher weißt du davon, Jakob?«

»All das hätte nicht sein müssen, wenn ich mich zu erkennen gegeben und dich beschützt hätte. Aber nein, ich war verletzt und wollte nur fort, möglichst weit weg von dir. Ich dachte, als Soldat könnte ich am schnellsten viele Meilen zwischen uns bringen …«

»Ein Söldner? Ausgerechnet du?« Marie vergaß ihren Kummer und dachte an ihr letztes Zusammentreffen in Rottweil. »Für mich gab es keinen anderen Weg, ich musste ja schnell fort. Aber du, Jakob …«

»Die Werber suchten dringend nach Handwerkern für ihre Geschütze, und so ließ ich mich anwerben. Lukas hat noch einen guten Batzen Geld von ihnen bekommen dafür, dass er mich freigab.«

Nach und nach brach nun alles aus Jakob heraus: Dass er gleich bei der Musterung den hohen Rang des Geschützführers zugesprochen bekam, weil er gelernter Handwerker war; wie er nach der Vereidigung mit

Schrecken feststellte, dass er in derselben Einheit gelandet war wie Marie; dass er sich schwor, sich nicht zu erkennen zu geben, um nicht noch einmal eine Abfuhr zu erleiden.

»Das hätte ich nicht ertragen«, gestand er. »Ich wusste ja, dass du mich nicht willst.« Er seufzte. »Mir war schnell klar, welche Pläne Gertrud wirklich mit dir hatte, und ich tat alles, um dich von ihr fortzubringen. Kein Preis wäre mir dafür zu hoch gewesen, keiner, nicht einmal …«

Marie schlug die Hände vor das Gesicht und stöhnte. »Dann warst du das? In der schrecklichen Nacht am Abort?«

Jakob nickte. Seine Stimme war nur noch ein Flüstern, für Marie kaum mehr zu verstehen, geschweige denn zu ertragen.

»Ich sah dich zwischen den Gruben, allein, und wusste sofort, dass das eine einmalige Gelegenheit war. Wie sonst hätte ich dir zeigen können, was dir dort drohte?«

Zitternd erlebte Marie noch einmal, was in dieser Nacht geschehen war: Die Dunkelheit und die Angst vor dem gierigen Soldaten, dann die kalte Hand auf ihrem Mund, die Stimme am Ohr, der Griff nach ihrem Kleid …

»Oh Jakob! Ich hatte solche Angst!«

»Ich weiß, Marie. Ich spüre sie noch heute, Nacht für Nacht verfolgt sie mich und lässt mich nicht schlafen. Aber damals sah ich keinen anderen Weg. Und als Gertrud dann ihr feiges Spiel mit Max einfädelte …«

»Auch das hast du gewusst?«

Jakob nickte. »Jeder, der sie kannte, konnte sich das denken. Was für ein Glück, dass Max sich bis zu den Kanonen und damit in meinen Zuständigkeitsbereich durchgeschlagen hat; so konnte ich den Feldzeugmeister überreden, ihn dem Profoss abzuverlangen und mir als Hilfskraft zuzusprechen. Alles Weitere war dann ein Kinderspiel.«

»Dann warst du also auch dieser geheimnisvolle Arno, der Max geholfen hat? Warum hast du dich nicht zu erkennen gegeben? Ich wäre so froh gewesen, dich zu sehen.«

»Ach Marie ...« Endlich griff Jakob zu Speck und Messer und säbelte eine dicke Scheibe herunter. Er schnitt sie in dünne Streifen, teilte diese in zwei, etwa gleich große Portionen und schob Marie eine davon zu. »Ich hatte mein Spiel schon zu weit getrieben, als dass ich es wieder hätte aufgeben können. Wie hättest du mich wohl empfangen, nachdem dir all das geschehen war und ich nichts getan hatte, um dich zu beschützen?«

Marie antwortete nicht gleich. Sie griff nach dem Speck, nahm etwas Brot dazu und begann langsam zu essen. Wieder nahm sie den frischen Duft der Minze wahr, der langsam den alten, muffigen Geruch der Angst vertrieb.

»Hast du großen Ärger bekommen, nachdem Max und ich geflohen waren?«

Jakob kniff die Augen zusammen, was sein sonst unbewegtes Gesicht Lügen strafte. »Es ging. Da ich nicht nach Max suchen ließ, hat es fast drei Tage gedauert, ehe ihn jemand vermisste. Der Offizier ließ mich auspeitschen, weil ich meine Wache einem Anfänger überlassen hatte, und ich musste Max' Ausrüstung bezahlen. Aber ich habe es überlebt, genauso wie diese schreckliche Schlacht in Böblingen ...«

»Erzähl mir davon«, bat Marie, doch Jakob schüttelte den Kopf.

»Lass es gut sein, Marie. Ich bin hier, und was in der Zwischenzeit geschehen ist, muss Vergangenheit bleiben.«

Marie sah schweigend aus dem Fenster. Was sollte sie jetzt sagen, was tun? Noch immer stand Jakobs Heiratsantrag zwischen ihnen und machte die Luft schwer. Hätte sie doch damals etwas Kluges gesagt, etwas Richtiges getan, statt Jakob durch ihre Ablehnung zu verletzten.

Aber hätte es überhaupt eine *richtige* Antwort geben können, damals? Eine, die niemanden verletzt, ihr Glück und ihre Freundschaft nicht zerstört hätte?

Ja, es hätte etwas gegeben. Ein einziges Wort hätte gereicht, und sie säßen heute nicht als Fremde zusammen, sondern als Freunde. Mehr noch als das, als Mann und Frau.

Marie wusste es und schloss verstört die Augen. Wenn sie nur den Mut aufgebracht hätte, Jakobs Liebe zuzulassen und ihre eigene dazu, dann wäre jetzt alles gut. Dann könnte sie jetzt einfach zu ihm gehen, ihn umarmen und reden oder schweigen oder was auch immer. Ohne Furcht vor dem, was kommen könnte.

Und ohne Erinnerung an das, was war, damals in der Dunkelheit, als fremde Hände nach ihr griffen und sie um nichts Geringeres flehte als den Tod …

Als ihr Blick zurück in die Kammer fand, hatte Jakob sich bereits erhoben. Unglücklich hielt er seinen großen Hut in den Händen und fingerte an der Krempe herum.

»Ich hätte nicht herkommen sollen, Marie«, sagte er heiser, »es hat dich unglücklich gemacht. Kann ich noch etwas tun, bevor ich gehe? Noch mehr Holz hacken vielleicht oder euer Pferd versorgen? Ich weiß ja, wie ungern du in ihrer Nähe bist …«

Marie schüttelte stumm den Kopf. Sie hatte keine Worte für das, was in ihr tobte. Hilflos hob sie die Hand, wie um ihn zu halten, ließ sie dann aber wieder kraftlos sinken.

»Nun, dann …« Jakob verabschiedete sich mit einem kurzen Gruß, riss sich los und schritt hinaus zu seinem Pferd, einem kastanienbraunen Wallach, der auf der Wiese graste.

Marie folgte ihm nach draußen und sah zu, wie Jakob dem Tier beruhigend über den Hals strich, ehe er sich in den Sattel schwang. Doch statt den Braunen anzutreiben, drehte er sich noch einmal zu ihr herum.

»Wenn du willst, kann ich am Sonntag wiederkommen, da wird am Kloster nicht gearbeitet. Mein Pferd ist schnell, ich könnte noch vor Mittag hier sein und nach dem Rechten sehen.«

»Es ist dein Pferd?«, fragte Marie. »Dann verdienst du also gut?«

Jakob zuckte die Schultern. »Im Moment reicht es für alles, was ich brauche, und später – sehen wir weiter.« Seine Augen waren starr auf ihre gerichtet, als suche er nach etwas, das er nicht finden konnte.

Marie wusste, worauf er wartete. Es war ihre Antwort auf seine Frage, das eine winzige Wort, das über alles entscheiden würde. Über Glück und Unglück, Fürchten und Hoffen, sie und ihn und das, was zwischen ihnen sein würde. Alles oder nichts.

Marie wusste es. Und doch konnte sie den Mund nicht öffnen, brachte kein einziges Wort heraus, um endlich klar zu sagen, was sie fühlte, was sie wollte. Wusste sie überhaupt, was sie wollte? In ihr war nur Durcheinander, in dem sich kein einziger klarer Gedanke fassen ließ. Jakob war zu ihr zurückgekommen und würde wieder gehen, noch ehe einer von beiden sich erklärt hatte. Wie hatte das geschehen können? Wo war ihr Vertrauen geblieben, ihre gemeinsamen Jahre, ihr Lachen, ihre Freude? Sie hätte ihm so gern von Max erzählt, von Gertrud und Magnus. Aber sie hätte den Schmerz nicht ertragen, ihren nicht und seinen, wenn sie die Schrecken jener Nacht durchlebte. So brachte sie nicht mehr zustande als einen stummen Gruß mit der Hand.

»Ich komme zurecht, Jakob, danke.« Als sie den enttäuschten Ausdruck in seinem Gesicht sah, fügte sie eilig hinzu: »Aber es wäre schön, wenn du kommst. Hier gibt es immer etwas zu tun, und du bist jederzeit willkommen.« Als er sich umdrehte, mahnte sie noch: »Sei vorsichtig, es ist fast Neumond und die Wolken nehmen den Rest Licht. Es wird sehr dunkel werden heute Nacht.«

Jakob nickte, grüßte und ritt davon. Zurück blieb Marie, unglücklich und leer.

Geh nicht wieder weg, Jakob, lass mich nicht allein …

15. Der Überfall

Marie saß noch lange wach an diesem Abend. Als das Feuer im Kamin nur noch leise glomm und die Kälte durch die Kleider kroch, beschloss sie, ins Bett zu gehen. Dort würde sie genauso gut nachdenken können wie hier, vielleicht sogar noch besser.

Ein Geräusch lenkte Marie von ihrem Vorhaben ab: Draußen bewegte sich etwas! Sie konnte hören, wie ein Pferd schnaubte!

Sie zuckte zusammen. War Jakob vielleicht zurückgekehrt, zurück zu ihr? Heiße Freude ließ ihre kalten Wangen glühen, doch dann mahnte Marie sich zur Vernunft. Jakob war gegangen, aus freien Stücken, vor wenigen Stunden erst. Warum sollte er es sich anders überlegen?

Was dann? Welches Pferd mochte sonst auf ihrem Hof stehen? Ihr fiel Magnus ein, doch der hätte ihr sicher vorher eine Botschaft zukommen lassen, um sie nicht zu erschrecken. Zumindest hätte sie den Schimmel erkannt, sein Schritt war ihr längst vertraut und passte nicht zu den fremden, kurzen Schritten auf dem Hof.

Dann konnte es nur noch eine Möglichkeit geben:

Es war geschehen! Sie konnte ihrem Schicksal nicht länger entkommen. Das Unglück, vor dem sie all die Wochen und Monate davon gelaufen war, war ihr gefolgt und hatte sie eingeholt!

Das Zittern nahm zu, schüttelte bald den ganzen Körper und ließ Marie wie gelähmt erstarren. Wer das wohl sein mochte da draußen? Ein Söldner vielleicht, der noch immer nach der versprochenen Belohnung gierte? Oder ein Soldat der Burg Hohenschramberg, der sie als Ersatz für Magnus mitnehmen und in den Turm sperren würde? Oder vielleicht …

Ach, es gab so viele Möglichkeiten, und nur eine davon hätte sie beruhigen können. Doch auf Magnus bekannte Schritte, seinen Pfiff oder die leise Stimme wartete sie vergebens.

In Maries Brust hämmerte es. Was tun? Fortlaufen ging nicht, das Haus bot keinerlei Versteckmöglichkeiten. Wenn sie ungesehen zum Stall hätte schleichen können, wäre sie in die Grube geklettert, aber so musste sie ausharren.

Wenn fortlaufen oder verstecken nicht möglich waren, hatte sie nur noch die Wahl zwischen Stillsitzen und hoffen, dass das Übel an ihr vorbeiziehen würde – aber was wäre, wenn ihr ungebetener Besucher wiederkommen würde? Sollte sie besser gleich fliehen, bevor das Schicksal sie doch noch einholte? Sollte sie vielleicht an einen anderen Ort gehen und dort erneut versuchen, sich ein Leben aufzubauen?

Marie konnte vor Angst kaum mehr atmen. Sie hatte schon so oft alles verloren: Erst die Eltern und Geschwister, an die sie sich nicht erinnern konnte, und dann ihre zweite Familie: Lukas, Johanna, Thomas und Curt. Ja, auch der Altgeselle gehörte für Marie zur Familie, im Gegensatz zu Jakob, der jemand Besonderes gewesen war. So besonders, dass sie ihn am Ende vertrieben hatte …

Ja, auch Jakob hatte sie verloren, wenn auch mit mehr Schuld als die anderen. Und dann Stefan, Max, zuletzt Magnus …

Nein! Es war genug!

Marie wusste, dass sie es nicht ein weiteres Mal schaffen konnte, nicht wollte, solange sie eine Wahl hatte. Ihr blieb also nur die letzte Möglichkeit: Gehen, handeln, und wenn es sein musste, kämpfen, mit welchem Ausgang auch immer.

Sie nahm allen Mut zusammen, wickelte das Tuch so um den Kopf, dass es ihr Haar bedeckte, und ging langsam vor zur Tür.

»Ist da jemand?«, fragte sie leise. Zu leise vielleicht, denn niemand antwortete.

Nun schritt sie zum Fenster und linste durch die geschlossenen Läden. Doch der Spalt war zu klein, um etwas zu sehen. Wenn sie wissen wollte, wer ihr ungebetener später Besucher war, musste Marie hinaus.

Sie atmete tief durch, rief noch einmal in die Dunkelheit und öffnete dann die Tür. Wer dort auch sein mochte – falls er in böser Absicht gekommen war, würde er sich von einem Riegel und einem fünfzehnjährigen Mädchen nicht daran hindern lassen.

Es dauerte einen Moment, ehe Maries Augen sich an

die Dunkelheit draußen gewöhnten. Wie sie befürchtet hatte, bedeckten Wolken den Himmel und schluckten jedes Licht. So blieben ihr nur die Geräusche eines Rosses irgendwo in ihrer Nähe.

Bitte, nur eines!, hoffte Marie und wischte sich über die Augen. Ein Blick auf die unscharfe Gestalt bestätigte, dass es nicht Magnus Schimmel sein konnte, denn sein helles Fell hätte selbst in dieser Dunkelheit geleuchtet.

Nein, das Ross vor ihr war fremd. Als Marie endlich mehr als nur Umrisse und Schatten erkennen konnte, streckte sie die Hand nach ihm aus, wie sie es bei Max und Magnus gesehen hatte, und näherte sich dem Tier behutsam.

»Ruuuhig, ganz ruuuhig«, brummte sie und fügte zur Vorsicht noch einige dieser tiefen, singenden Laute hinzu, die sie bei Max oft gehört hatte.

Es wirkte. Das Pferd richtete seine bis dahin ängstlich zurückgelegten Ohren auf und blickte Marie an. Dann beugte es den Kopf vor und legte sein weiches Maul in ihre ausgestreckte Hand.

Was für ein Gefühl! Noch nie zuvor hatte Marie ein Pferd so nah herangelassen, dass es das hätte tun können. Sie hielt den Atem an, als könnte er den Moment des Vertrauens zerstören, und griff dann nach dem Zügel.

Das Pferd senkte den Kopf und trottete ergeben hinterher.

Was nun? Marie war ratlos. Was sollte sie mit einem zweiten Pferd? Das Futter reichte kaum für eines, und wenn Magnus mit dem Schimmel erst zurück war, würde es knapp werden …

Wem es wohl gehören mochte?

Marie band das Tier an einen Pfosten vor dem Stall und untersuchte es. Der Sattel war alt und an vielen Stellen abgerieben, aber nirgends gebrochen. Das Pferd war zwar magerer als der Schimmel, schien aber gut in Form zu sein.

Marie wollte gerade den Sattel abnehmen, als sie erneut stutzte. An Sattel und Fell gab es unangenehm feuchte, klebrige Stellen – sie hob die Hand zum Gesicht und schnupperte. Dann sprang sie erschrocken zurück. Das war Blut! Sie keuchte erschrocken. »Wer um alles in der Welt …«

Das Pferd erschrak und scheute, schlug in seiner Angst aus und traf den Pfosten. Er splitterte, und es hätte nur noch einen heftigen Ruck mit dem Kopf gebraucht, dann wäre es frei. Doch Marie schaffte es, erst sich und dann das Tier wieder zu beruhigen. Sie führte es in den Stall und gab ihm Wasser, was es gierig trank.

Hier, im Schein der Fackel, erkannte Marie endlich, warum ihr das Tier so bekannt vorgekommen war. Sie sah es nicht zum ersten Mal: Vor ihr stand der Wallach, den Jakob geritten hatte, er musste es sein. Und wenn dies Jakobs Pferd war, hieß das, dass der Freund es nicht bis Sankt Georgen geschafft hatte.

Jakob …

Marie atmete tief. Für Angst war jetzt keine Zeit. Sie versuchte Ordnung in ihre Gedanken zu bringen:

Jakob hatte gesagt, dass er über Schramberg und

Tennenbronn reiten wollte, weil es keine direkte Verbindung über den Berg gab. Wenn das Pferd also nicht in seinen eigenen Stall nach Sankt Georgen gelaufen war, sondern einfach den letzten Weg zurück, dann konnten sie nicht weitgekommen sein.

»Jakob, wo bist du?«, stöhnte sie und hielt sich den krampfenden Magen.

Hilfe! Sie musste helfen, so viel stand fest. Wer sonst würde sich um einen heimatlosen Zimmermann kümmern? Die Kollegen am Bau oder die Mönche würden sich frühestens morgen wundern, warum er nicht zur Arbeit kam, und vor dem Abend nicht nach ihm suchen. Falls sie wussten, wohin er gegangen war. Und wenn sie sich überhaupt die Mühe machen wollten, denn Jakob war nur ein einfacher Arbeiter und sicher leicht zu ersetzen.

Aber wie sollte sie, Marie, heimat- und mittellos, minderjähriges Mündel eines Zimmermannes und Magd eines Heilers, ganz auf sich gestellt Jakob helfen? Draußen war es stockdunkel, und sie konnte kaum die Hand vor den Augen erkennen, geschweige denn einen Verletzten finden, der irgendwo am Wegesrand lag oder gar im Wald. Und selbst wenn: Wie sollte sie Jakob, falls sie ihn wirklich finden konnte, nach Hause bringen? Wegen einer kleinen Beule hätte er sein Pferd nicht laufen lassen, und dann war da noch das ganze Blut …

Ein Wagen! Marie dachte an den Leiterwagen, mit dem sie und Max vor Wochen durch die Gegend gefahren waren. So etwas könnte sie jetzt brauchen, aber wo sollte sie ihn hernehmen? Ihr Herz klopfte schneller, und sie musste sich ermahnen, ruhig zu bleiben. In dieser Verfassung würde sie Jakob keine Hilfe sein.

»Los, Marie, denk nach!«, flüsterte sie und suchte nach der rettenden Idee. Doch alles, was sie sehen konnte, war das Bild eines erschlagenen, aus vielen Wunden blutenden Jakob. Nein, nein, das durfte nicht sein! Wenn auch nur ein Rest Leben in ihm war, musste sie zu ihm.

Und wenn nicht?

Dann auch! Schließlich ging es hier nicht um irgendjemanden, sondern um Jakob, ihren Jakob, ihren besten und vielleicht einzigen richtigen Freund, ihre Vergangenheit und ihre Zukunft, das wusste Marie jetzt. Er durfte nicht gehen, sie nicht verlassen. Nicht jetzt, wo sie ihn endlich gefunden hatte, sich endlich zu ihm bekennen konnte.

Ach Jakob, was habe ich getan?

Maries Angst, Jakob nur noch tot zu finden, machte sie unruhig. Sie verzichtete auf Decke, Laterne oder wärmere Kleidung, sondern schritt gleich so, wie sie war, an die Seite des Pferdes und schaute zu ihm hoch.

Wie groß so ein Ross doch war! Wieder einmal bewunderte sie jeden, der den Mut aufbrachte, sich auf einen Pferderücken zu schwingen und zu reiten.

Aber Jakob wartete, zu Fuß war sie nicht schnell genug, also musste sie dort hinauf. Entschlossen führte sie das Pferd an den Holzblock, auf dem Jakob vorhin noch die Scheite gehackt hatte, und maß die Entfernung bis zum Pferderücken. Zum Glück stand das Ross still, und so hielt sie sich mit der einen Hand an seiner Mähne fest, mit der anderen an einem Balken und hob vorsichtig ein Bein in die Luft.

Das Pferd begann zu tänzeln, und Marie musste es noch einmal versuchen. Diesmal klappte es auf Anhieb: Sie hob das Bein, ließ es über den Pferderücken gleiten und rutschte hinüber.

Wie hoch sie nun saß! Der Boden begann sich zu drehen, und ihr wurde übel. Sie schloss die Augen, zog am Zügel, bis der Kopf des Pferdes sich bog, und stieß dem Tier die Fersen in die Seite.

»Los!«, rief sie atemlos. »Geh los, Pferd. Zeig mir deinen Herrn, damit wir ihn holen können.«

Das Ross war noch immer aufgeregt und reagierte prompt. Es sprang mit einem Satz los, der Marie fast aus dem Sattel geworfen hätte, gerade dass sie sich noch mit Händen und Füßen festklammern konnte.

Nach wenigen Sprüngen ging es in einen holperigen Gang über, der sie zwar schnell vorwärtsbrachte, Marie aber die Tränen in die Augen trieb. Sie war dieses huckelige Auf und Ab nicht gewöhnt, und es stieß ihr jeden Knochen im Leib zusammen. Doch das Bild des blutenden, verblutenden Jakob im Gebüsch ließ sie die Zähne zusammenbeißen und durchhalten. Für gemächliche Reitstunden hatten sie keine Zeit.

Marie lenkte das Pferd nicht, sondern ließ es seinen eigenen Weg finden. Welche Richtung hätte sie ihm auch weisen sollen? Es trollte sich am Ort vorbei, was Marie ganz recht war, und fand den richtigen Weg, anscheinend lief es ihn nicht zum ersten Mal.

Marie atmete auf. Wenn Jakob hier geritten war,

konnte er nicht weit gekommen sein. Ihre Augen huschten hin und her und suchten überall nach verräterischen Spuren, konnten aber nichts entdecken. Die drückende Nähe der Felsen rechts und links des Weges ließ sie zusammenschrumpfen auf die Größe einer Maus.

Ein guter Platz für einen Hinterhalt, fand sie und versuchte, Jakobs nächtlichen Ritt mit den Augen eines Wegelagerers zu sehen. Ein einzelner Mann auf einem Pferd, beide machten keinen verhungerten Eindruck, da könnte etwas zu holen sein. Und ihre Phantasie ging weiter: Ein Mädchen auf einem Pferd, ganz allein …

Das Ross scheute und wurde unruhig, es spürte ihre Angst. Marie nahm sich zusammen: Wenn sie vom Pferd fiel und zu Fuß laufen musste, hatte sie gar keine Chance mehr, Jakob zu finden oder diese Nacht unbeschadet zu überstehen.

»Jakob!«, rief sie leise.

Das Pferd scheute erneut und ließ Marie vorsichtig werden. Hatte sie etwas übersehen, etwas überhört, das ihm Angst machte? Marie lauschte, konnte aber nichts Verdächtiges hören. Dann verstand sie: Sie näherten sich der Stelle, an der der Überfall geschehen war.

Wieder kam die kalte Hand der Angst. Was, wenn Jakob nicht mehr lebte? Oder wenn die Angreifer noch da waren und sie ergreifen würden, lachend den Rock nähmen und über ihren Kopf zögen …

Wieder scheute das Pferd, und diesmal wäre Marie fast aus dem Sattel gefallen. Jetzt hörte auch sie etwas: Ein leises Stöhnen kam aus dem Gebüsch zu ihrer

Rechten, kaum wahrnehmbar bei dem Krach, den das aufgeregte Tier machte.

Marie konnte nichts sehen und fühlte sich auf dem Pferd sicherer als ungeschützt unten auf dem Boden. Fast war sie versucht, umzudrehen und davonzureiten, um Hilfe zu holen, doch dann brachte sie das scheue Tier zum Stehen. Sie kletterte hinunter und band es an einem Baum in der Nähe, es durfte auf keinen Fall verlorengehen.

Vorsichtig und so leise wie möglich näherte Marie sich dem Gebüsch. Mittlerweile hatte sie sich an die Dunkelheit gewöhnt und konnte deutliche Spuren eines Kampfes erkennen: aufgewühlte Erde, abgebrochene Äste und überall dazwischen Blut. So viel Blut …

Ängstlich griff sie nach einem dicken Stock, der sich gut schwingen ließ und ihr Mut gab.

»Jakob?« Leise, fast flüsternd schlich der Ruf aus ihrem Mund.

Als sie erneut ein Stöhnen hörte rief sie wieder, lauter diesmal: »Jakob! Ich bin es, Marie. Wo bist du?«

Diesmal konnte sie das Stöhnen orten und kam ihm näher. Noch ein paar Schritte, dann endlich konnte sie ihn sehen: Zusammengekrümmt und blutend lag er da, Gesicht und Körper zerschlagen und geschunden, die Augen verquollen und dick.

Marie schrie auf und sprang zu der leblosen Gestalt am Boden. Sie brauchte ein paar Versuche, ehe es ihr gelang, ihn auf den Rücken zu drehen, tastete dann im Dunkeln der sternenlosen Nacht nach seinem Kopf und konnte bald die Stelle finden, aus der das Blut kam, offensichtlich hatte er einen Schlag abbekommen. Aber da waren noch mehr Stellen, aus denen er blutete, wenn auch keine bedrohlich tief zu sein schien. Alles in allem hatte man ihm böse zugesetzt – Marie ließ sich neben ihm nieder und zog seinen Kopf auf ihren Schoß.

»Jakob, was haben sie nur mit dir gemacht?«

Wie lange sie dort saß, konnte sie später nicht mehr sagen, aber als Jakobs Pferd schnaubte, erhob sie sich und sah nach, was sich auf der Straße tat.

Zwei Reiter, eingemummelt in ihre Mäntel, ritten langsam auf müden Pferden die Straße entlang. Sie streichelte Jakobs Wallach so lange, bis die beiden außer Hörweite waren, und versuchte dann, Jakobs leblosen Körper auf das unruhig tänzelnde Pferd zu zerren, leider ohne Erfolg. Daher versteckte sie ihn ein zweites Mal und schwang sich beherzt wieder auf den Rücken des Pferdes, obwohl Beine und Rücken noch schmerzten.

»Bleib hier liegen, Jakob, ich bin bald wieder da!«, rief sie leise, drehte das Pferd und ritt so schnell sie konnte zurück nach Schramberg.

Diesmal war es Marie, die bibbernd und zitternd unter dem Fenster stand und klopfte, so ganz ohne Mantel war es doch sehr kalt. Es dauerte lange, bis sie leises Tuscheln hörte, und noch länger, ehe sich eine Stimme meldete.

»Wer ist da?« Das war die Stimme einer erwachsenen Frau. »Wir öffnen nicht«, sagte sie schroff.

Marie stöhnte. Sie hatte gehofft, Anna anzutreffen,

vor der sie ohne Umschweife ihr Anliegen hätte vortragen können. Diese Stimme hier klang nicht weniger misstrauisch als ihre eigene.

»Ich bin es, Marie, die Magd des Heilers Magnus«, antwortete Marie daher und hoffte inständig, dass man die Türe öffnen und sie einlassen würde, um sich zu wärmen. Ihre Hände waren vor Angst und Kälte so steif, dass sie kaum das Pferd hatte anbinden können, und sie wusste nicht, wie sie den Knoten nachher wieder lösen sollte.

»Wessen Magd?«, kam es misstrauisch zurück.

Marie wollte ihr Sprüchlein gerade noch einmal aufsagen, da vernahm sie eine zweite, jüngere Stimme: »Marie? Bist du das?«

Marie sackte erleichtert zusammen und musste sich an den Türpfosten lehnen, um nicht umzukippen. »Ja, ich bin es, Anna. Bitte lasst mich ein, ich brauche Hilfe.«

Wieder flüsterten die Stimmen miteinander, dann hörte sie Schritte, und schließlich öffnete sich die Tür. Gerade so weit, dass man einen Blick nach draußen werfen konnte, aber das genügte. »Bitte, ihr müsst mir helfen!«

»Was ist passiert?« Anna klang erschrocken, öffnete die Tür ganz und musterte Marie von Kopf bis Fuß. Dann erst legte sie den Feuerhaken beiseite, den sie für den Notfall erhoben hielt.

»Komm rein, Marie. Was ist denn passiert? Wieso brauchst du Hilfe?«

Die ältere Frau – Marie hielt sie für Annas Mutter –

blieb misstrauisch, brachte ihr aber eine Decke und machte sich daran, den Ofen zu schüren.

»Du brauchst etwas Warmes, sonst wirst du krank!«, knurrte sie.

Marie setzte sich. Ihr war tatsächlich kalt, und die Zähne schlugen aufeinander, doch für einen Trank hatten sie keine Zeit.

»Bitte, ihr müsst mir helfen«, flehte sie und griff nach Annas Händen. »Ein Freund von mir ist überfallen worden und ringt mit dem Tod. Ich konnte ihn alleine nicht nach Hause bringen.«

»Wo ist er jetzt?«, fragte die Frau.

»Ich musste ihn im Bernecktal zurücklassen«, antwortete Marie durch ihre klappernden Zähne hindurch.

Anna schlug die Hände vor das Gesicht. Ihre Mutter löschte das noch junge Feuer, griff nach ihrem Mantel und ging dann zur Tür.

»Wo genau müssen wir hin?«, wollte sie wissen.

Marie überlegte. »Er liegt im Bernecktal, zu Fuß vielleicht eine halbe Stunde von hier, ich weiß es nicht genau. Ich habe ein Pferd, aber ich kann nicht gut reiten, und Jakob wird sich kaum darauf halten können. Habt ihr vielleicht einen Wagen?«

Die Frau schüttelte den Kopf, dachte kurz nach und verschwand dann in die Nacht. Die Mädchen blieben auf ihr Geheiß hin zurück, was hätten sie auch tun sollen? Als der kleine Junge zu schreien begann, half Marie, ihn zu beruhigen und fragte nach seinem Zustand.

»Michel geht es gut«, erklärte Anna.

»Michel – ein schöner Name. Ist er dein Kind?«, fragte Marie nach. Es interessierte sie wirklich.

Anna nickte und schaute auf ihre Füße.

»Wie alt bist du?«, bohrte Marie weiter.

Anna hob nicht den Blick und wurde seltsam steif. »Fünfzehn …«, hauchte sie. Ihr dunkelbraunes Haar, diesmal nicht unter der Haube verborgen, fiel über die Stirn und verbarg das Gesicht wie ein Vorhang.

Marie überlegte: Geheiratet wurde landläufig frühestens mit sechzehn, auch wenn viele junge Leute in ihrem Alter schon verlobt waren. Ein unverheiratetes Mädchen mit einem Kind, das war schon ungewöhnlich.

»Wir waren auf der Rückkehr von einer Reise«, begann Anna heiser und starrte ins Leere. »Ein Trupp Landsknechte kreuzte unseren Weg. Sie sagten, sie wollten uns beschützen …« Hier versagte ihre Stimme und dicke Tränen bahnten sich einen Weg über die eingefallenen Wangen.

Marie nahm sie in den Arm und sagte nichts mehr. Sie wusste auch so, was geschehen war, und musste es nicht in allen Einzelheiten hören.

»Es tut mir so leid, Anna …«, flüsterte sie.

Draußen waren Schritte zu hören; Anna nahm sich zusammen, drückte Marie kurz und verschwand mit ihrem Sohn in der Kammer. Noch ehe Marie etwas sagen konnte, trat Annas Mutter durch die Tür und reichte ihr einen Mantel aus grobem Tuch.

»Komm, Heilerin«, sagte sie.

Marie stand auf, rieb ihre schmerzenden Hände, griff

nach dem Mantel und folgte ihr nach draußen. Dort stand ein Wagen, etwas kürzer als ihrer damals und eher für den Transport kleinerer Lasten als von Menschen gedacht. Davor stand steif ein Ochse, den man offenbar in aller Eile aus dem Schlaf gerissen und angespannt hatte. Er schien nicht begeistert zu sein und muhte nach seinem Stall.

Die Frau gab ihm einen Knuff in die Seite, damit er aufhörte, und kletterte auf den Bock.

Marie überlegte, dass der Ochse mit nur einem Fahrer schon langsam genug sein würde und verzichtete daher darauf, ebenfalls dort Platz zu nehmen. Sie kletterte lieber auf Jakobs Pferd und ließ es vorweglaufen, bevor ein neugieriger Nachbar den Kopf zur Tür hinausstecken konnte.

Mit dem Ochsen dauerte alles etwas länger, und so war es bereits tiefe Nacht, als sie Jakob endlich fanden. Isolde, Annas Mutter, erwies sich als umsichtig und geschickt, und mit ihrer Hilfe war er schnell verladen. Marie brachte es kaum übers Herz, den schwerverletzten Freund allein auf dem Wagen zu lassen, doch hier konnte sie nicht viel für ihn tun. So begleitete sie das langsame Gefährt ungeduldig auf Jakobs Ross und ritt erst voraus, als sie die Umrisse des Hofes sehen konnte. Dort stellte sie das Pferd, so wie es war, in den Stall und holte Magnus' Decke aus dem Haus.

Isolde half, den Bewusstlosen ins Haus zu tragen.

»Der Ochse muss zurück in seinen Stall«, sagte sie entschuldigend. »Der Nachbar, von dem ich ihn habe, benötigt ihn morgen. Brauchst du noch etwas, bevor ich gehe?«

Marie hatte bereits damit begonnen, vorsichtig die zerrissenen und von Blut und Erde verklebten Kleider von Jakobs Körper abzulösen, und schüttelte den Kopf. »Nein danke, Isolde, im Moment nicht. Ich kann dir jetzt nur meinen Dank geben, mehr habe ich nicht. Falls der Bauer einen Preis dafür verlangt, dass er Ochs und Karren ausgeliehen hat, dann sag mir die Summe, ich habe Geld im Haus.« Dankbar dachte sie an Magnus' Geheimversteck und hoffte, dass er damit einverstanden war.

»Der? Nein, Marie, der war mir sowieso noch etwas schuldig. Mach dir keine Sorgen, sondern kümmere dich um deinen Freund; morgen früh schaue ich wieder vorbei und sehe, ob ich helfen kann.« Dann verabschiedete sie sich und schloss leise die Tür. Marie sagte nichts mehr, sie hatte weder Worte noch Tränen.

Zurück im Haus schürte Marie das Feuer, setzte einen Kessel mit Wasser auf und untersuchte Jakob noch einmal in Ruhe und bei Licht. Sie bemühte sich, den leblosen Körper so wenig wie möglich zu bewegen, denn neben den vielen Wunden und Prellungen gab es auch die dicke Schwellung am Hinterkopf, die ihr große Sorgen machte. Sie kannte sich in Magnus' Kräuterküche gut genug aus, um Jakobs Schmerzen lindern zu können und die Wunden zu versorgen, aber gegen einen geborstenen Schädel wäre sie machtlos. Wenn doch nur Magnus da wäre, er wüsste bestimmt Rat …

Als das Wasser warm war, tauchte Marie ihr Tuch hinein und begann, Jakob abzuwaschen. Nach und nach entfernte sie Blut, Dreck und Schweiß von seiner Haut und stellte fest, dass die Wunden nicht allzu schwer waren: Das meiste Blut stammte von einem Riss über der Augenbraue und einer Stichwunde in der Schulter, aber zumindest fand sie keine Hinweise auf einen Bruch.

Marie griff nach dem Tiegel mit der Heilsalbe, als Jakob erwachte. Erst flatterten die Augenlider, dann regte sich seine Hand. Erst schien er sie nicht zu kennen, doch dann breitete sich ein Lächeln auf seinem Gesicht aus.

»Marie …«

Marie lächelte zurück. Zärtlich griff sie nach seiner Hand und führte sie zu ihrem Gesicht. »Jakob! Ich hatte solche Angst um dich!«

Jakob drückte ihre Hand und versuchte sich aufzurichten, schien dabei aber große Schmerzen zu haben. Marie schob ihn daher zurück in die Kissen und lauschte voller Angst dem, was er von dem Überfall erzählte.

»Ich spürte schon eine ganze Weile, dass etwas nicht in Ordnung war. Ich wollte gerade umdrehen und mir in Schramberg ein Nachtlager suchen, als sie über mich herfielen.«

Marie stöhnte. »Dann waren es also mehrere?«

»Vier insgesamt, dagegen konnte ich trotz aller im Krieg erlernten Künste nicht ankommen.« Er berichtete von einem feigen Hinterhalt, ließ aber Einzelheiten zur Schlägerei aus, wofür Marie ihm dankbar war. »Sie prügelten alle vier auf mich ein, dabei muss mein Pferd entkommen sein. Vor lauter Wut, weil sie nun ohne Beute dastanden, rammten sie mir das Messer in die Schulter und flohen.«

Mitleidig streichelte Marie die Wunde, die nun sauber unter einem dicken Verband lag und kaum zu schmerzen schien. »Und wie bist du zu der Beule am Kopf gekommen?«

Jakob schnaubte. »Irgendwann versuchte ich aufzustehen, schaffte es aber nicht. Dabei muss ich wohl gestürzt sein und mir den Kopf an einem Stein aufgeschlagen haben, anders kann ich mir die Beule nicht erklären.« Er lächelte gequält. »Was bin ich doch für ein Held! Erst lasse ich mich von vier Halunken überrumpeln, und dann setze ich mich mit einem Stein selbst außer Gefecht.«

Marie streichelte ihn sanft und dachte mit Schrecken daran, was geschehen wäre, wenn das Pferd nicht gekommen wäre.

»Du hast mir so gefehlt!«

Jakob schloss die Augen. Vielleicht würde er ihr ja nach all dem, was sie sich heute gestanden hatten, nie wieder in die Augen sehen – sie schluckte.

»Ach Marie …« Als ihre Hand sich zögernd in die seine schob, zog er sich diesmal nicht zurück. »Erzähl mir lieber, was in aller Welt dich ausgerechnet nach Schramberg verschlagen hat. Die Leute erzählen, dass du schon seit Juni hier lebst und von einem alten Physikus die Heilkunst erlernst – stimmt das?«

Marie lächelte. Ja, es stimmt, wollte sie sagen und zum ersten Mal erschreckte sie dieser Gedanke nicht mehr. Stattdessen rückte sie näher an Jakob heran, nahm sein wetterbraunes Gesicht in die Hände und küsste ihn auf die Augen.

»Oh Marie, ich hab dich auch vermisst!«, gestand er und hielt sie so fest, dass es ihr fast den Atem nahm.

»Verlass mich nicht, Jakob. Nie wieder!«

Statt einer Antwort drückte er sein Gesicht tief in ihre Halsbeuge, Marie konnte das Klopfen ihres Herzens an dieser Stelle spüren.

»Gilt das eigentlich noch, was du damals gesagt hast?« Marie lächelte. »Du weißt schon, bei Irmhild in der Schänke, nachdem du mich vor den Kindern gerettet hattest. Willst du das noch immer?«

Jakobs Körper wurde steif. »Was meinst du?«, fragte er leise und vergrub sein Gesicht noch tiefer in ihrem Haar.

»Willst du mich immer noch … heiraten?«

Er hielt den Atem an und schwieg.

»Falls ja« – Marie atmete tief durch und strich erneut zärtlich durch sein ungewohnt kurzes Haar – »dann musst du es unbedingt wieder wachsen lassen, sonst fühlt es sich fremd an.«

Jakob griff ihre Schultern, hielt Marie auf Armeslänge von sich weg und betrachtete sie ernst. »Heißt das, du würdest es dir überlegen? Und vielleicht meine Frau werden?«

Marie lächelte scheu. »Nicht vielleicht, Jakob, das ist lange her. Wenn du mich noch willst, sage ich ja.« Sie führte seine Hand an ihr Gesicht und sah ihm in die Augen. Kein Versteckspiel mehr, keine Flucht und keine Zweifel. »Ja, ja und nochmals ja, Jakob. Ich werde nicht zulassen, dass wir uns noch einmal aus den Augen verlieren.«

Sie blickte sich in der Stube um, die ihr längst ein Zuhause geworden war, und spürte tiefen Frieden. Endlich war sie angekommen, hatte einen Platz gefunden, an den sie gehörte.

Jakob schüttelte zunächst verwirrt den Kopf, schien sein Glück nicht fassen zu können – oder ihm nicht zu trauen. Dann endlich kam Glanz in seine Augen.

»Du meinst – als meine Frau?«

Marie nickte.

»Für immer?«

Sie nickte wieder und umarmte ihn vorsichtig, um nicht neue Schmerzen herbeizuführen. »Ja, Jakob, für immer. Aber ich kann Magnus nicht einfach im Stich lassen, er hat so viel für mich getan.« Sie erzählte in wenigen Worten, was sie und Max nach ihrer Flucht aus dem Lager erlebt hatten und wie der Arzt zu ihrer Gesellschaft gekommen war.

»Du brauchst ihn nicht zu verlassen«, brummte Jakob und streichelte glücklich ihre Hand. »Für eine Weile habe ich noch Arbeit im Kloster – vorausgesetzt, das hier heilt schnell und ich kann bald wieder arbeiten. Wenn dort alles wieder steht, habe ich hoffentlich genug von meinem Können gezeigt, um in der Gegend etwas Neues zu finden.«

Er blickte nach draußen, wo sich die Wolken langsam rot färbten. »Sieh mal, Marie, der Morgenhimmel. Er hat die Farbe deines Haares, wusstest du das?«

Marie versuchte vergeblich, eine ihrer Strähnen so lang zu ziehen, dass sie sie richtig ansehen konnte. »Das also siehst du, wenn du den Sonnenaufgang betrachtest?«, lachte sie.

Jakob legte seinen Arm um ihre Schulter und zog sie ganz nah an sich heran. Marie ließ es geschehen, mehr noch: Eng schmiegte sie sich an den Mann, der längst mehr war als ein Freund. Viel mehr. Hätte sie doch nur auf Johanna gehört, die hatte es längst gewusst, die ganze Zeit schon.

»Das Mädchen mit dem Feuerhaar – ich habe nie begriffen, warum die Bürger Rottweils einen Spottvers darüber machten. Ich habe dein Haar schon immer geliebt, Marie, seit ich dich kenne. Weil ich dich geliebt habe. Es gibt nichts anderes, an das ich denke, wenn ich einen Sonnenaufgang sehe.«

Marie kramte an ihrem Gürtel und holte die Hasenpfote hervor. »Da, sieh, ich hab sie noch.«

»Und? Hat sie dir geholfen?«

Für einen Moment schloss Marie die Augen, als sie an Max' Leiden denken musste, doch dann ließ sie den Toten ruhen.

»Mir ja«, antwortete sie ausweichend. »Ohne deinen Glücksbringer wäre ich vielleicht nicht mehr am Leben.«

Eine Weile saßen sie da und sagten nichts.

»Ich werde nicht jeden Tag den weiten Weg von Sankt Georgen hierher machen können«, brach Jakob schließlich das Schweigen. »Aber so oft es geht, werde ich kommen und dir helfen. Und später, wenn Magnus wieder da ist – nun, dann müssen wir weitersehen.«

»Ihr werdet euch mögen, Magnus und du.« Marie hatte keinen Zweifel daran. »Stell dir vor: Ich habe Pläne für eine neue Kräuterküche bei ihm gesehen. Aber Magnus meinte, noch sei sie nicht wirklich nötig, und er wäre sowieso zu alt, um sie zu bauen. Aber jetzt bist du ja da und kannst das für ihn machen. Und die alte – nun, wenn wir erst verheiratet sind und Kinder haben, werden wir ein eigenes Zimmer brauchen …«

Jakob lächelte. »Wenn du willst und Magnus einverstanden ist, baue ich uns ein eigenes Haus, Marie.« Dann huschte ein Schatten über sein Gesicht. »Du denkst also, dass unsere Reise jetzt endlich ein Ende hat?«, flüsterte er.

Marie lächelte zurück. »Ja, Jakob. Wenn es nach mir geht: ein gutes Ende. Und solange wir zusammen sind, werden wir alles meistern, was da noch kommt, denkst du nicht auch?«

ANHANG

GLOSSAR

Ammann: Der Ammann war seit dem Mittelalter der oberste Dienstmann eines *Amtes* (Gutshöfe, Burgen und Dörfer) und verwaltete dieses im Auftrag des Landesherrn. Vom Amtshaus aus trieb er die Steuern ein, sprach Recht und sorgte mit einer kleinen bewaffneten Einheit für Sicherheit und Ordnung. Später bürgerte sich dafür das Wort *Beamter* ein.

Bauernkriege: Der *Deutsche Bauernkrieg*, auch *Revolution des einfachen Mannes* genannt, bezeichnet die Ausweitung lokaler Bauernaufstände in weiten Teilen des süddeutschen Sprachraumes ab 1524. Damals herrschten schwere Zeiten: Die Bauern waren rechtlose Leibeigene oder mussten den Grundherren Frondienste leisten und hohe Abgaben zahlen. Viele Felder verkamen, weil ihre Besitzer zu oft fortmussten. Die Dienste und Abgaben stiegen ins Unermessliche, bald hatten die Bauern trotz harter Arbeit kein Auskommen mehr. Immer mehr verweigerten diesen Dienst. 1524 schließlich schlossen sich die ersten Bauern in Truppen zusammen, um ihre Rechte zu vertreten. Die Bewegung weitete sich aus wie ein Flächenbrand. 1525 erstellten die Bauern eine Liste mit

Forderungen, die ihre Lage grundsätzlich ändern sollte. Die *Zwölf Artikel von Memmingen* gelten als erste Niederschrift von Freiheits- und Menschenrechten in Europa.

Adel und Klerus sahen nicht tatenlos zu und stellten eigene Truppen gegen die Bauern auf. 1525 wurden die Aufständischen vernichtend geschlagen.

Beutemeister: Der Beutemeister war unter den Landsknechten für die gerechte Aufteilung der gemeinsamen Beute zuständig. Er wurde in einer Heeresversammlung gewählt.

Feldscherer: Der Feldscherer (auch Feldscher) war die unterste Stufe des früheren Militärarztes und arbeitete als sogenannter *Handwerksarzt* beim Heer. Seine medizinischen Aufgaben waren neben Aderlass und Schröpfen auch das Ausbrennen von Wunden mit einem Glüheisen, das Herausziehen von Kugeln, das Einrenken von Gliedmaßen und das Amputieren.

Feldzeugmeister: Der Feldzeugmeister war zu Zeiten der Landsknecht-Heere der Oberbefehlshaber der Artillerie (Geschütze). Nach dem Feldhauptmann und dem Feldmarschall war er der höchste Offizier des Heeres. *Zeug* bezeichnete dabei das Geschütz mit seinem gesamten Material, das von den Büchsenmeistern und deren Handlangern nach einem freiwilligen Vertrag mit dem Kriegsherren bedient wurde. Das gesamte Zeug stand unter dem Befehl des Generalfeldzeugmeisters / Artilleriegeneral.

Kanonenrecht / Das Recht der Kanone: Wenn ein Landsknecht im Heer ein Verbrechen begangen hatte und es schaffte, vor dem Profoss zu den Kanonen der Artillerie zu flüchten, hatte er das Recht auf einen dreitägigen Schutz. Solange der Flüchtling sich nicht weiter als vierundzwanzig Schritte von der Kanone entfernte, durfte ihn der Profoss nicht verhaften. Tat er es dennoch, konnte der Artilleriegeneral seine Truppen aus der Armee entfernen.

Landsknecht: Als *Landsknecht* oder *Reisläufer* bezeichnet man die zu Fuß kämpfenden, meist deutschen Söldner des späten 15. und des 16. Jahrhunderts, deren primäre Waffe nach Schweizer Vorbild die Pike war. Aufgrund ihrer fortschrittlichen und disziplinierten Kampfweise galten sie als besonders schlagkräftig, hatten aber immer auch den Ruf von Plünderern, die nach ausgebliebenen Soldzahlungen ganze Landstriche verheeren konnten.

Typische Waffe der Landsknechte war der *Langspieß / die Pike*, eine bis zu sechs Metern lange Stangenwaffe mit knapp 30 cm langer Spitze. Die deutlich kürzere, ca. zwei Meter lange *Hellebarde* wurde von Unterführern und erfahrenen Doppelsöldnern getragen. Dazu führten die Landsknechte meist den *Katzbalger* (ein Kurzschwert für den Nahkampf), den *Bidenhänder* (ein schweres Schwert mit bis zu 1,60 Meter langer Klinge) oder eine Streitaxt.

Marketenderin: Die historischen Marketender gehörten zum Tross der spätmittelalterlichen und frühneuzeitlichen Heere. Fast jedes Fähnlein der Landsknechte hatte in dieser Zeit einen eigenen Marketender, der die Soldaten als Händler mit Lebensmitteln versorgte. Frauen kombinierten diesen Beruf häufig mit Prostitution.

Pest: Die Pest ist eine hochgradig ansteckende Krankheit, die durch das Bakterium *Yersinia Pestis* ausgelöst wird. Übertragen wird sie von Tier zu Mensch oder von Mensch zu Mensch. Die Medizin unterscheidet vier verschiedene Arten, Max stirbt an der Beulenpest. Sie wird von einem Zwischenwirt wie dem Rattenfloh vom Tier auf den Menschen übertragen. Nach einer Inkubationszeit von einigen Stunden bis zu einer Woche kommt es zu hohem Fieber, Kopf- und Gliederschmerzen, starkem Krankheitsgefühl und Benommenheit. Je nachdem, an welcher Stelle des Körpers der Flohbiss erfolgte, schwellen die Lymphknoten und -gefäße am Hals, in der Achselhöhle oder Leiste zu großen, schmerzhaften Beulen, die sich bläulich-schwarz verfärben und später eine eitrige, stinkende Flüssigkeit freigeben.

Früher, als man weder Ansteckungswege noch Antibiotika kannte, konnte sich die Seuche ungehindert ausbreiten. Schlechte Hygiene und Mangelernährung taten ein Übriges. Die Pest endete nicht immer tödlich, doch da man über grundlegende medizinische Kenntnisse wie Immunität und Abwehrkräfte noch nicht verfügte, suchten die Menschen nach Erklärungen, die sie verstehen konnten. Schwere Krankheit galt als Strafe Gottes für Verfehlungen, zu überleben oder gar nicht erst zu erkranken konnte schnell als Gunst des Teufels ausgelegt werden.

Heute ist die Pest zwar nicht ausgerottet, aber dank verbesserter Lebensbedingungen und wirksamer Medikamente kann sie meist erfolgreich behandelt werden.

Pikenier: Die Pikeniere bildeten im Europa des 15. bis zum 17. Jahrhundert die schwere Infanterie (zu Fuß kämpfende Soldaten) und waren nach ihrer Hauptwaffe, der Pike (Spieß) benannt.

Profoss: Der Profoss hatte im Regiment dafür zu sorgen, dass die Landsknechte die sogenannte *Feldordnung* einhielten. Er war auch für die Verfolgung von Straftätern und die Vollstreckung der Strafe zuständig. Da er im Rang gleich hinter Feldhauptmann und Feldmarschall bzw. Obrist kam, war er sehr mächtig, wenn auch selten beliebt.

Schanzknecht: Dem Schanzknecht oblag im Regiment Transport und Pflege der Geschütze. Während der Schlacht musste er Munition heranschaffen und Geschütze hin und her schleppen, was sehr gefährlich war. Außerhalb der Schlacht half er beim Erstellen der Schutzwälle und Schanzen. Er unterstand dem Feldzeugmeister.

Söldner: Ein Söldner ist ein Soldat (hier: Landsknecht), der immer demjenigen militärische Dienste leistet, der ihn anwirbt und seinen Sold bezahlt. Er ist für die Dauer seines Vertrages (meist ein bestimmter Kriegszug oder eine Schlacht) an diesen Dienstherren gebunden.

Tross: Kriegszüge bestanden nicht nur aus Kämpfern und Soldaten. Sie mussten ernährt und versorgt werden, die hohen Herrschaften hatten einen Hofstaat dabei, die niederen Ränge gar ihre Familien. Es musste Wäsche gewaschen, Essen herangeschafft und gekocht werden, jeder musste irgendwo schlafen. Der Tross bestand also aus all denen, die das Militär begleitete und bei seinen Aufgaben unterstützte, und fuhr meist etwas hinterher. Im Tross gab es feste Aufgaben und Gruppen, die ebenfalls hierarchisch gegliedert waren und strengen Regeln unterlagen.

Zeugmeister: Der Zeugmeister ist zuständig für eine bestimmte Geschützeinheit und dem Feldzeugmeister unterstellt.

DANK

Niemand kann ohne Unterstützung einen historischen Roman schreiben – ich auch nicht. Deshalb bin ich doppelt froh um all die helfenden Köpfe, Augen, Ohren und Hände, die für Marie und mich da waren und immer wieder mit Rat und Tat zur Seite standen.

Besonderer Dank gebührt an dieser Stelle Eva Wansleben, Julia Abrahams und Helga Preugschat, die das Manuskript in all seinen Stadien lasen, prüften, verbesserten und ergänzten. Ich danke auch Micha Neef, Sandra und Olli Halder, Ulricke Reith und den Kollegen und Kolleginnen vom Autorenforum Montsegur für ihre unermüdlichen Recherchen und Kritiken – ohne euch wäre ich manches Mal aufgeschmissen gewesen!

Glücklicherweise traf ich bei meinen Recherchen auf Fachleute, die mich ohne Zögern an ihrem Wissen teilhaben ließen, wie die Historiker Dr. Klaus-Jürgen Becker aus Ludwigshafen, Dr. Elmar L. Kuhn aus Salem, Cajetan Schaub aus Schramberg und Cornelia Wenzel vom Bauernkriegmuseum in Böblingen, oder Dr. Roland Grunow vom Robert-Koch-Institut Berlin, der geduldig meine vielen Fragen zur Pest beantwortete.

Trotzdem wäre dieses Buch nie so bunt und voller Eindrücke geworden ohne die Mitglieder des Seehaufens, einer Landsknechtstruppe vom Bodensee, die die Zeit der Schwäbischen Bauernkriege um 1525 nachstellen. Sie beantworteten nicht nur meine Fragen, sondern luden mich zu ihren Lagern ein. Dort durfte ich alles anfassen, ausprobieren und untersuchen. Ich lernte, auf offenem Feuer zu kochen, ohne im Rauch zu ersticken, mit Feuerstein und Zunder Feuer zu entfachen, mich praktisch und angemessen zu kleiden und vieles, vieles mehr.

Vor allem aber muss ich meiner Familie danken, die mich während all dieser Wochen unterstützt und ertragen hat, wenn ich wieder einmal neben mir stand oder mitten in einem Gespräch davongestolpert bin, um etwas furchtbar Wichtiges aufzuschreiben. Ohne euch hätte ich das nie geschafft!